ハヤカワ演劇文庫
〈44〉

ケラリーノ・サンドロヴィッチ
II
百年の秘密
あれから

KERALINO SANDOROVICH

早川書房

8180

目次

ケラリーノ・サンドロヴィッチⅡ

百年の秘密／あれから

本書収録作品を上演の場合は、「劇団名」「劇団プロフィール」「プロであるかアマチュアであるか」「公演日時と回数」「劇場キャパシティ」「有料か無料か」「住所／担当者名／電話番号」を明記のうえ、〈早川書房ハヤカワ演劇文庫編集部〉宛てに書面でお問い合わせください。

百年の秘密

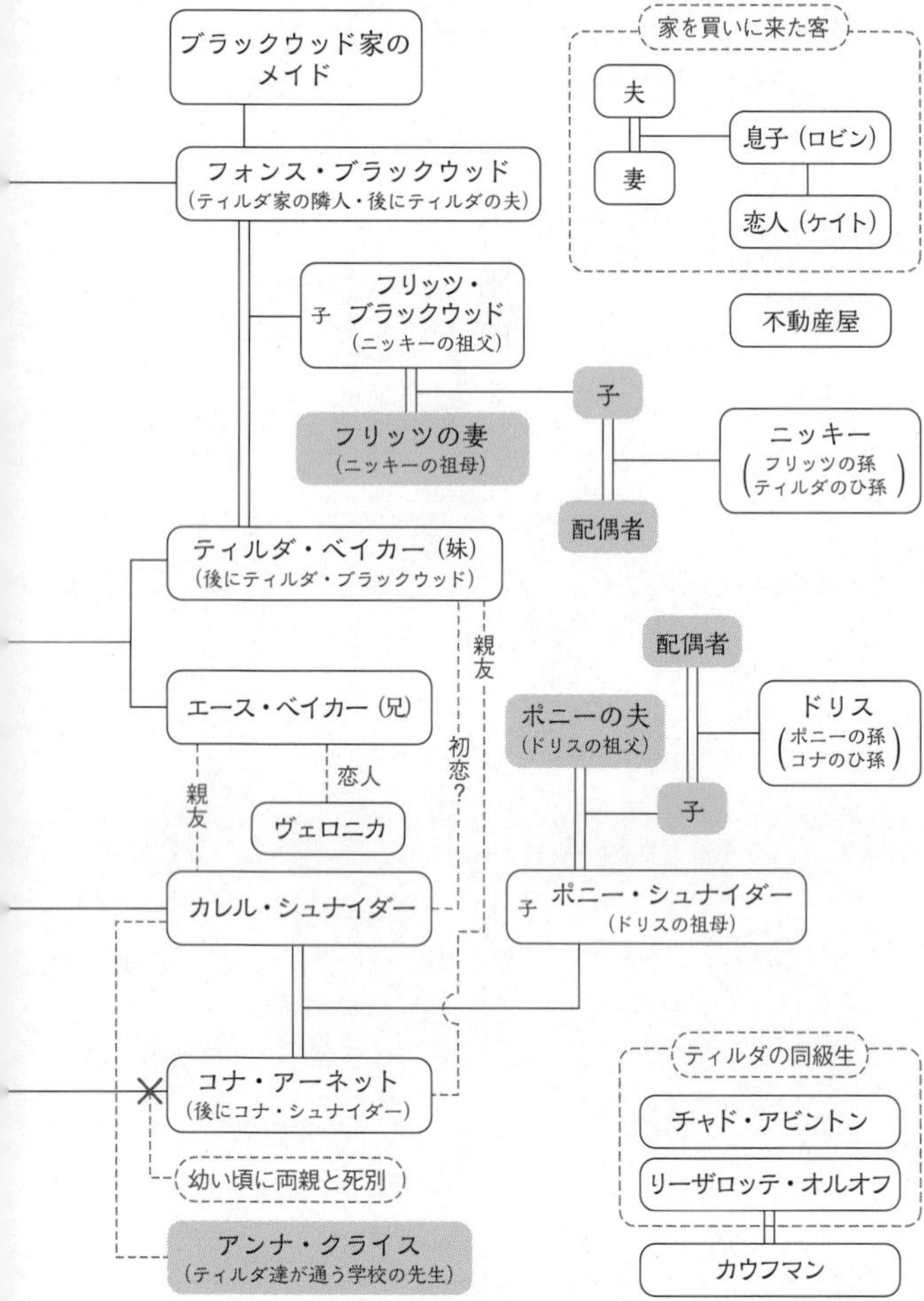

ブラックウッド家のメイド
フォンス・ブラックウッド
(ティルダ家の隣人・後にティルダの夫)
子 フリッツ・ブラックウッド
(ニッキーの祖父)
フリッツの妻
(ニッキーの祖母)
子
配偶者
ニッキー
(フリッツの孫 ティルダのひ孫)
家を買いに来た客
夫
妻
息子(ロビン)
恋人(ケイト)
不動産屋
ティルダ・ベイカー(妹)
(後にティルダ・ブラックウッド)
親友
エース・ベイカー(兄)
初恋?
恋人
親友
ヴェロニカ
配偶者
ポニーの夫
(ドリスの祖父)
ドリス
(ポニーの孫 コナのひ孫)
子
カレル・シュナイダー
子 ポニー・シュナイダー
(ドリスの祖母)
コナ・アーネット
(後にコナ・シュナイダー)
幼い頃に両親と死別
アンナ・クライス
(ティルダ達が通う学校の先生)
ティルダの同級生
チャド・アビントン
リーザロッテ・オルオフ
カウフマン

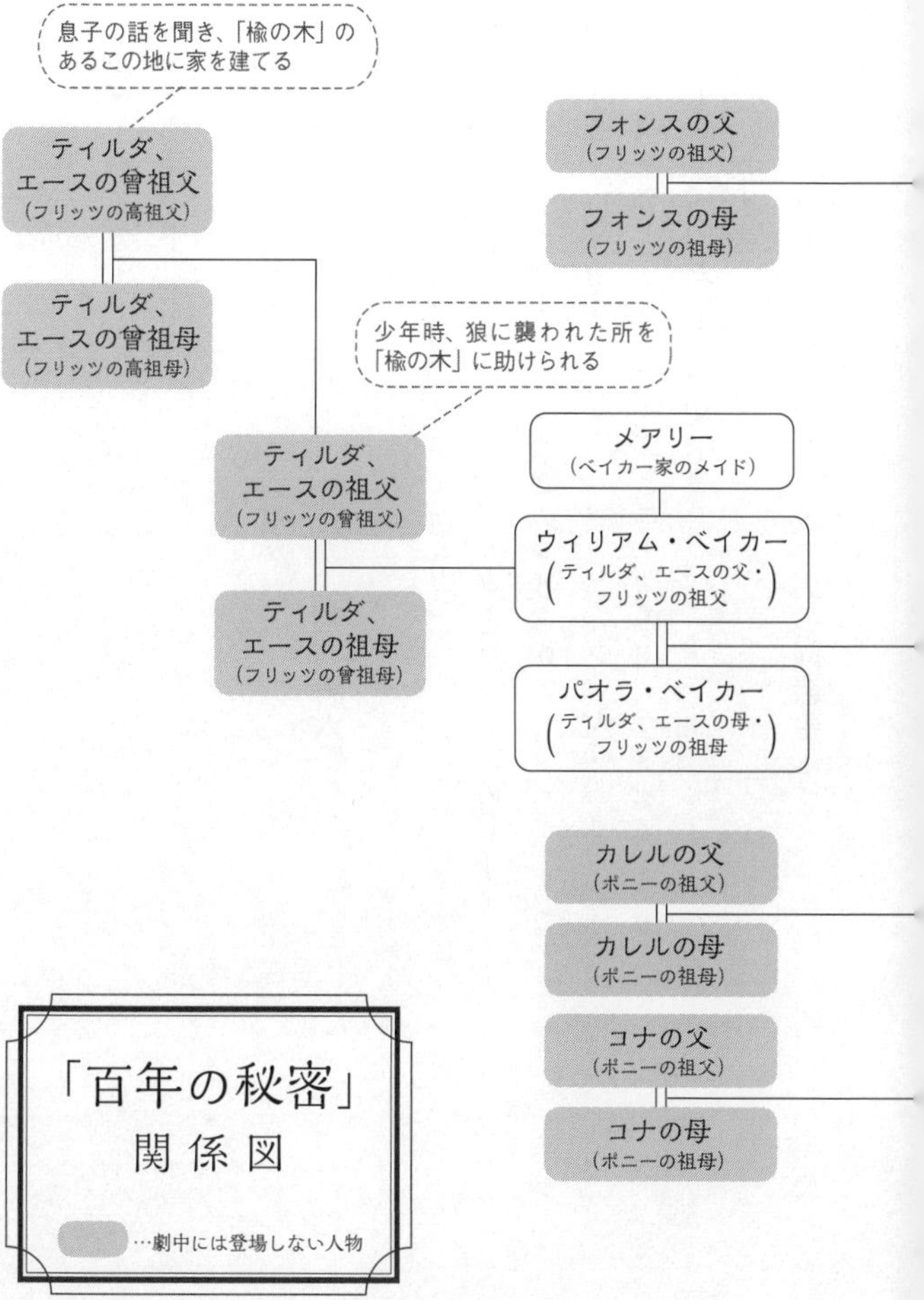
息子の話を聞き、「楡の木」のあるこの地に家を建てる
ティルダ、エースの曾祖父
（フリッツの高祖父）
ティルダ、エースの曾祖母
（フリッツの高祖母）
少年時、狼に襲われた所を「楡の木」に助けられる
ティルダ、エースの祖父
（フリッツの曾祖父）
ティルダ、エースの祖母
（フリッツの曾祖母）
フォンスの父
（フリッツの祖父）
フォンスの母
（フリッツの祖母）
メアリー
（ベイカー家のメイド）
ウィリアム・ベイカー
（ティルダ、エースの父・フリッツの祖父）
パオラ・ベイカー
（ティルダ、エースの母・フリッツの祖母）
カレルの父
（ポニーの祖父）
カレルの母
（ポニーの祖母）
コナの父
（ポニーの祖父）
コナの母
（ポニーの祖母）
「百年の秘密」
関係図
…劇中には登場しない人物

登場人物

ティルダ・ベイカー
コナ・アーネット

カレル・シュナイダー……エースの友人
フォンス・ブラックウッド……ベイカー家の隣人

エース・ベイカー……ティルダの兄
フリッツ・ブラックウッド……ティルダとフォンスの息子
ポニー・シュナイダー……コナとカレルの娘
ウィリアム・ベイカー……ティルダとエースの父・パオラの夫
パオラ・ベイカー……ティルダとエースの母・ウィリアムの妻
メアリー……ベイカー家の女中

チャド・アビントン……ティルダとコナの同級生

リーザロッテ・オルオフ……ティルダとコナの同級生
カウフマン……リーザロッテの夫
ヴェロニカ……エースの恋人
ブラックウッド家のメイド
老年のフリッツ
老年のポニー
不動産屋
家を買いに来た客・夫
家を買いに来た客・妻
家を買いに来た客・息子（ロビン）
家を買いに来た客・息子の恋人（ケイト）
ニッキー……フリッツの孫
ドリス……ポニーの孫

第一幕

ベイカー家の庭、及びリビングルームがこの芝居の舞台である。

ただし、舞台上には庭とリビング二つの装置が同空間に共存している。おのずと、舞台上には「家の中に庭がある」かのような、一見異様な風景が広がることになる。

庭の中央には巨大な楡《にれ》の木が一本。下手には池があり、枯れたひまわりがそこかしこに植えられている。大きめのガーデンテーブルと六脚の椅子。

一方、リビングで目立つものと言えば暖炉とソファーセット。二階へ続く階段。金まわりのよさを想像させる豪華なつくりである。

物語は二人の女性（ティルダとコナ）をとりまく人生を、十二歳から死後まで、約八十年に亘る時間の、六日間を切り取ってスケッチしてゆく。ただし、必ずしも過去から未来へと時系列にならって語られるとは限らない。

雑多な登場人物名から察するに、舞台となっているのは移民国、例えばアメリカを連想させるが、定かではない。

時代も明確にはされないが、過去の物語であることだけは間違いない。したがって、この物語で描かれる六日間のうち、最後の一日（ティルダとコナの死後の一日）以外には、パソコンも携帯電話も登場しない。

プロローグ

まだ客入れのBGMが流れる中、役の衣装を着た俳優たち、すなわち登場人物たちが、ソファーセットやテーブルセット、その他の家具、ひまわりの花等、全ての可動できる道具を運び込み、設置する。

道具の設置が終了すると共に、以下のような口上が、ベイカー家のメイドのメアリーによってなされる。口上開始直前にBGMも客電も（可能な限り瞬時に）消える。

開演。

メアリー　（客席に）大変お待たせ致しました。支度が整ったようでございます……。

全員、客席に深々と頭を下げる。オルゴールのような音色の音楽。（劇中で度々歌われる『木の唄』）

メアリー　私はこの家にお仕えしておりますメイドのメアリーと申します……本当の名前はもう忘れてしまいました……ほんの小娘だった私に、旦那様がメアリーと名付けてくださいました……私の本当の名前が、長くて呼びにくかったそうでございます……さて、私のことなどよいのです。この物語の舞台となるのは、ベイカー家の広いリビングルーム、そしてベイカー家のとても広い庭の、ほんの一角です。庭の真中には大きな楡の木が一本。大切な云われのある木でございます。旦那様の亡くなられたお父上が少年の頃に、この木に命を救われたのでございます。狼に狙われて追いつめられた少年の身体を、この木の枝がこう、すくい上げて、それをまたその上の枝がすくい上げ……気がつくと彼はこの木のてっぺんにいたそうでございます。私が子供の時分にも、まだこの町のまわりには狼がたくさんおりましたっけ……。少年の話を聞いたお父上は、つまり旦那様の御爺様は、ここにこの家を建てたそうでございます。この楡の木を中心になるように設計して……。以来、この木はずっとベイカー家を見守り続けております。物語のはじまりはずっと昔、季節は冬。ずっとずっと昔の、良き時代です。お日様が照って、小鳥がさえずり、みんなが穏やかに微笑んで、いつも何かしらのいいニュースが届き、いつも何かしらいいことが待っていました。でも、果たして本当にそうだったのかどうか……記憶というものに勾引《かどわか》されているだけなのかもしれません……本当の本当にどうだったのかは、誰もが今はもう忘れてしまったか、思い出すことが出来なくなってしまいました。いやはや、どのみちいずれこぼれ落ちてなくなってしまうことを、人間はどうして泣いたり笑ったり驚いたりしながら、わざわざいったん脳みその中にしまい込まなければいけないんだか……かろうじてこぼれ落ちずに済んだ思い出だって、お墓の中まではもっていけません……私のグチなどよいのです。ご紹介致します。物語の中心となるのはベイカー家の御長女、ティルダ・ベイカー様、十二歳と、彼女の小学校のクラスメイト、コナ・アーネット様、同じく十二歳。また、ティルダお嬢様には御兄弟が一人、十七歳になられるエース様がいらっしゃいます。お二人は、銀行家のウィリアム・ベイカー様とパオラ・ベイカー様の間にお生まれになりました。こちらはエース様のご親友、クラスメイトのカレル・シュナイダー様。ベイカー家の向かいには、弁護士のフォンス・ブラックウッド様が奥様とお住まいになっています。こちらのお二方、リーザロッテ・オルオフ様とチャド・アビントン様は、ティルダお嬢様とコナ様の同級生。そして先程申し上げました通り、私、メアリーはベイカー家のメイドでございます。他の方々はまあ、追い追い忘れなければ。それではひとまず時間を巻き戻すと致しましょう。

舞台装置のあちこちに映像で、様々な時間のティルダとコナが投影される。
オープニング・クレジット映像へ――。

第一場　十二歳

冬の日の午後。外は雨が降っている。

今、部屋の中にいるのは、ティルダ、チャド、リーザロッテ。メアリーが洗濯籠を抱えて部屋を横切って行く。（メアリーは口上の時よりはるかに若々しい）

リーザロッテ　（主としてティルダに）西門のトーテムポールのところよ……薪小屋の裏。あたしその日ストーブ係だったから。
チャド　うん。
リーザロッテ　カラスよ。ハトやスズメじゃなくてカラス。ケガをしたカラス。（嫌悪するように）カラスにエサをあげる？　普通。
チャド　でもカラスってのはスズメ目だからねああ見えて。
リーザロッテ　知らない。どう思う？　ティルダ。

ティルダ　いいんじゃない別に。
リーザロッテ　いいけどさ……。
チャド　ケガしてたんだろ。
リーザロッテ　だからそうよ。
ティルダ　（メアリーが引っ込んだ方に）メアリー。
メアリーの声　はい。
ティルダ　パインジュースおかわりちょうだい。三つ。
リーザロッテ　（再びティルダに）でまた、カラスもへんになついてるのよコナに。カラスになつかれるって……カーカーっていうより、コナコナって聞こえるの、鳴き声が。
チャド　カラスは喋れるんだよ。オウムは喋れるけど言葉の意味は理解できない。犬はある程度言葉の意味を理解できるけど喋れない。でもカラスは言葉を理解できて、かつ喋れるんだ。ってことは
リーザロッテ　（遮って）あたしはカラスの素晴しさについて話してるんじゃないの！カラスに向ってコナがね、自分の名前をコナコナコナコナ言って覚えさせてるのかと思うとこわいって言ってるの。カラスがトーテムポールにとまって

チャド　ジャック？　サンボ？
リーザロッテ　何ジャックって。
チャド　言ったじゃない。俺あのトーテムポールに名前つけたんだよ。上からジャック、
　サンボ、サチオ、ユーリア。
リーザロッテ　どうでもいい。なにサチオって。
チャド　サチオ。名前。
リーザロッテ　でね。

　チャドがラジオをつけるので音楽が流れ始める。メアリー、来て

メアリー　パインジュースでよろしいんですか？　ココアか何か、温かい物の方がよく
　はありません？　暖まりますよ。
ティルダ　メアリー、あたしはパインジュースがほしいからパインジュースって言った
　のよ。
メアリー　かしこまりました。（グラスをさげ始める）いやな雨ですね……雪になるん
　じゃないかしら。

ティルダ　あたしは好きだな、雨……雨は人を結びつけるもの……雨が降るとみんな家を出られなくなって、一緒にいようと思い始めるわ……なんだか誰かと近づきたくなって、恋に落ちたり、親密な気持ちが芽生えたりするのよ……。
チャド　詩人だなティルダは。
メアリー　将来は芸術関係のお仕事につかれるに違いありませんね。（キッチンの方へ引っ込む）
チャド　うん、間違いないね。
ティルダ　（さしてきつい口調ではなく）勝手に人の人生決めないで。
リーザロッテ　（チャドに）そうよ。（ティルダに）あとね、
ティルダ　（内心うんざりで）なに、まだコナの話？
リーザロッテ　煤《すす》臭くないコナって。
ティルダ　そう？
リーザロッテ　あのコのおじさんて炭坑夫なんだって。
チャド　へえ。
リーザロッテ　ほら両親いないから、ちっちゃい頃死んじゃったかなんだかで。ずっとおじさんと二人暮らしなんだって。（ティルダに）知ってた？

ティルダ　うん。（離れて行く）
リーザロッテ　知ってるんだ。煤臭いよね。（チャドに）煤臭いよね。
チャド　コナのにおい嗅いだことないから。煤のにおいってのもよくわからないし。リーザロッテはハサミ虫のにおいがするね。
リーザロッテ　何!?

メアリーがパインジュースのおかわりを手に現れる。

メアリー　お待たせしました。
チャド　（リーザロッテに）ハサミ虫だよ。
リーザロッテ　なんであんた煤のにおい知らないのにハサミ虫のにおい知ってるのよ！
チャド　パインのにおいだ。
メアリー　パインジュースですから。
リーザロッテ　（ティルダに）そうだ、そう言えばコナ、学級費を小銭で持って来たの知ってた？　全部だよ。全額小銭。
ティルダ　（消極的に）うん。

向かいの家に住む弁護士のブラックウッドと、ティルダの父ウィリアムが階上に現れる。

ブラックウッド　（ウィリアムに頭を下げ）ではまた来週の土曜日に。
ウィリアム　ご苦労様。奥様お大事に。
ブラックウッド　ありがとうございます。あ、ここで。（見送りは結構、の意）
ウィリアム　そうですか。あ、もしよかったら来月息子の試合、観に行ってやってください。学生試合とはいえなかなかのものですよ。
ブラックウッド　ええ。
ウィリアム　奴のドリブルのキレはプロ顔負けです。
ブラックウッド　ぜひとも。失礼します。
ウィリアム　オルオフんとこの娘さん。
リーザロッテ　リーザロッテです。お邪魔してます。
ウィリアム　小銭だろうが札だろうが、金は金だよ。
リーザロッテ　（萎縮して）はい……。

ウィリアム　（厳しい表情で）ティルダ。
ティルダ　はい……。
　ウィリアム、ラジオを消す。雨の音だけが響く。
ウィリアム　ブラックウッドさんのお宅の庭に入ったそうじゃないか。よそ様の庭に入るなんていうのは泥棒みたいなもんだ。
ブラックウッド　いやいや、そうじゃないんですよベイカーさん。
ウィリアム　いいんですよ。（ティルダに）わかったのか。
ティルダ　はい。
ウィリアム　（キツい口調で）わかったなら返事をしなさい返事を！
ティルダ　（強く）してるじゃない……！
ウィリアム　……遊んでばかりいないで勉強しろ。
　ウィリアム、二階へ去る。

ブラックウッド　（苦笑してティルダに）厳しいね相変わらず。
ティルダ　慣れっこよ。
ブラックウッド　俺もようやく慣れたよ。今日も二回怒鳴りつけられた。

ティルダとブラックウッド、軽く笑う。

リーザロッテ　ブラックウッドさん転校生に厳しい法律作ってよ。
ブラックウッド　なに？
リーザロッテ　転校生に厳しい法律。
ブラックウッド　弁護士に法律は作れないよ。
リーザロッテ　そうなの？
ブラックウッド　残念ながらね。転校生がどうかしたの？
ティルダ　どうもしない。
チャド　ブラックウッドさん。
ブラックウッド　なんだいチャドさん。
チャド　（いきなり何を言うかと思えば）帰らないの？

ブラックウッド　（苦笑して）帰るよ。
チャド　何しに来たの？
ティルダ　いいじゃない。
ブラックウッド　ちょっとね。ティルダのお父さんとお仕事。
チャド　弁護士と銀行家が何の仕事？　弁護士法律顧問契約？
ブラックウッド　詳しいね。
ティルダ　遺言状の作成。
チャドとリーザロッテ　遺言状？
ブラックウッド　知ってたのか……。
チャド　（嬉しそうに）ティルダのパパ死ぬの？
リーザロッテ　何嬉しそうな顔してんの!?
チャド　してないよ。
リーザロッテ　（驚いて）してたよ！
ブラックウッド　（ティルダに）なに、お父さんから聞いた？
ティルダ　お兄ちゃんよ。お父さんと話《はなし》しないもの。
ブラックウッド　ああ……。（と言うしかなく）

ティルダ　(チャドに) 趣味みたいなものよ。気が変わる度に作り直してるの。(ブラックウッドに) でしょ？

ブラックウッド　気が変わるってことはないよ。

チャド　だけどあんなに元気そうだったのに……。

ブラックウッド　死なないよ。

チャド　ブラックウッドさん、死なない人なんていませんよ。

ブラックウッド　うん、だから……チャド、君めんどくさいな。

リーザロッテ　ウチのパパも作ってるのかな。

チャド　何を？

リーザロッテ　だから遺言状。(ブラックウッドを見る)

ブラックウッド　どうだろう。人それぞれだからね……。

チャド　(真剣に) 俺も書いた方がいいかな。

ブラックウッド　君はまだ早いだろう。十二歳で遺言状は早過ぎる。

ブラックウッド、ティルダを見る。

ティルダ　（何かを考えているのか）……。
ブラックウッド　まだまだずっと先の話だよ。死ぬなんて……もちろんティルダのお父さんだって……十二歳か……いいなあ……まだまだ先は長いな……。
チャド　ブラックウッドさんいくつ？
ブラックウッド　三十。
チャド　三十かもう。
ブラックウッド　俺だってまだまだだよバカ。
チャド　バカ!?
ブラックウッド　利巧バカ。
リーザロッテ　利巧バカが一番めんどくさいのよ。
ティルダ　ブラックウッドさん、何か飲めば？
ブラックウッド　あ、いや。
チャド　利巧バカ？
ティルダ　（呼んで）メアリー。
ブラックウッド　もう帰るよ。
ティルダ　いいじゃない、雨も降ってるし。

リーザロッテ　向かいのお家でしょ？
ブラックウッド　うん向かい。

メアリー、来る。

メアリー　はい。
ティルダ　何？　コーヒー？
ブラックウッド　じゃあコーヒーを。ゴクゴクッと飲んでパッと帰るから。
ティルダ　火傷しちゃうわよ。（メアリーに）コーヒー。
メアリー　ブラックですよね。
ブラックウッド　ええ、ブラックウッドだけに。

ブラックウッドとティルダだけが笑う。

チャド　（まだ考えていて）利巧バカ？
メアリー　はい？

ずぶ濡れのエースが玄関から勢いよく入って来る。

ティルダ　おかえり。
エース　うん、まいった。
メアリー　おかえりなさいませ。今タオルを。（と下手ドアへ）
エース　こんなに降るとは思わなかった。
ブラックウッド　こんにちは。
エース　ああ、こんにちは。
リーザロッテ　お邪魔してます。
エース　おう。（メアリーがタオルを持ってくる）
ブラックウッド　練習かい。
エース　（しきりに拭きながら）はい、試合近いんで。
ブラックウッド　うん、そうだってね。
エース　午前中体育館でやってたらなんか、清掃するからとか言われて追いだされて、仕方ないから、グラウンドで、練習してたんですけど、駄目だなこれ、パンツまで

　びしょびしょだから。
メアリー　ああ。
エース　（メアリーに）カレル来てないよね。
メアリー　カレル様、いえ。

　ティルダ、その名前に反応して、むしろエースから離れていくような——

エース　（気にせずメアリーに）来るから。来たら通して。
メアリー　かしこまりました。
エース　あいつホラ、妙に潔癖なところあるから。二時の約束なんだけど、もう来てるかなと思って。
メアリー　はあ。
エース　（意味あり気に）ティルダ。
ティルダ　え？
エース　来るぞカレル。
ティルダ　だから何よ。

エース　（嬉しそうにからかって）何よじゃないよ。来るって言ってんだよカレルが。
チャド　誰？
ティルダ　しょっちゅう来てるじゃない。
エース　しょっちゅう来てるけど（満面の笑顔で）……バカ！
ティルダ　お兄ちゃん着替えなよ。パンツまでビショビショなんでしょ。
エース　いいんだよ海水パンツだと思えば。嬉しいなら嬉しいって言え、口があるんだから！

ティルダとエース、じゃれ合うような——。

ブラックウッド　カレルくん？
チャド　（こわばりながら）誰なの？
エース　同級生です。なんかお前に折り入って相談があるんだってよ、折り入って！（ティルダに）もしかしてもしかするんじゃないか？
ティルダ　風邪ひくよ！　着替えてきなって！
エース　風邪だぁ!?

メアリー　（真顔で）私もそう思います。
エース　（急に真顔になって）風邪はまずいよ。試合近いんだから。
ブラックウッド　そうだよ優勝確実なんだろ。着替えなさい。
エース　はい。
ブラックウッド　大学もバスケットボールで推薦決まったんだって？
エース　（まんざらでもなく）情報早いな。
リーザロッテ　すごぉい。
ブラックウッド　おめでとう。お父さん大喜びだったよ。
エース　（嬉しそうに）またおやじは……。推薦は優勝しようがしまいがだから。
ブラックウッド　しなきゃそんなもの！　優勝ぐらい！　なあティルダ！
ティルダ　（エースをからかうように）どうかな。
エース　バカするよ！

ティルダとエース、再びじゃれ合う。

エース　（真顔で見つめるメアリーに気づき、じゃれ合いをやめて）……。（皆に）ごゆっくり。チャド、おまえなんかスポーツやれスポーツ。勉強ばっかりしてると気が狂っちゃうぞ。

チャド　（急に激昂して）うるさいなぁ！

エース　（笑って）何怒ってんだよ。（二階へ向かう）

リーザロッテ　（楽しむように）怒ることないじゃない。

チャド　怒ってないよ。

リーザロッテ　（ティルダに）怒ってるよね。（チャドのことを）変なの。

エース　メアリー、カレル来たら通してね。

メアリー　承知しました。

エース　ティルダ。

ティルダ　え？

エース　（ティルダに）へへへへ。

この間にメアリー、キッチンへと去っている。

リーザロッテ　（ハッとしてティルダに、嬉しそうに）なに、そういうこと？

ティルダ　違うよ。（エースに）早く行きなってば。
エース　（ふと）そうだティルダ、昨日のあのコ、俺の部屋に本忘れてったぞ。
ティルダ　え。
エース　本。
リーザロッテ　そう。
エース　なんて言ったっけ名前？　でかい、アンナ先生に似てる……
リーザロッテ　誰？
エース　……コナ⁉
ティルダ　コナコナ。
エース　……。
ティルダ　コナだろ？
リーザロッテ　うん、コナ。
エース　（みるみる表情こわばって）コナが来たの？
リーザロッテ　もう何度も来てるよ。なあ。
エース　……。
　　変わった子だね。（ティルダのことを）まあそいつも充分変わってるけど。

（ティルダに）部屋にあるから取りに来て。
ティルダ　（もはや開き直ってか）わかった。

エース、去った。

リーザロッテ　コナが来たのって聞いてるわ……。
ブラックウッド　（リーザロッテに）何、どうしたの？
ティルダ　だから来たよ。
リーザロッテ　何度も……!?
ティルダ　何度もよ。
リーザロッテ　あたし知らないよ……。
ブラックウッド　誰だいコナって。
リーザロッテ　（ブラックウッドを見ずに）転校生。
ブラックウッド　ああ……。
チャド　（不意に）俺帰る。
ブラックウッド　え。

チャド、玄関へのドアを開けて走り去った。

ブラックウッド　（ので）おい。

リーザロッテ　（ブラックウッドを見て）気持ち悪い子なのよ。

ティルダ　（即座に、きっぱりと）気持ち悪くなんかない。（ブラックウッドに）全然気持ち悪くなんかないの。

ブラックウッド　そう……。（と言うしかない）

リーザロッテ　どうして……？　悲しい。あたし悲しい。

ティルダ　なにがどうして？

リーザロッテ　どうして言ってくれないのコナに会ってるって！

ティルダ　言おうとしたけど言わせてくれなかったんでしょリーザロッテが。

リーザロッテ　あたしのせい!?　（ブラックウッドにつめよって）あたしのせい!?

ブラックウッド　（困惑して）どうなんだろう。事情が今ひとつ。

リーザロッテ　（ティルダに）友達でしょ！　友達じゃないの!?　親友でしょ!?

ティルダ　あのさあ。

リーザロッテ　うん。
ティルダ　気持ち悪いのはあんたの方よ……。
ブラックウッド　ティルダ。
リーザロッテ　……！
ブラックウッド　それはよくないよティルダ。
リーザロッテ　ひどい……！
ブラックウッド　謝りなさいティルダ。
ティルダ　どうして？
ブラックウッド　だって……気持ち悪くないもの……。
ティルダ　コナだって気持ち悪くなんかないわ。
リーザロッテ　気持ち悪いわよコナは！　気持ち悪いじゃない！　カラスにエサやってるのよ！
ティルダ　あんたがコナに謝るなら謝る。
リーザロッテ　謝らないわコナになんか！　コナに謝るぐらいなら死ぬ！

なにごとか、とメアリーがキッチンから来た。

ティルダ　じゃあ死んで。
リーザロッテ　……。
ティルダ　死んで見せてよ……メアリーなんか切れるもの持ってきて。
ブラックウッド　ティルダ、バカなこと言うんじゃないよ。（メアリーに）冗談だよ。
ティルダ　早く。ナイフでも彫刻刀でもいいから、ハサミでも。
メアリー　……。
ティルダ　持ってくるわよメアリーは。持ってくるでしょ？（とメアリーを見すえる）
メアリー　……。

リーザロッテが突然泣き崩れた。玄関に続くドアからチャドが半泣きで飛び込んでくる。

チャド　（メアリーに、絶叫するように）コート！　あと傘！
メアリー　あ、はい今。

リーザロッテ、泣きながら、今チャドが駆け込んで来たドアを駆け抜けて去って行く。

チャド　（泣きながらメアリーを責めたて）探してヘンなとこ開けちゃったじゃないか！　ホコリだらけだ！

メアリー　申し訳ございません。

チャド　探してヘンなとこ開けちゃったよ！

メアリー　はい！

チャド、メアリー、そう言いながら玄関へ向かっていく。

ティルダとブラックウッドだけが、そこに残された。

漠然とした間《ま》。

ブラックウッド　いいのかい。

ティルダ　いいのいいの。どうせいつかはこうなったんだから。

ブラックウッド　そう……。

ティルダ　ああ……なんだかせいせいした……。
ブラックウッド　色々あるんだな君たちにも……。
ティルダ　あるわよそりゃ……。
ブラックウッド　あるよなそりゃ……。
ティルダ　あるよ……。
ブラックウッド　うん……。
ティルダ　冬休みでよかった……。

メアリーが戻ってきて、二人に軽く頭を下げ、下手のドアへ去った。以降の会話で、十二歳のティルダと三十歳のブラックウッドの間には、ある親密な、気のおけない友人同士のような空気が漂う。

ブラックウッド　（窓の外を眺めていたが、不意に）ティルダ、冬が来たの、これまで何回分記憶にある？
ティルダ　冬？
ブラックウッド　いや、十二歳の子っていつ頃までの記憶があるもんなのかなって思ってさ……。

ティルダ　何回かなんて数えてないよそんなの。

ブラックウッド　そうか、そうだよな。

ティルダ　だけど、四つの時お兄ちゃんと雪合戦したのは覚えてる……。

ブラックウッド　雪合戦か、いいな……。

ティルダ　ブラックウッドさんはしなかったの？

ブラックウッド　雪合戦？　俺一人っ子だしね。親は忙しかったし……。

ティルダ　奥さんとは……？

ブラックウッド　ん。

ティルダ　マリーさんと。しないの？

ブラックウッド　しないな……。

ティルダ　すればいいわ。奥さんが元気になったら。

ブラックウッド　（複雑な表情で）そうだな……。

ティルダ　うまくいってないの……？

ブラックウッド　え……？

ティルダ　マリーさんと。

ブラックウッド　いつからそんなこと言うようになったんだ？
ティルダ　うまくいってるの、いってないんでしょ……。
ブラックウッド　大人をからかうなよ……。
ティルダ　からかってないわ。わかるもんマリーさんの顔を見れば。建国記念日の旗を、こうやって、寂しそうにあげてたわ、お庭で。
ブラックウッド　建国記念日って、もう随分前じゃないか……。
ティルダ　そうよ。だから、旦那様がやさしく看病してあげさえすれば、マリーさんの顔つきも変わってゆくと思ったの……。
ブラックウッド　まいったな……。
ティルダ　まいってないでやさしくしてあげて。
ブラックウッド　……。
ティルダ　弁護士さん返事は？
ブラックウッド　ティルダ……。
ティルダ　ん？
ブラックウッド　ウチ、奥さん駄目みたいだ……。
ティルダ　……駄目って？

ブラックウッド　死ぬ。
ティルダ　（みるみる泣きそうな表情になって）……。
ブラックウッド　もうすぐ死ぬ。
ティルダ　じゃあ……じゃあ帰った方がいいよ。
ブラックウッド　そうかな……。
ティルダ　そうだよ……。
ブラックウッド　でも通いの看護婦がついてるし、もうどうせ意識もないんだ。
ティルダ　なくても帰ってあげなよ……！
ブラックウッド　でもね、
ティルダ　でもじゃないよ！
ブラックウッド　うん、でも奥さん、マリーはきっと、俺に会いたくないと思うんだな……。（苦笑して）意識ないからわからないんだけどさ。
ティルダ　……どうして？
ブラックウッド　俺がひどいことしたから。愛してないと思うんだ、もうとっくにね。正直俺も愛してるのかわからない。可哀想だとは思うよ。死んじゃうんだから。まだ若いのにね……コーヒーのこと忘れてないかな。

ティルダ　忘れてるかもしれない。
ブラックウッド　忘れてるなきっと。
ティルダ　言ってくる。
ブラックウッド　いいよ。
ティルダ　……。
ブラックウッド　帰るよ。
ティルダ　うん……。
ブラックウッド　どうしてこんなこと君に喋っちゃったんだか……いい大人が……すまないね。
ティルダ　子供だからでしょあたしが。安心するのよ。
ブラックウッド　さっき、来る時、庭の木あるだろ、あれに向かって、雨の中ずっと話しかけてたんだよ……。
ティルダ　みんながそうなのよ。
ブラックウッド　え？
ティルダ　どういうわけかあの木には何でも打ち明けたくなるの。だからあの木は誰よりも知ってるのよ。ベイカー家の秘密を。

ブラックウッド　へえ。（俺は）ベイカー家じゃないけどね。（二人笑う）じゃあ。
ティルダ　メアリーを。コート。
ブラックウッド　あ、わかるから。
ティルダ　じゃあ玄関まで見送る。
ブラックウッド　いいよ。
ティルダ　いいよ。

ブラックウッドとティルダ、去った。傘を手にした、エースの友人カレルと、その傘に入れてもらっている、ティルダの同級生、先ほどリーザロッテがさんざん腐《くさ》していた転校生のコナが門の方から来る。それに合わせて明かりが変化し、そこは庭だけの空間になった。

カレル　濡れたんじゃない随分。風邪ひくよ。（コナの歩調が遅く、傘からはずれるので）濡れるよホラ。入りなよ。
コナ　あたし本当大丈夫なんで、もう少しあそこにいます。
カレル　どうして。会いに来たんだろ。なにが大丈夫なの、ホラ。（と傘を）

コナ　ありがとうございます……。
カレル　なにかしこまってるの。この前あんなにはしゃいでたクセに。エースと笑ってたんだよ、俺たち同い年だったらこの二人組に泣かされてるぞって。ほら行こう。
コナ　はい。
カレル　こう庭が広いのも考えものだよね。玄関までにうちのアパートが五十軒建つよ。
コナ　（笑う）
カレル　（も笑う）

傘もささずに、リーザロッテが猛然と走ってくる。

リーザロッテ　（コナを発見して）！
コナ　あ。
リーザロッテ　（化け物でも見るように後ずさり）来た……本当に来た！
カレル　（コナに）お友達？
コナ　同級生です。
カレル　ああ、こんにちは。

リーザロッテ　あなたは何者!?
カレル　エースの友達。エース、ティルダの兄貴。
リーザロッテ　知ってる！　え、仲間!?
コナ　今門の前であったの。
リーザロッテ　門の前!?
カレル　風邪ひくよ。傘貸してもらわなかったの？　とりあえず入りなよ。俺いいから。
（と傘を渡そうと）
リーザロッテ　どうして二人で……！
カレル　（笑ってしまい）だから今門の前で偶然。
リーザロッテ　偶然!?　どんな偶然だ!?
カレル　どんなって、（その異様な様子に）どうしたの君。入りなよ傘。
リーザロッテ　やめてください！
カレル　え？

リーザロッテ、何かを言おうとして派手に転倒する。本人を含め、全員が声をあげる。

コナ　（動かずに）大丈夫!?

リーザロッテ　転んでしまった！

カレル　大丈夫かよおい。（リーザロッテが濡れたまま逃げるので）なんで逃げるの。

リーザロッテ　（立ち上がらず、そこらの草をちぎって投げる。その際うめき声のようなものをあげる）

チャドがリーザロッテの傘とコートを手にして来る。

チャド　!?

カレル　あ。（コナに）彼も同級生？

コナ、うなずく。

チャド　（リーザロッテに報告するように）コナだ！　リーザロッテ、コナがいる！

リーザロッテ　知ってる！

チャド　（カレルのことを）炭坑夫？
カレル　え？
チャド　コナのおじさん!?
カレル　違うよ。傘、渡してあげて。
チャド　はい。（とリーザロッテの傘を）リーザロッテ、傘。
リーザロッテ　いらない！

リーザロッテ、去ろうと。

チャド　リーザロッテ。（と自分の傘を）
リーザロッテ　いらないって言ってるでしょ！

リーザロッテ、チャドの傘を、何かとんでもない壊し方で壊す。

チャド　ああ！　買ってもらったばっかりなのに！
コナ　（カレルに）行きましょ。

リーザロッテ　コナ。
コナ　何。
リーザロッテ　ティルダがあなたのこと大嫌いだって言ってたよ。迷惑だって。
コナ　そう。
リーザロッテ　ほんとだよ。
コナ　わかった。帰るんでしょ。帰れば。
リーザロッテ　……。

リーザロッテ、突如コナの頬を張る。

カレル　なにをするんだ……！

コナ、いきなりリーザロッテの傘を奪いとると、ものすごい反撃に出る。「離して！」「やめろ！」「リーザロッテ！」「人殺し！」「止めろ！」などの言葉が飛びかい、ひとしきり大騒ぎ。リーザロッテの首を絞めるコナ。ブラックウッドが来る。

ブラックウッド　（惨状を発見して）何してる！
カレル　わからないんです！

ブラックウッドがコナを止め、ようやくコナはリーザロッテから離れる。リーザロッテ、泣きながら走り去っていく。

チャド　リーザロッテ！

チャド、泣きながら追って去る。

カレル　（ブラックウッドに）すみません……。
ブラックウッド　いやいや……なにごとかと思った……。
カレル　俺もよく……。
ブラックウッド　あれ……（と空を見上げて）雨あがったね……いきなりだな……。
カレル　ですね。

二人、傘を閉じた。

ブラックウッド　カレル君？

カレル　あ、はい。

ブラックウッド　ああ、やっぱり。今エース君が君の話を。

カレル　ああ。カレル・シュナイダー。

ブラックウッド　向かいに住んでるブラックウッドです。

カレル　ああ、どうも。

二人、握手。

コナ　（小さく）すみませんでした……。

カレル　ほんとだよ……。（と言ってしまってから、フォローの気持ちからか）最初は向こうからな、あれしてきたんだけどな。

ブラックウッド　コナさん？

コナ　……はい。
ブラックウッド　ああ、やっぱり。転校生。
コナ　はい。
ブラックウッド　やっぱり……。ってことは、この家の者ではない人間が、ここに三人。
カレル　ですね。

ブラックウッドとカレル、軽く笑う。

ブラックウッド　え、一緒に？
コナ　いえ、偶然。門の前のひさしの下に立ってたら。
ブラックウッド　ひさしの下……（ハタと）あれ？
コナとカレル　？
ブラックウッド　君、私が門の前通った時、もういたね？
コナ　はい……。
ブラックウッド　いたよな。なんだろうと思ったんだ。え、二時間以上前だぞあれ。ずっと？

コナ　はい。

ブラックウッド　雨の中？

コナ　はい。

門の方から、傘をさしてブラックウッド家のメイドが来る。

ブラックウッド家のメイド　あ！

ブラックウッド　なんだ、こんなところまで。

ブラックウッド家のメイド　（主人に対する口調にしては馴れ馴れしい様子ありつつ）今こちらに電話したらもう出たって言われたからさ……。

ブラックウッド　うん……出たよ、今帰るところだよ。雨止んでるよ。

ブラックウッド家のメイド　あ。（傘を閉じる）

ブラックウッド　どうした。

ブラックウッド家のメイド　奥様が……。

ブラックウッド　（顔色変わって）失礼。

ブラックウッド、走り去る。メイド、カレルとコナに軽く一礼すると後に続いて小走りに去った。

コナ　すみませんでした……。
カレル　いいよ。びっくりしたけど。なに、あのコたちが帰ってゆくの待ってたの？
コナ　はい。
カレル　二時間も？
コナ　ちょうどチャイムを押そうと思ったら後からリーザロッテたちの声が聞こえてきて……。
カレル　（事情を察して）会いたくなくて……？
コナ　あたしはいいけど、ティルダに迷惑がかかると思って……。
カレル　……行こう。
コナ　はい。

二人、玄関に向かって歩き出す。

カレル　今のメイド、敬語ヘンだったよな。
コナ　さっきキスしてるの見ました。
カレル　え!?
コナ　あの二人。
カレル　……俺その話聞いてないから。
コナ　はい。

カレル、コナが去り、庭には誰もいなくなった。
照明が変わり、同時に音楽が流れ始め、木の裏側から冒頭と同様の老メアリーが現れる。以下メアリーが語る中、俳優たちが転換を行う。

メアリー　この日は奇妙なお天気でございました……土砂降りの雨が急に止んでお日様が顔をみせ、かと思うとまた急に滝のような雨が降り出したりして、私はその度に洗濯物を干したり取り込んだり大忙しでしたのでよく覚えております……。この日を境に、リーザロッテ様もチャド様もこちらに遊びにいらっしゃることはなくなりました……。一週間後、お向かいのブラックウッド家の奥様のご葬儀は、ご家族だけでしめやかに執り行われたそうでございます。私もその日はいつまでも続く高台の教会の鐘の音を聞いておりました……さて、時計の針を二十六年進めましょう……この町の様子も随分と変わりました。古い駅舎は石造りの近代的な駅舎へと建て替えられ、夜遅くまで急行列車が走っております。教会のある高台には大きな総合病院も建ち、近隣からも人が行き交うようになりました。

音楽の調子が少し変わる。

メアリー　ティルダお嬢様は二十一歳の時に嫁がれましたが、ご夫婦揃ってずっとこのお屋敷にお住まいです。御子息のフリッツ様は十六歳になられます。（とフリッツを紹介）ティルダお嬢様のご親友のコナ様も、同じ頃にご結婚をされました。失礼ながら男っ気がまったくないようにお見受けしたコナ様ですが、ある時突然のプロポーズ。お嬢様のポニー様は十五歳になられます。（ポニーを紹介）冬の日の夕刻です。私は二階の窓辺の小机で繕いものをしながら、お庭の方を眺めておりました。あれはツバメだったかしら。翼を大きく広げて、膨らんだ白いお腹をまるで私に見せたがっているみたいに、斜めに斜めに何度も飛んでおりました……そんなことだけはハッキリと覚えております……。

転換をしていた俳優たちは去っているが、メアリー、カレル、エースのみ残る。メアリーはほんの一瞬二人を見つめ、去る。

第二場　三十八歳

冬の日の夕刻。庭のテーブルにエースとカレルがいる。エースはビールをラッパ飲みしている。カレルはさほど興味の持てない、エースの愚にもつかぬヨタ話に付き合っているという風。

エース　それがさ、五人子供がいるっていうんだよ。その女。
カレル　へえ。
エース　五人てなあ。最初に産んだのが十二の時だってんだから、子供が子供を産むな

っつうの。（笑う）

カレル　（合わせて笑ってあげる）

エース　なんかとたんに萎《な》えちゃってさ。おまえここで降りろって言って。

カレル　降ろしたの車から？

エース　降ろしたよ。乗せて三十分も経ってなかったかな。いや、峠っていったって宿の一軒や二軒あるだろうからさ。

カレル　まあな。

エース　そんなのばっかりだよ、ヒッチハイカーなんて。ほぼ穿いてないみたいな短えスカートはいてよ、結果子供五人だよ。「おまえな、母親に出てかれた五人の気持ちを考えてんのか！」って。

カレル　言ったのかよ。

エース　言わねえよめんどくせえ。（キザに）「十年前に会いたかった」なんつって俺も……。人間もう二度と会わないと思うとなんでも言えるな。

カレル　そんなのわかんないじゃない。

エース　え？

カレル　会うかもしれないだろ。

エース　どこで。
カレル　どこでかはわかんないけど。
エース　バッタリ？　会わねえよ。
カレル　……。
エース　ま、三日に一人か、ヘタすると二週間に一人かな、合格ぅっ！　っていう女にありつけんのは。
カレル　（別のことを考えながら）うん。
エース　あれ、片目の女の話したっけ。モーテルの受付嬢。
カレル　（何か考えていて）……。
エース　おい。
カレル　（不意に）だけどさあ、俺一日に二回同じタクシーに乗ったことあるよ。
エース　え？
カレル　同じ運転手の。タクシー。
エース　ああ、あんじゃないそれは。
カレル　だろ、ってことは
エース　（遮って）タクシーはだって、似たようなとこグルグル巡回してんだから。俺は旅人だぜ。この三年間半径四百マイルが俺の家なんだから。スケールが違うよ。飲まないの？

カレル　ああ。

エース　（もう一本のビールを）飲まないなら俺飲むぞ。

カレル　うん。

門の方からカレルとコナの一人娘、ポニーが来る。

ポニー　お父さん。

カレル　あれ。

エース　おうポニー！

ポニー　こんにちは。お久し振りです。いつ戻って来たんですか？

エース　昨日。妹が退院するっていうから仕方なくね。

ポニー　やさしい。

エース　やさしいよ。（カレルに）なあ。

ポニー　もういるんでしょティルダさん。（行こうと）

カレル　まだだよ。
ポニー　あれ。そうか。
カレル　さっき、これから病院出るって電話があったからもうすぐじゃないかとは思うけど。
エース　（ポニーに）芝居すんなよ。
ポニー　芝居？
エース　お目当ては母親じゃなくて息子だろ？
ポニー　（笑う）
カレル　うるさいよおまえは。
エース　笑ってるよ。
ポニー　（否定せず、父親に）ママも病院行ったんでしょ。
カレル　んん一緒にこっち伺った。いるよ。
ポニー　え、行ってあげればよかったのに病院。ティルダさん喜ぶわ。
カレル　ん、うん。いいんだよ。こちらのお宅でみんなしてお祝いするんだろ。
ポニー　ふうん。なにしてるのママ。
カレル　部屋で待たせてもらってる。仕事で疲れてるんだろ。

エース　でかくなったなポニー。いくつになった。
ポニー　十五です。
エース　へえ。まったく似てないなお父さんと。
カレル　(憮然として) 似てるだろ。
エース　そうか？ (とポニーの尻を触る)
ポニー　(悲鳴を上げて逃げる)
カレル　なにすんだよ！
エース　(笑いながら) 冗談だろ。
カレル　冗談でもやめろ！
エース　(ポニーに) え、だって、覚えてるよな俺のこと。
ポニー　はい……。
カレル　覚えてたっておまえ。ポニー行きなさい。こんなおじさんと話しててもロクなことないから。
エース　そうそう。無職で独身でフラフラフラフラしてるだけの生き物だから。
ポニー　うん。
エース　うんてバカ。

ポニー、去る。

エース　（その背に）十五か。すぐ婆さんになっちまうぞ……。
カレル　おまえだってすぐ爺さんだよ。少なくともあいつより早く。
エース　まあな……。
カレル　ったく……。
エース　今見たか、あのかわし方。そしてその後の表情。おっさん軽くいなされたな。
カレル　いなすって、いやがってただろ。
エース　笑ってたろ。
カレル　笑ってない。
エース　……。
カレル　笑ってなかった。
エース　（そのカレルの態度を笑って）フフフ……。
カレル　なに。
エース　（カレルを見つめてボソリと）娘を持つ父親……。

カレル　（もういいとばかりに顔をそむける）
エース　へーえ……十五ねえ……。
カレル　おまえどうすんのこれから……。
エース　なにが。
カレル　いろいろ。仕事とか、結婚とか……人生とか。
エース　（鼻で笑い）人生って、バカ。
カレル　……。
エース　冷えるな……。
カレル　（見ずに）冬だからな。
エース　ビール飲んだからだな。
カレル　入ろうよ。
エース　うん……ドライブ行くか。な、ドライブ、久し振りに。
カレル　ティルダたちが戻って来るよ。
エース　だっておまえ関係ないじゃない。ただのつきあいだろカミさんの。
カレル　そういうわけにはいかないだろ。つきあいってバカ、つきあいじゃないよ、俺
だってお祝いしてあげたくて来たんだから。

エース　……。
カレル　だいたいおまえがいなくてどうすんの。そのためにわざわざ帰って来たんだろ。
エース　メアリーの奴が「重病です」って言うからさ、わざわざモーテルに電話かけてきて。
カレル　だからそれはわかったよ。
エース　俺もう少しここにいるわ。
カレル　どうして。寒いんだろ。
エース　寒いの嫌いじゃねえから。
カレル　……。
エース　（池を見つめながら）池、魚減ったな……。
カレル　じゃ行ってるぞ。
エース　ああ行け、家族の下に戻れ。一家の主は。
カレル　……。

カレル、庭を玄関の方へと向かう。
リビングで電話が鳴る。二階からメアリーが現れて階段を降り始めるのと、ポニーが玄関のドアから入って来るのがほぼ同時。

ポニー　こんにちは。

メアリー　あ、こんにちは。お父さんはエース様とお庭、ママは一人でお二階。

ポニー　はあい。

メアリー　奥の客間。

ポニー　もう覚えました。

メアリー　（出て）ベイカーでございます。はい。あはい、いらっしゃっております。（ポニーが階段の途中で足を止める）いえ承っておりましたので、少々お待ちくださいまし。（受話器を耳からはずして押さえる）

ポニー　ママにですか？

メアリー　ええ。ミラー様という方。

ポニー　ああ、呼んできます。

メアリー　いいわよ。

ポニー　呼んできます。

ポニー、階段を足早に上って去る。

メアリー　（その様子を）軽やか……。

メアリー、軽く踊ってみる。
ウィリアムが下手のドアから現れるので、メアリー、ごまかすように踊るのを止める。

ウィリアム　（探している風で）エースどこ行った。

メアリー　さあ……。トランクはお部屋にございましたから……

ウィリアム　ございましたからなんだ。

メアリー　また遠くに行かれたわけではないと。

ウィリアム　あたりまえだ。受話器がはずれてる。（と言いながら受話器をかけてしまう）

メアリー　（奇声を発する）

ウィリアム　（驚いて）なんだ！

メアリー　いえ。
ウィリアム　変な声出すな。
メアリー　申し訳ございません……。

ウィリアム、玄関へのドアを出て行く。庭ではエースが木を見つめていたが、やがて人間を相手にしているかのように、静かに、木に向かって語りかける。

エース　久し振りだな……相変わらずそびえ立ってたのか、雨の日も風の日も……こちとらすっかりガタがきちまったよ……道を誤ったとか言うんじゃねえぞ、俺はどだい一山いくらの人間だ。お誉めにあずかるようなみやげ話を持って帰れる人間じゃないんだよ……。

エースのイメージなのか、木が答えるような音が、低く聞こえる。

エース　ホッとなんかしねえよ……自分ちじゃないみたいだ……ああ、今日だけだよこんなとこにいるのは。妹に退院おめでとうってちょこっと言ってさ、治ってよかったなって……で酒飲んでとっとと寝て、あいつら起きる前に出かけるさ……俺は旅人だからな……。

部屋の中、パオラが下手のドアから来る。

パオラ　（メアリーに）主人は？

メアリー　いま出て行かれました。エース様を探して。

パオラ　あの人そわそわしちゃって……。

メアリー　無理もございません。三年ぶりに御家族全員が揃うんですもの。

パオラ　メアリー。

メアリー　はい。

パオラ　あんた本当はどこに連絡したの。

メアリー　はい？

パオラ　エースに。ティルダの入院のこと。

メアリー　ですから、エース様からの手紙にあったモーテルの名前を書き出しまして片はしから電話を。

パオラ　嘘言わないで。
メアリー　（弱々しく）嘘ではありません。
パオラ　……。
メアリー　（諦めた風で）面会に伺いました。
パオラ　刑務所に？
メアリー　ご存知だったんですか。
パオラ　今あの子のトランクの中見たの。下着やヒゲソリやブラシや靴ベラが全部一つずつビニール袋に入って番号がついてたわ……百三十二番て。
メアリー　……。
パオラ　盗み？
メアリー　働いてた酒場のレジスターからお金をお盗みになったそうです。
パオラ　まだ直ってないのね、あれほど泣いて謝ったのに。
メアリー　……。
パオラ　六十三にもなって一生懸命愛してきた息子が刑務所行きだなんて……主人には絶対言っちゃ駄目よ。あの人気が狂ってしまうわ……。
メアリー　もちろんです……。

パオラ、部屋に戻る。エース、木に向かってかすかな声で唄を唄う。この唄はこの物語の中で、度々唄われる。ベイカー家の人々が代々、親から子へと受け継いできた、庭の木の唄である。

エース　♪どこまで続くの独りの唄が　誰も知らない昔の話……空には泣き声　日が暮れてゆく　誰も知ら……

エース、不意に唄をやめ、木の裏に隠れる。ウィリアムが来て、エースが飲んでいたビール瓶に目をやると、門へ続く道へと去る。

エース　（出てきて）……。

二階からコナ、続いてポニーが来る。

コナ　（メアリーに）ごめんなさいお手間とらせてしまって。

ポニー　（同じく）ママいびきかいて寝てた。
コナ　いびきはかいてないわ。
メアリー　……それが……
コナ　はい？
メアリー　電話、切られてしまいました。
コナ　え？
メアリー　今

途端に電話が鳴る。

メアリー　（飛びつくように出て）ベイカーでございます。あ、只今替わります。（これは少し丁寧に）先程は申し訳ございませんでした。
ポニー　切られたんでしょ。
メアリー　（ポニーに）そうじゃないの。（受話器に）いえ、そうじゃなくないです。はいお急ぎですね。今もうここにいらっしゃいますから。
ポニー　（頭にきて、コナに）ミラーさん勝手。

メアリー　（コナに）お急ぎだそうで。（受話器を渡す）
コナ　すみません。（受話器に）シュナイダーです。
ポニー　勝手。
コナ　（受話器に）ええ……
メアリー　（ポニーに）違うのよ。
ポニー　なにが。
コナ　（受話器に）ええ……
メアリー　いいの。
ポニー　……。

コナが話し始めているので、二人はなんとなく話を中断する。以下のセリフの中で、玄関へと通じるドアからカレルが入室してくる。

コナ　（受話器に）ごめんなさい今日は無理。抜けられない、明日朝早くなら……だからそれは謝ったでしょ、昨日の予定が今日に変更になったの。私用よ。昨日の時点では昨日だったのよ。仕方ないじゃない。友人の退院が延びたのよ。なにピリピリしてるの？　え？　切ってないわ。そっちでしょ切ったのは。

メアリー　いいえ、それは私が！

コナ　え、ちょっと待って、（受話器を押さえ）

メアリー　私なんです電話切ったの。間違えてうっかり。

コナ　ああ……（受話器に）もしもし、もしもし（切れていて）……。

ポニー　（憮然と）なにまた切られたの!?

メアリー　またじゃないの！

ポニー　でも切られたんでしょ。

コナ　うん。

メアリー　申し訳ございません。

コナ　いえ。

カレル　どうしたの？

コナ　なんでもないんです。

メアリー　（頭を抱えて）とんでもないことになってしまった……！

コナ　いいんです。たいしたことじゃないんですよ。

ポニー　かけてやればこっちから。

コナ　いいわよ……。
カレル　誰？（電話の相手のこと）
ポニー　（茶化して）お父さん気になるの？
カレル　バカ。
コナ　ミラー君よ。
カレル　ああ、あいつ助手のクセに上から物言うところあるよな。あいつのせいで破談になった企画がいくつもあるって言ってたよね君。
コナ　いくつもはありませんよ。
カレル　展示の打ち合わせに来た画家本人に絵を触るな！　って怒鳴りつけたんだろ。
コナ　若いんだもの、あるわよそういう間違いだって。
カレル　若くったってさ……。
メアリー　何かお飲みになられますか？
カレル　いや、僕は大丈夫。
コナ　あたしも。
ポニー　あたしコーラ。氷いらない。
メアリー　はい。

メアリーがキッチンの方へと去る。

カレル　（ポニーに小声で）自分んちじゃないんだぞ。
ポニー　（冗談めかして）お父さん達に言われたくありません。
カレル　おまえ。
ポニー　（立ち上がる）
コナ　どこいくの。
ポニー　トイレ。

ポニー、下手のドアへ去る。

カレル　いつの間にあんな生意気になったんだ……。
コナ　十五ですよもう。
カレル　そうだね……。僕が出会った時の君より三つも上なわけだ……。
コナ　そうですね……。

カレル　最近あいつ、フリッツと随分仲いいらしいね。
コナ　ええ。
カレル　気が合うのかな。
コナ　合うんじゃないの。仲良しなんだから。
カレル　うーん。
コナ　合わないよりいいじゃないですか。
カレル　うーん。やっぱり母親同士の気が合うとそうもなるのかな……。

メアリーがコーラを持って来る。

メアリー　（ポニーがいないので）あら。
コナ　今トイレに。
メアリー　あ。
カレル　ポニーの奴、いつもフリッツと二人で会ってるんですかね。いつも二人っきりってことはないんでしょ？
メアリー　二人っきりです。

カレル　言い切りますか。
コナ　なに心配してるの。
カレル　心配してないけどさ……。
メアリー　ごゆっくり。
カレル　すみません。
メアリー　いえ。（コナに）もうすぐですねティルダ様。
コナ　ええ。
メアリー　（ひっこみながら）よかったわ本当に、よくなられて。

メアリー、キッチンの方へと引っ込む。

カレル　車混んでるのかな……。
コナ　かしら。
カレル　行ってあげればよかったのに。
コナ　え。
カレル　病院。

コナ　そこまで出しゃばりたくないの。
カレル　（納得いかず、しかしやんわりと）別に出しゃばりだとは思わないけどね……せっかく見舞いに行っても家族がいると帰って来ちゃうし……。
コナ　今日はいろいろ仕事の連絡もあったのよ……。
カレル　（折れて）うん……。仕事大変なの？
コナ　新しい方の話、駄目になるかもしれない。
カレル　え？
コナ　オーナーが急に今日来てもらわないと困るって言い出したんですって。
カレル　新しい方って？
コナ　新しい美術館。
カレル　（よくわからず）ああ。
コナ　……。
カレル　……。
コナ　言ったでしょ。もう一つ新しくできる美術館まかせてもらえそうだって。
カレル　そうだっけ。
コナ　……。

カレル　……だけどさぁ、二つも館長兼任しちゃったら大変なんじゃない？
コナ　数の問題じゃないわ、質の問題。
カレル　……なんとかならないの？
コナ　昨日の約束を今日に変更してもらったの。
カレル　ああ。
コナ　二度も変更は困るって。ミラー君板挟みになって混乱してたわ……。
カレル　そう……。
コナ　（事務的に笑って）ま、なるようになるわね。
カレル　そうだよ。そんな話また来るよ。
コナ　ええ……。
カレル　喉かわいたな。（冗談で、ポニーのコーラを）飲んじゃおうか。（笑う）
コナ　（ジョークへの反応鈍く）あたし二階でもう少し仕事させてもらいます。
カレル　いいじゃないかよ今日ぐらい。もう着くよ。
コナ　春の展覧会がひとつ中止になったんです。今日中に代案を考えないと。
カレル　そう……。あいつトイレで化粧してるんじゃないだろうな。

コナ、階段の踊り場あたりで歩くのをやめている。

カレル　……どうしたの。
コナ　ちょっと目まい、大丈夫です。
カレル　（駆け寄って）無理し過ぎだよ。
コナ　大丈夫ですから……。（うずくまってしまう）
カレル　ソファーに横になってなよ。薬もらおうか。
コナ　いえ、ちょっとした貧血ですから、最近よくあるの。
カレル　横になってなって。
コナ　（遮って）平気。（立って）ほら、立ちあがれます、（歩いて）歩けます、階段だって……（上って）ほら。
カレル　わかったから。
コナ　仕事しないと……。
カレル　……。
コナ　……。
カレル　そんなに大切ならば今日も打ち合わせに行けばよかったじゃないか……。

コナ　え……

カレル　いや、それほど大切な打ち合わせならさ……。

コナ　（信じ難い、というニュアンス含み）ティルダの退院の日に……!?

カレル　退院祝いなら他の日にだってできるだろ。二人っきりで。

コナ　今日は特別な日なんですよ、ティルダにとって……！

カレル　そうだね……ごめん。

コナ　……。

カレル　羨ましくなるよ、時々。

コナ　何がですか？

カレル　君とティルダだよ。嫉妬する。

コナ　（見ずに歩きながら小さく笑って）何を言ってるの……。

コナ、二階へ去った。カレル、部屋のどこかへ落ち着く。

庭。まだエースがいる。フリッツが門の方から両手に荷物を持って足早に来る。

フリッツ　（エースに気づくが足を止めず）ああ。
エース　おう。遅かったな。
フリッツ　頭きちゃいましたよ道混んでて。病院のすぐ前の大通りがまた。
エース　何急いでんだよ。
フリッツ　急ぎますよ。
エース　ポニーならいないぞ。
フリッツ　（止まって）え。
エース　さっき家族三人で来てさ、急に今日用事が出来たからって言って一人だけ帰ってった。おまえに伝えてくれって。
フリッツ　（表情険しくなって）なんですか用事って。
エース　なんか、言えないみたい。
フリッツ　（不安つのって）言えない……!?
エース　それだけは言えないって。
フリッツ　……。
エース　俺も心が痛んだよ。そりゃそうさ、ゆうべおまえからあれだけ切実な思いを聞いていたわけだから。（自分の飲みかけのビールを）ビール飲むか。おまえのため

に用意されたビールかもしれねえ。（と天をあおぐ）
フリッツ　（受け取って飲もうとするが入ってない）
エース　入ってねえかもう。そういう時だってあるよバカ。
フリッツ　（泣きそうな表情で）なんだと思います？
エース　なにが。
フリッツ　だから言えない用事。
エース　男だろまず。
フリッツ　まず……!?
エース　女が言えない用事って言ったら九十九パーセント男なんだよ。
フリッツ　だって、先週ですよ……！
エース　ん？
フリッツ　だから先週の金曜日、ですから後半です先週といっても……！
エース　分かってるよそんなこと。
フリッツ　まさにここで……この木の前で
エース　抱き合ったんだろ。わかったよもう。耳にタコだよ。
フリッツ　もう少しでキスだった……。

エース そこでもうひとつ踏み込めねえ、そうしたことひとつがおまえという人間の将来を決定づけるんだよ。
フリッツ (眉間に皺を寄せ、どこか一点を見つめて)……。
エース 勉強になるだろ。
フリッツ ……。
エース おい。
フリッツ (そのまま)一分だけ黙っててもらえますか。
エース ……はい。

室内のソファーでは、カレルがコーラをラッパ飲みで飲み干していた。ポニーがトイレから戻って来る。

ポニー あ!
カレル (自分で驚き)あ、飲んじゃった! ごめん。もう一本頼むか。
ポニー いいよもう……。
カレル ごめん。本当に飲むとは思わなかった。

ポニー　何言ってんの。
カレル　頼めばいいだろもう一本。
ポニー　もういい。
カレル　いいならいいよ。
ポニー　そのかわりお小遣いちょうだい。
カレル　……何に遣うんだよ。
ポニー　転校していく友達の送別パーティ、皆でお金出し合うって約束したの。
カレル　……いくら。
ポニー　（三、と指を出し、四に増やす）
カレル　ママには内緒だぞ。

カレルが自分の鞄から財布を出す中、

フリッツ　経ちましたか一分。
エース　（面喰らって）え、計ってねえよ。
フリッツ　え!?

エース　えって、計ってねえよ。
フリッツ　（ムッとして）じゃあいいです……。
エース　……。
カレル　無駄遣いすんなよ。（と財布から札を四枚出して差し出す）
ポニー　（受け取って）ありがとう。
カレル　……!?（財布の残りが、明らかに認識していた額より少ないのだ）
ポニー　……どうしたの？
カレル　いや……。

カレル、見えないはずの庭のエースを疑念の眼差しで見つめると、玄関に続くドアへ向かう。

ポニー　どこ行くのよ？
カレル　ちょっと。

カレル、出て行く。部屋にポニーだけが残された。

庭。門の方から、ウィリアム、ブラックウッド、そして退院してきたティルダが楽しげに来る。ブラックウッドはティルダの肩を抱いている。

ブラックウッド　びっくりですよ。看護婦三人と、医者が二人だっけ？

ティルダ　二人。

ブラックウッド　まんまと契約にこぎつけてるんですから入院中に。

ブラックウッド、笑い、ふと見ると、それまで笑顔だったウィリアムの笑顔が消えていて、それは庭に息子を発見したからなのだが、すぐにまた笑顔を作る。

ウィリアム　（エースに）どこにいたんだ……。

エース　ここにいたよずっと。（ティルダに）おう、生きてたか。

ティルダ　（微笑みながら近づき、エースを抱きしめて）生きてたかじゃないわよ三年も……。

エース　おう……。

ティルダ　（抱きしめたまま）おかえり。

エース　おう……。

ティルダ　（抱きしめたまま）元気だったのお兄ちゃん……。

エース　病人に言われたくねぇよ。

ブラックウッド　（その言葉を笑って、エースに）おかえり。（ティルダに）お祝いが何倍にもなったな。

エース　おおげさですよ。（ティルダに）おめでとさん。

ティルダ　ありがとう。

ウィリアム　エース、例のコーチの件な、さっき電話したらさっそく明日会ってくれるそうだ。

エース　あとにしませんか……。（ティルダに）いいのかもう、体の方は。

ティルダ　うんすっかり。もう帰ってこないかと思ったよ。

ウィリアム　バカ言うんじゃない。

ブラックウッド　いやあ三年も経つとあれだね、お互い三歳年をとるね。

ティルダ　あいかわらず言っても仕方ないこと言うでしょ。

ブラックウッド　真実じゃないか。

ティルダ　（木に向かって）ただいま。みんな揃ったよ。（黙りこくっていたフリッツに）何してるのよフリッツ。
フリッツ　（何を言い出すかと思えば）俺、ちょっと川を見てくる。
ティルダ　川？　今から？
ブラックウッド　なんで。
フリッツ　本来なら海を見たいんだけど、ないから。
エース　行くならポニーと行きゃいいじゃないか。
フリッツ　え。
エース　川でも林でも。
フリッツ　（ひどく混乱して）え、だって、え。
エース　バカ、来てるよ。冗談だよさっきのは。
フリッツ　え……！
エース　ずっと待ってるよおまえのことを。
フリッツ　（みるみる笑顔になって）やめてくださいよ……！

フリッツ、荷物を手にして早足に去った。

ティルダ　何あの子。
エース　なに、就職したんだって？
ティルダ　ん、うん。
ブラックウッド　生命保険会社では最大手だよ。
エース　なんでまた。弁護士夫人が。
ティルダ　ん、ちょっとやってみたかったのよ仕事ってものを。
エース　小説は？
ティルダ　え？
エース　小説。もう書かないのかよ。新作は。
ティルダ　（曖昧に）ん、んん……
ブラックウッド　（ティルダの援護、というよりは話を流したいという風で）物書きはなかなかむつかしいんだよ。
エース　書きゃいいじゃないか。
ブラックウッド　（エースに）片手間でできることじゃないからね。
ティルダ　書いてるよ、少しずつ。

エース　そうか。
ウィリアム　さあ、入ろう。（エースに）風邪でもひいて明日の約束に行けないと大変だ。
エース　心配する相手が違うでしょう。
ウィリアム　なにがだ。
エース　病み上がりの娘がここにいるだろう。見えないのかよ。
ティルダ　お兄ちゃん。
ウィリアム　（激せず）おまえがずっとここにいたっていうから心配しているんじゃないか父さんは。
ブラックウッド　そうだよ。
ウィリアム　（ブラックウッドに）学生時代の後輩に高校の校長をやってる奴がいてね。丁度バスケット部のコーチを探してるっていうんだ。
ブラックウッド　ああ。
ウィリアム　こいつの試合も随分見てくれてるんだよ。いわば一ファンだ。
ブラックウッド　よかったじゃないか。
エース　俺が何十年ボール触ってないと思ってるんですか……。

ウィリアム　何を言ってる。あれだけ優秀な選手だったんだ、勘なんかあっという間に戻るさ。いや、何もずっと高校でコーチをやれって言ってるんじゃないんだよ。バスケットでは名門の高校だ。スポンサーだってたくさんついてる。二、三年もすればどこかのメジャーチームから「ウチにぜひ」ってお声がかかるに決まってるさ。
エース　本気で言ってんのか……。
ウィリアム　本気だとも。
エース　勘弁してくれ父さん、いい加減目を覚ませよ……。
ティルダ　入ろうよ。コナたち待っててくれてるんでしょ。
エース　……入ろう。

四人、玄関の方へと去る。
下手のドアからパオラが来る。

パオラ　あ……。
ポニー　あ、お邪魔してます……。
パオラ　こんにちは……メアリー見なかったかしら……。

ポニー　さっきそっちに……。（とキッチンのドアを示す）
パオラ　そう……ありがとう。（行こうと）
ポニー　大丈夫ですか？
パオラ　……何が？
ポニー　いえ……さっき、（下手のドアを指し）トイレ行く時にお部屋から泣き声が聞こえてきたから……。
パオラ　……ああ。
ポニー　ごめんなさい聞き耳立てちゃいました……。
パオラ　そう……。
ポニー　すみません……。
パオラ　聞こえちゃったものは仕方がないわ……。夕陽がきれい……。
ポニー　誰かとお話されてましたよね……。
パオラ　ええ、父さんやおじいちゃんや、母さんやおばあちゃん、それからお友達のリベッカ。とっても仲良しだったの。
ポニー　（うなずくことしか出来ず）……。
パオラ　あなた、フリッツの一つ下だったわね。

ポニー　はい。十五です。
パオラ　六十も過ぎるとね、ほとんどの人が幽霊に取りつかれてるの……あの人たちはあたしの中で生きていて、あたしたちは生きてる人間と話をするのと同じくらいの時間をあの人たちと話して過ごすのよ……十五の人間がこのことを理解するのはむつかしいでしょうね……もちろん十五のあなたが自分が死ぬとわかってないというんじゃないけど……歳をとった人間にとってはひどく堪えるの、周りの人を失うってことは……わかるかしらあなたに。
ポニー　（なにか不思議なものを見ているような眼差しで）はい……。
パオラ　だからティルダのお見舞いに行くのもつらかったわ……病院ってとこは嫌ね……人がこの世からいなくなるのをそおっと隠してごまかしてるみたいで……。
ポニー　でも、ティルダさんは元気になったんですよね。
パオラ　ええ、本当にありがたいことにね……あのコは幸運だわ……。
ポニー　そうですね……。
パオラ　そういやティルダの見舞いの帰りにね、病院であなたのお母さんそっくりの人を見たわ……。
ポニー　ママに？

パオラ　ええ。
ポニー　それママじゃないんですか？　ティルダさんのお見舞いに行って
パオラ　（遮って）んんそうじゃないの。よく見るとコナさんよりずっと年をとってい
　て、全然違う人だったの……
ポニー　はあ……
パオラ　車椅子に乗っててね……。

カレルがヤケに晴れやかな表情でドアを開けて飛び込んで来る。

パオラ　あら。
カレル　あ、すいません元気よく開けてしまって。
パオラ　元気なのはいいことですよ。
カレル　ええ。修理代支払ったんだった。
パオラ　え？
カレル　屋根の修理代。ここに来る途中支払い済ませたのすっかり忘れてました。
ポニー　だから何よ。

カレル　減るよそりゃ払えば！　危ういとこだった……（嬉しいまま）恥ずかしい！
　ちくしょう、恥ずかしい自分が！

　　フリッツが玄関からのドアを開ける。場が、とたんにけたたましくなる。

フリッツ　ただいま！
パオラ　あら、やっと帰って来たわ。おかえり。
フリッツ　ただいま。ポニー！
ポニー　待たせ過ぎだわ。
パオラ　（呼んで）メアリー！
フリッツ　ごめん。
カレル　こんにちは。
フリッツ　こんにちは。
ポニー　ママ呼んでくる。
カレル　いいよ、俺行く。

カレル、二階へ――。

メアリー　（出てきて）はい。

パオラ　ティルダたちが帰って来たわ。

メアリー　まあ、チャイムを鳴らしてくれればお迎えに上がりましたのに。（玄関の方へ）

パオラ　（嬉しそうに）急に賑やかになったわ……。（玄関の方へ）

フリッツ　どうする？　僕の部屋へ行く？（と手をとる）

ポニー　わ。（手をひく）

フリッツ　なに。

ポニー　手が濡れてる。

フリッツ　大量の汗だよ。

ポニー　洗ってきて。

フリッツ　ポニー……。

ポニー　目がヘンだわ。

フリッツ、先ほど庭でエースに言われた一言が頭によぎったのだろうか、突然ポニーに襲いかかる。
ポニー、悲鳴をあげる。

フリッツ　ポニー！

ポニー、フリッツを突き離すと玄関へ続くドアへと去る。ドアの外の廊下から「何どうしたの？」「ポニー」などという声が聞こえる。

フリッツ　……。

一同がワラワラと玄関の方から入って来る。
風景、少しあって——。

ティルダ　久しぶりのわが家……！

階上にカレルと共にコナが現れる。

コナ　ティルダ……！

ティルダ　コナ……！

明かりが変化し、音楽が流れる。

メアリー　肺炎を患われ一時は命も危ぶまれたティルダお嬢様が、ひと月ぶりに晴れて退院され、三年前に家を飛び出されたエース様もお戻りになって、その日のベイカー家の晩餐はご一家にとって、久方ぶりに華やいだものとなりました……ただ、お食事を召し上がりながら微笑み合い、談笑を楽しまれていた皆様が本当のところどんな事を思われていたのか、お心の内まではわかりません……デザートの後のしばしの語らいも終わり、皆様方は各々リビングを後にされましたが、ティルダお嬢様とコナ様だけは夜遅くまでお話なさっていたのを覚えております……もちろん、私の記憶がたしかであればのお話ではございますが……。

人々がそれぞれのあり方で二階や、別の部屋へと去って行き、ティルダとコナだけが残っている。
コナはティルダに退院祝いのプレゼントの包みを渡す。ティルダは包みをあけ、中から小さなオルゴールを取り出す。ティルダ、オルゴールの蓋をゆっくりと開く。オルゴールから、先ほど庭でエースが唄っていた唄が流れる。
ティルダとコナ、オルゴールに合わせて静かに唄う。

ティルダとコナ　♪どこまで続くの　独りの唄が誰も知らない昔の話　三本目の枝では星に手が届くてっぺんまで登って　月を飾れ

ティルダ　（静かにオルゴールのフタを閉めて）素敵……。

コナ　退院祝い。

ティルダ　ありがとう……。

コナ　世界に一つよ。懇意にしてるオルゴール作家がいてね、その人に頼んで作ってもらったの。

ティルダ　大切にする。

コナ　アトリエでね、あたしがこんなオモチャみたいなピアノで弾くと、サササッて一瞬にして楽譜にするのよ。

ティルダ　へえ……。

コナ　で「これで間違ってませんか」って楽譜見せるの。楽譜見せられたってわからないっていうのよ。

ティルダ　（笑って）でどうなったの、例の新しい美術館の話は。うまくいってる？

コナ　（口籠ることなく）多分駄目。

ティルダ　そうなの？

コナ　オーナーがヘソ曲げちゃってさ。

ティルダ　どうして。

コナ　あなたとこうしてお祝いする為にミーティングをキャンセルしたからよ。二度も。

ティルダ　バカみたい。

コナ　（オーナーのことと思い）でしょ！

ティルダ　あんたがよ。

コナ　あたし!?

ティルダ　.そうよ。気持ちは嬉しいわ。でもバカみたい。

コナ　今日は特別な日よ。

ティルダ　もしあたしが今のあんただったら仕事を選ぶわ。
コナ　え。
ティルダ　なんなら今からでも行くべきよ。あたしとなんて明日だって明後日だって会えるもの。なんなら一年後でも、んん十年後でもあたしは待ってるわ。
コナ　……。
ティルダ　やりたい仕事なんでしょ？
コナ　やりたい仕事。
ティルダ　じゃやるべきよ。もったいない。
コナ　ティルダの言うとおりだわ……さっきカレルにもほぼ同じことを言われたの。
ティルダ　だったらその時すぐ
コナ　（遮って）でも全然違う。
ティルダ　……。
コナ　全然違うわ。魔法みたい。
ティルダ　……。
コナ　きっとわたし、なんだかんだ理由をつけてあなたの顔を見たかっただけなのよ。気が済んじゃった。バカみたい。

ティルダ　気が済んじゃ駄目よ。
コナ　だって済んじゃったんだもの。
ティルダ　……。
コナ　いいわ。なんとかする。それでもグダグダ言うようだったら、「かんしゃく持ちのクライアントとは仕事できません」って言ってやるわ。「なんならカウンセラー紹介しましょうか」って。きっとポカーンと口をあけるわよね。そしたらその口の中に百科事典突っ込んでやるわ。それで言ってやるのよ、「ハ行には何が書いてありますか？　バーカ。」（二人、笑う）それでハッと夢から目を覚ますのよ。円筒型の穴の中で。
ティルダ　（笑う）
コナ　高さおよそ十五フィート、直径七フィートの円筒型……フフフ……「明るい光、それから闇。陽が空一面から降り注いだあとには黒々とした光、物言わぬ星々、木の枝でそよぐ風。毎日がこの繰り返しだった」。（ティルダが書いた小説の一節らしい）
ティルダ　ちょっと違うけどだいたい合ってる。
コナ　面白かったわ。今のところ。

ティルダ　途中からまた書き直してるの。なんだかもうどこまで書いたかわからなくなっちゃったわよ。

コナ　次はいつ読めるの？

ティルダ　（どこか諦めている様子を漂わせつつ）さあ……いつだろう……どうしたらいいかわからなくなっちゃってるのよ……主人公を穴から出すべきか、新しい登場人物を穴の中に放り込むべきか……書き出した時は悪くないって思えてた流れも一体何を面白いと感じてたんだか……やっぱりダラダラ書くとダメね、小説の展開よりあたしの変化のほうがずっと速いの。でもまあ、全部自分の才能の問題。

コナ　……会社は？　いつから？

ティルダ　週明け。

コナ　もうちょっと休んだら？

ティルダ　クビになっちゃうわよ。立場弱いのよ、この年で新入社員なんて。

コナ　あのさ、あたし少しだったらお金都合出来るよ。

ティルダ　怒るよ。

コナ　だから出来るけどしない。

ティルダ　言うのも駄目。

コナ　わかった……。あと何回裁判あるの？

ティルダ　何回で終わるかな。しつこいからね相手の女が。旦那ってのがまた強烈でさ、肉屋、言ったよね、病院までわざわざあたしに会いに来たんだから。「亭主を野放しにする女の顔ってのはこれか！」って。

コナ　（笑えず）……。

ティルダ　笑っちゃうわよ。裁判。弁護士が被告席に座らされてるんだもの……彼の隣にいる若い弁護士があれこれ耳打ちする度に神妙な顔して相槌打ってるの。

コナ　（笑えず）……。

ティルダ　さすがに懲りたみたい、あの人も……。

コナ　（無理して笑い）そう……。

ティルダ　言っとくけど愛し合ってるからね。

コナ　見ればわかるわよ。

ティルダ　はしかみたいなものよ……重いはしかだけどね、失業しかかってるわけだから。

コナ　喉かわいたな……。

ティルダ　ワインでも飲もっか。（呼んで）メアリー。

コナ　自分でやるよ。
ティルダ　いいわよ。メアリーの仕事をとらないであげて。

下手のドアからメアリーが来る。

メアリー　お呼びですか。
ティルダ　白ワイン二つくれる？
メアリー　お酒ですか……まだお体に障るんじゃございませんか？
ティルダ　メアリー、あたしは白ワインがほしいから白ワインって言ったの。
メアリー　かしこまりました。

メアリー、キッチンへと去る。

コナ　（その背に）すみません。
メアリー　とんでもございません。
ティルダ　フフフ……あの意固地さも彼女なりの生き様なのかしら。

コナ　やさしさでしょ。
ティルダ　そうか……カレルはやさしい？
コナ　……やさしいわよ。
ティルダ　ずっと？
コナ　ずっと。
ティルダ　そう。ってことは二人共、素晴らしい亭主に恵まれてるってことか……。ほら、旦那の影響よこれ。あたしまで言わずもがなのことを言うようになってる。
コナ　嫉妬するって言われたわ。
ティルダ　え？
コナ　カレルに。あなたとあたしのことを嫉妬するって。
ティルダ　へえ……。あのね。
コナ　？
ティルダ　これはやっぱり言っておくべきことだと思うから（と言いかけて言葉を途切らせる）

キッチンのドアが開いたのだ。メアリーがワインを運んでくる。

メアリー　どうぞ。
ティルダ　ありがとう。悪いけど早く行って。そっちでもどっちでも。
メアリー　はい、失礼致します。

メアリー、下手のドアへ去る。

ティルダ　……これはやっぱり言っておくべきことだと思うからあまり楽しい話じゃないけど聞いて。
コナ　なに……。
ティルダ　病院でアンナ先生を見たの。アンナ・クライス。
コナ　（顔色変わって）……。
ティルダ　入院してたのよ同じ病院に……。車椅子に乗ってた……あの頃は大人に見えたけどせいぜいあたしたちの十歳年上か、それくらいでしょ？　今五十になるかならないか……ずっとずっと歳をとってるように見えたわ……やつれ切って、くぼんだ目をして……生きてる人間じゃないみたいだった……。

コナ　どうしてアンナ先生だってわかったの……？
ティルダ　わかるわよそれは。
コナ　似ている人だったってことも
ティルダ　（遮って）名前を呼ばれてるのを聞いたのよ看護婦さんに……返事をした声もたしかに先生だった。
コナ　いつからこの町にいるんだろう……。
ティルダ　わからないわいつ戻って来たのかは……この町に住んでるのかどうかも……。

照明上手側に入ると、そこは二十六年前、一場で描かれた、あの雨の日の回想。十七歳のカレルと、十二歳のティルダとコナが庭のテーブルにいる。ティルダとコナは別の俳優が演じるが、二人の声は現在（三十八歳）のティルダとコナが発する。

カレル　（手紙を手にして）いいかい？　放課後になって、誰もいないことを確かめてから、アンナ先生に渡してほしいんだ……。
ティルダとコナ　（カレルを見つめ）……。

カレル　絶対に誰にも見られちゃいけないよ。大事な大事な手紙なんだ。

ティルダとコナ　……。

カレル　始業式の日、もしチャンスがなければその次の日でもいい。できるだけ早く、必ずアンナ先生に渡してほしい。約束できる？

ティルダ　（さほど積極的でなく）うん……。

コナ　そんなに大事な手紙なんですか？

カレル　ああ、命より……。

コナ　だったら、自分で渡しに行けばいいんじゃないですか？　それか郵便で

カレル　（遮って）そうはできない事情があるんだよ。だから君達に頼んでるんだろ……。

ティルダ　でもアンナ先生、学校を辞めるかもしれないって言ってたわ……。

カレル　君に……？　ティルダに言ったの？

ティルダ　クラスのみんなに……。

カレル　（熱っぽく）辞めるんじゃない、辞めさせられるんだよ……！　無理矢理辞めさせられるんだ！　もしかしたらこの町にはいられなくなるかもしれない……。どうして彼女が責められるのか僕にはわからない。彼女はなんにも悪いことなんかし

てないんだ……そうだろ？　アンナ先生やさしくて素敵な先生だろ？

ティルダ　素敵な先生よ。だけど……

カレル　（ムキになって）だけどなに。

ティルダ　職員室で教頭先生が話してるの聞いたわ。アンナ先生のこと。

カレル　教頭？　話してたってなにを！

ティルダ　あまりよくないこと……。

カレル　未成年者をたぶらかす危険な先生だとか？　冗談じゃない……あんなハゲの言うことと僕の言うことどっちを信じるんだ。

ティルダ　……カレル。

カレル　本当に？

ティルダ　本当。

カレル　コナは？

コナ　カレルさん。

カレル　いいよ、さんなんてつけなくて。

コナ　カレル。

カレル　うん……ごめんね大きな声出しちゃって……。

ティルダ　いいよ……。
カレル　じゃあ、これ、二人にお願いしていいね。
ティルダ　……うん。
カレル　誰にも聞かれないように……カレルからだって言って渡すんだよ。（手紙を差し出す）
ティルダ　（受け取り）わかった……。
カレル　頼んだよ。
ティルダ　はい。
コナ　はい。
カレル　ありがとう……（空を見て）あれ、またポツポツ降って来たね……。

エースが来る。

エース　（カレルに）何やってんのおまえこんなところで人の妹に。
カレル　何もやってないよ。話してたの。
エース　なにを。（再びティルダを冷やかすように）あれ。ティルダ、ティルダティルダ！　もしかしておまえ。

ティルダ　やめて！

エース　なんだよ。

カレル　（エースに）なに？

エース　これ言うと喜ぶんだよいつも。

ティルダ　喜んでない！

コナ　行ってください。

エース　行くよ。（コナに）帰るの？

コナ　まだ帰りません。

エース　今日は忘れ物すんなよ。

コナ　しません。

エース　むつかしい本読んでるな。ゴッホって耳とっちゃった奴だろ。

カレル　入ろう。（コナとティルダに）入ろう。

コナ　すぐ行きます。

カレル　うん。頼んだよ。

コナ　はい。

ティルダ　はい。
エース　（行きながら）何を頼んでんだよ人の妹に。
カレル　女心を教えてもらってたんだよ。

エースとカレル、玄関の方へと去った。

コナ　雨降ってきたよ……入ろうよ……。
ティルダ　（わっと泣く）
コナ　ティルダ……。

雨が強く降る中、上手の明かり消え、回想終わる。

ティルダ　あたしの手を握るあなたの手が痛かったわ……芝生に打ちつける雨がビーズみたいに見えた……人間なんて勝手ね。アンナ先生もどこか遠くで幸せに暮らしてると思ってた……。
コナ　この間カレルがね……

ティルダ　なに？
コナ　夢にみたって言ってた。アンナ先生のこと。
ティルダ　夢？
コナ　アンナ先生の夢をみたって……。
ティルダ　わざわざあなたにそんなこと言うの？
コナ　あの人、アンナ先生のことはすっかりあたしと共有してるつもりなのよ……。
ティルダ　……言ってしまってもいいのよカレルに。あたしが手紙を渡さなかったこと。
コナ　あたし達でしょ。
ティルダ　うん、あたし達が。
コナ　今さら言えないわ。言えない。あの人、アンナ先生のこと忘れてない。
ティルダ　二十六年も前のことじゃない。
コナ　……。
ティルダ　夢にみたって、夢にぐらい出てくるわ。あたしだって今朝意味なくナポレオンが出てきたもの夢の中に。
コナ　あたしに似てた？
ティルダ　え……。

コナ 病院でみたアンナ先生。
ティルダ 似てないわよ。
コナ ……。
ティルダ 似てなかったでしょあの頃だって……。
コナ ……。（明らかにティルダの言葉を信じていない）
ティルダ わかってると思うけど、あたしはね、もしも、もしもよ、もしも万が一カレルが町でバッタリ先生と会ったりした時の為に、あなたにこのことを伝えておくべきだと思ったの。お見舞いに来ないでほしいって言ったのもそういうこと。
コナ ……。
ティルダ どうしたの……
コナ こわいの……
ティルダ ……。
コナ あの日、あんなにムキになって先生をかばったカレルの顔が頭から離れない……あたしにはわかってるの、わかってるのよ……。カレルは私を幸せにすることでアンナ先生を失った穴を埋めていたんだって……！
ティルダ ……。

暗転。
程なく、メアリーが浮かびあがり、以下の口上の中、転換。

メアリー　いつでもよく笑いよく泣いておられたティルダお嬢様もコナ様も、私の目からは長い青春時代をお過ごしのように思えました……。さて、時計の針をここで思い切って四十年進めることに致しましょう。この物語をご覧になってる皆様がお過ごしの時代とそう変わらない世の中でございます。ティルダお嬢様もコナ様も半年前に亡くなられて、今は墓地で静かに眠っておられます。十六歳のやんちゃな少年だったフリッツ様は今や五十六歳（セリフに合わせ、示された若き日のフリッツが老年のフリッツに入れ替わる）。十五歳の可憐な少女だったポニー様も五十五歳（同様に若き日のポニーが老年のポニーに入れ替わる）。立派なお屋敷も、どこかくたびれてまいりました……

第三場　死後・七十八歳

明かりがつく。

部屋の中。二階から、四十がらみの男を先頭に、その妻、それから不動産屋（メジャーと図面を手にしている）が降りてくる。

夫　寝室の壁はぶち抜いて隣の部屋とつなげよう。

妻　ですけどそんなぶち抜いてばかりじゃあなた、せっかくたくさんお部屋あるのに。（不動産屋に）ねえ。

不動産屋　いずれにしても部分的にリフォームは必要かと思われますので、ご家族で充分に話し合われてください。

夫　充分てあんた、充分になんか話し合ってたら結論出る前に死んじゃうよ。

妻　早く犬を飼いたいわ。うちのマンションはペット禁止なんですの。

不動産屋　ワンちゃんもここならのびのびできます。

夫　（階上を見上げ）あいつら何やってんだ。

妻　（呼んで）ロビン！　お庭見ますよ！

夫　ロビンいつまでもイチャついてんじゃないぞ！

妻　まだ他人様《ひとさま》のお宅なんですからね！

夫　……来るだろうすぐ。

不動産屋　ご婚約者様ですか。

妻　ええようやく落ち着いてくれそうで。

不動産屋　おめでとうございます。

夫　どうせ二カ月かそこらで別れる。

妻　フランチェスカとは大丈夫よ。

夫　ケイトだろ。

妻　ケイトか。

夫　なんだフランチェスカって。

妻　いたんですよ別れちゃったけど。

夫　紹介されてないぞそんな女。

妻　する間もなく別れたんですよ。

夫　少しは一人の女とちゃんと付き合えんのかあいつは。

妻　……。

夫　……。
不動産屋　えーと、それでは、
夫　湖が見えたね、来る道で。
不動産屋　ええ、大きくはありませんが。
夫　釣りは？
不動産屋　大きさの割りに魚は多いようで、
妻　最近は放流もしてるそうよ。
夫　一度釣って逃がした魚をまた釣るなんてバカげてる。屈辱的だ。
妻　ゴルフ場もあったじゃない。
不動産屋　ええ。スーパーマーケットの裏手に。

老年のフリッツが下手のドアから入室してくる。

妻　（フリッツに）あ、今お二階を。
フリッツ　そうですか……。
妻　素敵ですねお二階も。やっぱり古いお家は素敵ですわね、雰囲気があって……。

フリッツ　（へりくだる風でもなく）ありがとうございます……。

妻　すみませんでしたね、午後のお約束だったのに。起こしちゃったんじゃありませ
ん？

フリッツ　いえ。

夫　息子が急に午後から女とフットボールの試合を観に行くとか言い出しましてね。
（笑う）

不動産屋　ではお庭参りましょうか。

三人、玄関へ続くドアから出ていこうと——

フリッツ　（不動産屋を呼び止め）あ、ちょっと。

不動産屋　はい。

夫　先行ってるよ。

不動産屋　すみません。すぐ。

妻　（不動産屋に）息子達下りて来たらお庭に

夫　（遮って）来るよ子供じゃないんだから。

妻　ええ。

　夫と妻、出て行く。

不動産屋　なんですか？

フリッツ　売れそうですか……？

不動産屋　感触はいいですよ。

フリッツ　そうですか……。

不動産屋　悩む暇《いとま》を与えないのがコツです。

フリッツ　ええ……。

不動産屋　最終額は二万七千五百です。

フリッツ　え？

不動産屋　二万七千五百。

フリッツ　三万でいけるっていう話だったじゃないですか……。

不動産屋　いけそうだと申し上げたんです。いけませんでした。ここはヘソ曲げられるより踏み切られたほうが……。

フリッツ　しかし、
不動産屋　どんどん値崩れ起こすばかりですよここらへんは。こんなに早く買い手がつくなんて、奇跡的です。
フリッツ　……わかりました。おまかせします。
不動産屋　はい。（行こうと）
フリッツ　あ。
不動産屋　なんですか。

この間に、男と妻は庭に現れている。

フリッツ　しつこいようですけど、木だけは切らせないでくださいね。庭の楡の木。
不動産屋　（きっぱりと）もはやわかりません。
フリッツ　わからないって
夫　この木はぶった切らんとな。
妻　ええ。
不動産屋　御要望はお伝えしました。が、さっきも陽当たりのことを気にしてましたし、明け渡してしまったその後に敷地内のものをどうしようと向こうの自由ですから。

フリッツ　あなたよくもまあそんなこと、それじゃ先日のあれは一体なんのための打ち合わせだったんですか。あなた何回うなずきました。

不動産屋　（突如、事務的な口調になって）わかりました。ではあなた様から直訴なさってください。

フリッツ　……。

不動産屋　あのテの人間は一つでも自分の思い通りにならないことがあるとすぐに気を変えますよ。買い手がつかないままあっという間に十年二十年経ちますよ。

フリッツ　……。

不動産屋　余計なお世話かもしれませんがね、四万五千なんて借金はどこかで思い切らなきゃ返せる額じゃありません……我々のような一般市民にはね。どうされるのか今日明日中には結論をお願いします。（フリッツがチェストから酒瓶を出すのを見て）やだな、私すっかり悪役みたいじゃないですか。健全に取引してるだけだってのに……フフフ……。

フリッツ　……。

不動産屋、ドアを出て行く。フリッツは以下、ソファーで酒を飲んでいる。

フリッツ　……。
夫　蚊がいるな。
妻　池があるもの。（池を覗き込むようにして）見てください汚い。ボウフラだらけ。
夫　埋めちまおう。
妻　ええ……。
夫　（つぶやくように）ちくしょ、二カ所もくわれた……。
妻　ハンモックがほしいわね。
夫　二万七千五百ってこたあないなこりゃ。まだ買い叩ける。ここまでガタがきてたら
（と不意に言葉を切って）え？
妻　（木の前にいて）はい？
夫　今なんか言ったか。
妻　いいえ。
夫　だって、言ったろ今。
妻　なんてですか。

夫　だからなんか。

妻　言ってませんよ。（近づいて）なんかってなんですか。

夫　わからないから聞いてるんだよ。

　　不動産屋が来る。

不動産屋　すみませんでした。私でわかることであればなんなりと。

夫　（木を見ていて）……。

　　五十代半ばになったポニーが、二人の孫娘、ドリスとニッキー（実はニッキーはフリッツの孫であるが、観客にはまだわからない）を連れて門の方から現れる。孫たちは買い物したパン等の袋を抱えている。

妻　あらおはようございます。

ポニー　……おはようございます。

不動産屋　予定の時間を少し早められたんです。

ポニー　ああ……あの赤いお車。
夫　朱色です。
ポニー　はあ。
夫　お買い物ですか。
ポニー　ええお散歩がてら。
孫たち　（男を指さして）誰？
ポニー　おはようございますでしょ。
孫たち　（口々に）おはようございます。
妻　おはようございます。（ポニーに）一体おいくつですか？
夫　一体ってなんだ。
孫たち　（口々に）四つ。
妻　二人共？　双児？
孫たち　（口々に、少し強く）誰？
ポニー　このお家を見にいらしたお客様よ。すみません。
妻　いいえ。
夫　でっかい木ですねえ。

ポニー　ええ。
夫　古いでしょ。
ポニー　この家が建つずっと前からここに。
夫　へえ……。

孫たち、木の前で、例の唄を唄う。
建物の壁面に映っていた木のシルエットが、唄に呼応するようにワサワサと揺れているように見える。

孫たち　♪どこまで続くの　独りの唄が　誰も知らない昔の話　空には泣き声　日が暮れてゆく　誰も知らない昔の話　三本目の枝では　星に手が届く　てっぺんまで登って　月を飾れ

唄が庭から聞こえたのだろう、部屋の中でフリッツが、唄の途中から小さな声であわせて唄う。

妻　（唄が終わって）素敵なお唄ね。誰に教わったの？
ドリス　ママ。
妻　ママ。
ニッキー　あたしもママ。
妻　ママ。
ドリス　ママはね、おばあちゃまから教わったの。
妻　へえ。（ポニーに）でおばあちゃまは？
ポニー　母に……。
妻　ああ。
夫　この木の唄ですか。
ポニー　ええ……（孫たちに）さ、もう行かないと。お家入って朝ごはん作りますよ。
手伝ってくれるんでしょ。
孫たち　はい。

この時、不意に不動産屋が肩から下げていた、最初期タイプの携帯電話が鳴る。

不動産屋　ちょっとすみません。
夫　この木は撤去して池も埋めちゃってもらいたいんだけどね、芝生も整備してもらって。費用コミコミで。いいよね。
ポニー　……。
不動産屋　あ、はい。すみません。（電話に出て、話しながら門の方へ去る）
夫　（妻に）今「はい」って言ったろ。聞いたよな。
妻　言ったわね。
夫　（自慢気に）こういう話切り出すには全部がタイミングなんだよ。
ポニー　行きますよ……。
ニッキー　てっきょってなに？
夫　撤去ってのは切っちゃうってこと。費用コミコミで。
　　それまで明るかった孫たちの表情がみるみる曇る。
ニッキー　（ポニーに）大おじいちゃまの木切られちゃうの……？

ポニー　まだわからないの。（夫婦に）ごめんなさい。失礼します。
ドリス　（男に）だめだよ切っちゃ……。
夫　（妻と顔を見合わせて笑う）
ニッキー　駄目だよ……！
ポニー　ニッキー。さあ行きましょう。朝ごはんよ。
ニッキー　朝ごはん食べない。
ドリス　あたしも食べない。

ニッキーとドリス、小走りに上手へ去る。

ポニー　ドリス！　ニッキー！
夫　子供は大変だ。子供の世界は小さいですからね。（妻に）俺もガキの頃、なんかへんなゴムを母親にとりあげられて、ショックで川に飛び込んだよ。
妻　なにをとりあげられたんですか？
夫　だからなんかへんなゴム。
妻　なんかって？

夫　（少しイラっときて）わかんねえよ。
ポニー　失礼します。
夫　はい。

ポニー、孫たちの去った方へと去る。

夫　ちくしょ。（かゆい）
妻　あの方……（ポニーのこと）
夫　あ？
妻　いえ、さっき寝室で見たでしょ、ここんちの夫婦の写真。奥様あんなお顔だったかしらと思って。
夫　（興味なく）どんなお顔だって顔は顔だ。車の中に虫さされの薬あったよな。
妻　取ってきますよ。
夫　いいよ。おまえはロビンたちを呼んで来なさい。
妻　はい。

夫、門の方へと去る。

部屋の中では、フリッツが、ソファーを、テーブルを、暖炉を、そして立ち上がり、奥の壁面に飾られている風景画を、愛でるように眺める。

妻　（上手の途中でハタと）あ、キー。あなた、キー。（とバッグを掲げる）

妻、門の方へと走り去った。

何らかのS．E．。

フリッツが眺めていた風景画は、この邸宅を門の方から眺めた構図なのであるが――。

フリッツの妄想なのだろう、まず額が歪みながら大きく膨らみ、絵の中の門が開くと、中から鎌を手にした死神を先頭に、いくつもの棺桶や荷物を運ぶ人々が続く。

フリッツ　どこへ行くんです……。

死神と人々、立ち止まる。

フリッツ　僕の家族を、僕の人生をどこへ運んで行くんです……

死神　何を言っている……そうしてくれと頼んだのはフリッツ、おまえだ……決めたのはおまえだ。

フリッツ　……。

死神達は去り、家は崩れ落ちてゆく。

この間、フリッツと絵のあたりを除き、周囲は薄暗くなっていたが、絵が元に戻ると明かりも元に戻る。

半年前の夜の回想が始まる。木の裏側から、七十八歳のティルダと、頭の禿げあがった、やはり七十八歳のチャドが現れる。

季節は秋。場所は庭に変化している。虫や蛙の声がむしろ静寂さを際立たせている。そのまま、ティルダは木の周囲をゆっくりと一周、あるいは二周する中——。

チャド　(チラチラとティルダを見ながらフリッツに) すぐにわかったよ。若い頃となんにも変わってねえや、ハハハ……。余りもんのパンをもらう列に並んでたんだ。駅前のパン屋。ティルダって呼んだらフッと振り向いて (ティルダに) ニコッと笑ってな。

フリッツ　(もうそれは聞いた、という風で) ええ。(ティルダに) さあ、もう部屋に戻ろう母さん。蚊が出るんだよ。昔みたいにゆったり過ごせるような場所じゃない。

ティルダ　(木を見ながら) もう少しここにいたいわ…。

チャド　懐かしいかい……。

ティルダ　(微笑みながら木を見たまま) お話してるのよ。

チャド　そうかい。(フリッツに、嬉しそうに) 昔っからこうなんだ。(ティルダに) 三十年ぶりじゃあ積もる話もあるよな。

ティルダ　チャド……。

チャド　(嬉しそうにフリッツに) ほら、呼んだよ俺を。(ティルダに) なんだいティルダ。

ティルダ　(近づいて) ゆうべの豆のスープはちょっとしょっぱかったわ。

チャド　ごめん。(フリッツに、照れるように) 料理なんて久し振りにしたもんでね。

フリッツ　ええ。
チャド　今日からはこの家でまた毎日うまいもんが食えるよ。
ティルダ　この家で……
チャド　ああ。君の家で。腹が減ったのかい。
フリッツ　母さん……
ティルダ　（フリッツを見るが返事はしない）
チャド　呼んでるよ息子さんが。返事してやれよ。
フリッツ　この家は売ろうと思ってる……事業が失敗したんだよ……息子夫婦も協力してくれてるけどね、とても足りる額じゃない……。
ティルダ　フォンスはなんて言ってるの？
フリッツ　（苛立ちを隠さず）母さん何度言ったらわかるんだ。父さんはとっくに死んだ。死んだよ。アパートを借りるから一緒に住もう。
チャド　（ティルダに同情して）葬式ぐらい出てやりたかったよな。
フリッツ　（つとめて柔かく、チャドに）仕方ないじゃありませんか。散々探したんですよ私達だって……。
チャド　まあそう怒るなよ。歳とりゃ誰だってどこかしらにガタがくるんだ。

フリッツ　すみません……。
ティルダ　温かいものが飲みたいわ。
フリッツ　だから戻りましょうって。
ティルダ　（呼んで）メアリー。
フリッツ　……。
チャド　（ティルダに）メアリーも死んだんだってよ。可哀想にな、まだ六十前だったって言うじゃないか……交通事故だよ、ひき逃げ。（笑って）俺たちゃ生かしてもらってるだけ丸もうけだ。
ティルダ　……。（また木の方へ。あるいは木を見る）
フリッツ　だからもう全部自分たちだけでやらなきゃいけないんです。紅茶でいいですね。（行こうとする）
ティルダ　（ハタと、今言われたかのように）家を売る……？
フリッツ　ええ、この木にもよくお別れを言っとくといいですよ。
ティルダ　（怒りさえ込めて）この木をどうするっていうの!?
フリッツ　どうするかなんて知らないよ。買った人間が切りたきゃ切る。僕らには関係ありませんよもう来ることはないんだから。

ティルダ　（動揺して）この木を切るだなんて、あなた本気で言ってるの!?
フリッツ　（見ずに）今頃戻ってきて何言ってるんですか……。
ティルダ　あなた！
フリッツ　（振り向いて）僕にはフリッツという名前がある。あなたがつけたんでしょう。
チャド　（フリッツに、頭を指して）ハッキリすることもあるんだ。ずっとこうじゃないんだよ。
ティルダ　この木は切らないで……！

映像がティルダとチャドをかき消すようにし、そこにはフリッツだけが残り、場所は部屋へと戻る。
程なく玄関へのドアが開き、ポニーが部屋に入って来る。

ポニー　（フリッツの様子に）どうしたの……？
フリッツ　おかえり……。
ポニー　ドリス達は？

フリッツ　え、一緒じゃなかったの……？

ポニー　いえ、今お庭の木の前まで一緒に……二人で先に走って行っちゃったからてっきり戻ってるとばかり……。

フリッツ　庭にいるなら来るだろうすぐ……納屋にでも寄って遊んでるんじゃないか？

ポニー　ええ……（酒を見て）お酒しまいましょ……。

フリッツ　うん……会ったかい、庭で。

ポニー　（うなずいて）会った。

フリッツ　うん。

ポニー　売れそうなの……？

フリッツ　多分ね……。

ポニー　そう……。

フリッツ　言った通りだったろ。

ポニー　え？

フリッツ　意味なくひっぱたいてやりたくなるような奴らだったろ。

ポニー　そう？

フリッツ　……。

ポニー 奥さんがね。
フリッツ ？
ポニー ニッキーとドリスを見て、双児？　って。
フリッツ （苦笑）
ポニー お腹すいたでしょ。朝食作ろうにもあの子たちがパンも卵も……。
フリッツ ポニー。
ポニー なに？
フリッツ やっぱり二人で病院に行って検査を受けてみないか……今はごくごく簡単な検査でわかるそうなんだ……。
ポニー いやよ。
フリッツ ……どうして。もし検査の結果が白だったら
ポニー （遮って）白とか黒とかやめて。
フリッツ ……。
ポニー そんな言い方してほしくない、私たちの関係を。
フリッツ うん……だけど、
ポニー 今さらいいじゃないどっちだって。

フリッツ　……。
ポニー　私たちはそれぞれの家族をもったのよ……ずうっと昔に。（笑って）孫がいるのよお互い、信じられないことに。もうじきドアを開けて入ってくるわ。
フリッツ　まだ愛してるのかい、死んだ御亭主のこと。
ポニー　それよりあなたの生きてる奥さんのことでしょ。
フリッツ　別れたよ……手続きに先週一杯かかった……。
ポニー　……フリッツ。
フリッツ　君のことは関係ないんだよ。遅かれ早かれ駄目になってた。女房には男がいたんだよ、それこそずうっと昔から。それはいい。問題はそのことを知った俺がなんとも思わなかったってことだ。これっぽっちもショックを覚えず、何年間もほったらかしにしておいたんだ。
ポニー　……どうにも出来ないこともあるわね、人生には。
フリッツ　こんなこと言うと気が違ったと思われるかもしれないけどね。
ポニー　だったら言わないで。気が違ったなんて思いたくないの。
フリッツ　もし、もし君が俺の、妹だったとしても、もうお互いこの歳だ。関係ないんじゃないか？

ポニー　関係ないってなに？
フリッツ　だから、結婚したところで問題は何もないじゃないかって。
ポニー　あなたそういうところ若い頃から全然変わってないわね。
フリッツ　どういうところ。
ポニー　なんか、うまく言えない。
フリッツ　アナーキーなところ？
ポニー　言ってることがわからない。
フリッツ　……。
ポニー　フリッツ、あたしはあなたと結婚する気はないわ……。
フリッツ　愛してないのか。
ポニー　わからない。愛ってなに？
フリッツ　知らないよ。君が知らないことを僕が知ってたためしがあるか今まで。
ポニー　いいじゃないこのままで。
フリッツ　……。
ポニー　あなたと私は会ってるわ、こうして。でしょ？　何が問題？
フリッツ　……。

ポニー　とりあえず一緒にお墓参り行きましょ。あなたのお母さんと、私のお母さんの。
フリッツ　君一人で行けよ。
ポニー　一緒に行きましょうよ。
フリッツ　どうして。友情か。
ポニー　だからわからないわよなんだか。お墓参り行ったら聞いてみましょうか二人に。
　きっとわからないって言うわね二人共。
フリッツ　……。
ポニー　なんだか妙なタイミングになっちゃったけど……これ。（と封筒を出す）
フリッツ　なんだい。
ポニー　少ないけど。二千入ってる。
フリッツ　受けとれないよ。（と返す）
ポニー　いいから。この家売ったってまだまだ全然足りないんでしょ。
フリッツ　……ありがとう。すまない……。必ず返す。
ポニー　いいから。
フリッツ　……。
ポニー　なに？

フリッツ　ポニー。
ポニー　（話をそらそうと）なにしてるのかしらあの子たち。（と離れていく）
　フリッツ、ポニーにキスしようとする。あたかもそれは、二場での若き日の二人の再現のようにも見えよう。
ポニー　やめて！（悲痛に）フリッツお願いやめて！
フリッツ　（離れて）……。
　ポニー、床にうずくまってしまう。
　庭の風景がだぶり、ニッキーとドリスが、小さなシャベルを手にして窺うように戻って来る。
ニッキー　いないよ……。
ドリス　（木の大きさに尻込みして）二人じゃ運べないんじゃない？
ニッキー　ドリス力もちでしょ。

ドリス　力もちだけど。重いよ。
ニッキー　運べるよ。
ドリス　運べるか……。

二人、木に近づく。

フリッツ　悪かった……。
ポニー　そう思うなら最初からやめて……。
フリッツ　（ズボンのポケットを慌てて探り、ヨレヨレのハンカチを出して）ハンカチ。
ポニー　いいわそんなヨレヨレの。
フリッツ　……。

ドリスとニッキーは木の根元を掘ろうとしていて――。

ニッキー　固いね……。
ドリス　固い……。

ポニー　（苦笑して）朝からなにやってんのかしらおじいさんとおばあさんが……ニッキー達探してくる。

フリッツ　うん……。

ポニー、出て行く。フリッツ、ハンカチで鼻を思いきりかむ。

ニッキー　根っ子って長いの？

ドリス　根っ子？

ニッキー　根っ子。知らないの根っ子。

ドリス　知らない。なに？

ニッキー　根っ子っていうのは、知らない。

ドリス　知らないの？

ニッキー　根っ子のね、あミミズだ！

ドリス　ミミズだ！

ニッキー、ミミズを躊躇なくシャベルで二つに切断。

ドリス　何してるの!?
ニッキー　ほら……ミミズは二匹に分けても両方生きてるんだよ。
ドリス　（ミミズを見つめて）ほんとだ……。
ニッキー　トカゲの尻っ尾もだよ。知ってた？
ドリス　知ってた。

ドリス、ミミズをさらにガツンガツンといくつもに切断。

ニッキー　（ドリスがやっている中）わあ……。
ドリス　……。
ニッキー　……分け過ぎだよドリス。
ドリス　分け過ぎか。こんなに分けたら死んじゃった。
ニッキー　うん。分け過ぎだあ。
ドリス　何匹いる？
ニッキー　（バラバラのミミズを数えて）二、三、二、（と掘っていた場所にコインを発見）お金だ。
ドリス　お金？
ニッキー　お金だよ。（と泥を払う）
ドリス　見せて。
ニッキー　……。
ドリス　（コインをしげしげと見ながら）これいくら玉《だま》？
ニッキー　いくら玉だろう。
ドリス　見たことないよこんなお金。
ニッキー　うん。
ドリス　ドリスが持ってるね。
ニッキー　なんで。見つけたのニッキーだよ。
ドリス　持ってるだけ。
ニッキー　うん……。
ドリス　掘ろうよ。
ニッキー　忘れないよ。
ドリス　なにが？

ニッキー　お金ドリスが持ってるの。しゃっきんだよ。
ドリス　しゃっきん？　しゃっくり？
ニッキー　しゃっきん。おじいちゃまね、しゃっきんまみれなの。
ドリス　（良いことのように）おお。
ニッキー　そのお金おじいちゃまに（と言いかけて）誰か来る。

ニッキーとドリス、木の裏側に隠れる。
家を買いに来た男の妻が門の方から足早に来ると、孫たちが地面に置いた、パンや卵の入った袋を一瞬気にするが、すぐに通り過ぎて去って行く。

孫たち　（出てくる）
ドリス　（女の行った方を見て）切る準備をしに行ったのかな……。
ニッキー　（木を見上げ）大おじいちゃまの木……。
木が悲しそうな声をあげたような――。

ドリス　泣いてるよ……。
ニッキー　掘ろう。
ドリス　掘ろう。

二人、また掘り始める。
部屋では、フリッツが二階へ向かうが、すぐに憤然たる顔つきで足早に降りて来て、そのまま玄関を出て行く。
ドアが閉まるなり、二階から上半身裸の男女が現れる。家を買いに来た夫婦の息子ロビンとその恋人ケイトである。

ケイト　（ロビンの後に、胸を腕で隠しながら、あるいは素肌にそのままシャツを着ながら来て）なに？
ロビン　いま見られてたのわかんなかったかよ。
ケイト　わかんなかった。
ロビン　慌てて逃げて行きやがった。この家のじいさんだよ。信じらんねえな。（奥へ戻って行きながら）おまえさっき鍵かけたって言ったじゃねえかよ。

ケイト　鍵かけた？　って聞いたのよ。
ロビン　バカ。別れるか。
ケイト　もうなんですぐそうやって……。（戻って行く）

庭。ニッキーが掘っていた穴から缶に入った手紙を発見する。

ニッキー　あ……。
ドリス　なに？　なに見つけた？　モグラ？
ニッキー　お手紙だ……。
ドリス　お手紙？
ニッキー　……読んでみる？
ドリス　読んでみる。
ニッキー　ニッキーにかもしれない。
ドリス　ドリスにかもしれない。

ポニーが玄関の方から庭に来る。

ポニー　何やってるの！
ドリス　何もやってない。
ニッキー　（手放し地面に落として）全然何もやってない。
ポニー　全然何もやってない⁉　手にもお洋服にも泥がついてるじゃないの！　みっともない！　こんな汚い手でパンをちぎって食べるのね⁉　いいわ、そうなさい。お腹壊して救急車で運ばれたっておばあちゃんついて行ってあげないから……！

そう言い終わったポニー、嗚咽している。
孫たちは、怒られていること以上に、ポニーが泣いていることに絶句していた。

ポニー　（ドリスが何かを後ろに隠すのを見つけ）ドリス何持ってるの。
ドリス　なんでもない。
ポニー　見せなさい。
ニッキー　……。

ポニー　見せなさい。

ドリス、コインをポニーに渡す。

ポニー　何これきったない。

ニッキー　お金だよ。

ポニー　お金？（をよく見て）よく見なさい、おもちゃでしょ。

ポニー、池にコインを投げ捨てる。ポチャンという音。

ニッキーとドリス　あ……！

フリッツが庭に来る。

フリッツ　なんだい、どうした。

ポニー　なんでもありません……。

フリッツ　……掘ってたのか？
ニッキー　大おじいちゃまの木と一緒にお引越しするの。
フリッツ　え……。
ポニー　なにを言ってるの？
ニッキー　（フリッツに）お引越しするんでしょ？

木のシルエットが、前よりいっそう不吉な様子で大きく揺れる。

フリッツ　なんだこれ……。手紙か……
ポニー　手紙？
フリッツ　（見て）「アンナ先生へ……」
ポニー　（反応）
ニッキー　（ドリスをさして）アンナ先生？
ドリス　（自分を）アンナ先生。
フリッツ　いい子だから二人共お家戻ってるんだ……
ポニー　見せて……。

ポニーが封筒から手紙を出す中、

ニッキー　でも大おじいちゃまの木……

フリッツ　大丈夫だから……おじいちゃまがちゃんと守ってあげるから……戻ってなさい。

ニッキーとドリス　はい！

二人、玄関の方へと去って行く。ポニーは手紙を読み始める。どこか、この庭ではない場所に、十七歳のカレルの姿が浮かび上がる。

カレル　親愛なるアンナ。毎日ちゃんと食べているだろうか。次第に痩せていく君の細い首を見るたび、僕は君を侮辱する学校の奴らや生徒の親達が憎くて堪らなかった。いま君が毎日受けている苦痛を思うと僕の胸は張り裂けそうだ。僕は君を守れなかった自分を呪う。十七歳という歳を憎む。

アンナ、どうか僕の決心を信じて欲しい。君が小さな声で無理だと言ったあの事だ。僕たちの新しい生活の事だ。ふたりで一緒に暮らすためなら、僕はどんな事でもするつもりだ。弟と偽っても構わない。誰も僕らの事を知らない遠い所へ行くんだ。僕は酪農の仕事を覚えるつもりだ。君のやりたがるような仕事だって、きっと見つけてみせるよ。いい考えがあるんだ。早く話したい。それを聞けば君もきっと元気が出るはずだ。

アンナ、金曜日の午後五時、中央駅から東行きの汽車が出る。二人でその汽車に乗るんだ。もし君が五時に間に合わなくても、僕はホームで君を待っているよ。だから必ず来て欲しい。

アンナ、どうか恐れないで。僕は何も怖くないよ。

愛するアンナへ。カレル

カレル、消える。ポニー、読んでいた手紙から目を上げると、手にしていた手紙をビリビリと破り捨てる。言葉もなく見ているフリッツ。

木のシルエットが揺れる中、暗転。

第二幕

第四場　四十八歳

音楽。メアリーが浮かび上がる。口上の中、転換が行なわれる。

メアリー ティルダ様が退院されたあの日から十年後の春でございます。この頃のベイカー家の経済状況は大変に厳しいものでございました。著名な銀行家であられたウィリアム様は長い係争の末に引責辞任されて久しく、現在は入院生活をなさっておいでで、またブラックウッド様も、裁判沙汰となったスキャンダルののちは、ついに弁護士のお仕事に戻られる事はありませんでした。ご一家は財産を切り崩し、ティルダ様とフリッツ様のわずかな収入に頼っての生活を続けておいでした。このときティルダ様とコナ様は四十八歳。（一瞬間をおいて）そしてフリッツ様は二十六歳。一つ年下のポニー様とのご結婚をお考えで、双方のご両親様の了解を得るために躍起になっておいででした。

部屋の中に、ティルダ、ブラックウッドの夫婦と、コナ、カレルの夫婦、そしてフリッツとポニーがいる。すでにその場で数時間が経過しており、落ち着いて始まったであろう会話も、埒があかぬことで、それぞれ集中、あるいは冷静を欠いている。沈黙が少しの間、あって――。

ブラックウッド　（酔っていて）どうにも堂々巡りだな……。（フリッツに）さっきからおまえは理由理由というけどね、

フリッツ　言いますよそりゃ！

ブラックウッド　でかい声を出すな、まだ耳は遠くなっとらん。

フリッツ　僕らは祝福されて一緒になりたいんですよ！
ブラックウッド　それはわかったよ。わかった。だからおまえ達も無理なんだということをわかりなさい。
フリッツ　どうして無理なんですか。僕はもう二十六ですよ。
ブラックウッド　父さんはもう六十六だ。
フリッツ　（思わず）死ぬまで待てって言うんですか。
ティルダとポニー　フリッツ。
フリッツ　（自省して）……。ポニーが、どうしてもこんなじゃ幸せになんかなれないって言うんです。だから、こんな風に祝福されないまま
ブラックウッド　（遮って）じゃあ祝福はしてやる。だが結婚は許さない。
ティルダ　メチャクチャなこと言わないで。（フリッツ及び周囲に）正直あたし、個人的には反対だとは思わないの。それはお父さん（ブラックウッドのこと）にも話したわ。（主としてカレルに）フリッツは穴だらけの出来損ないだけど優しい息子よ……。（ポニーを見て）ポニーがこんなので良いと言ってくれたのは嬉しいわ。
ブラックウッド　（呼んで）メアリーおかわり。
ティルダ　もうお酒はやめましょう。

ブラックウッド　（笑顔で媚びるようなニュアンスが少々）もう一杯だけだよ。
ティルダ　……。

メアリーがキッチンのドアから来る。

メアリー　はい。
ブラックウッド　おかわり。カレル君もどうだい。
カレル　いえ……。
メアリー　お待ちください。
フリッツ　メアリー。
メアリー　はい。おかわりですか。
フリッツ　（メアリーに）なんとか言ってくれよ。
メアリー　（戸惑って）いえ、私は……。
フリッツ　メアリーは絶対結婚するべきだって言ってくれてるんだよ。
メアリー　（制して）お坊ちゃま。
ブラックウッド　（メアリーに）なんの権限があって君がそんなことを言うんだ……！

メアリー　（慌てて）十年前の話です。

フリッツ　十年前からの話だろ。有効期限があるのか愛に！

ティルダ　メアリーいいからひっこんで。お酒もいらないわ。

ブラックウッド　（甘えるように）ティルダァ。

ティルダ　お酒なんか夜にだって飲めるでしょ。

ブラックウッド　（しぶしぶと）じゃあコーヒー。ブラック。

メアリー　はい。

ブラックウッド　ブラックウッドだけに。（笑う）

誰も笑わない。

ティルダ　いい？　続き。（フリッツとポニーに）あなた達にはあなた達の自由があるわ。繰り返すけど私はあなたたちの結婚にむしろ賛成。だけどお父さんは反対。ポニーの御両親も反対。これじゃ無理よ祝福された結婚なんて。

ブラックウッド　その通り。

ティルダ　愛し合ってるのならもう少しだけ待ってみなさい。待てるはずよ、本当に愛し合ってるなら。あたし達四人に心から祝福されるようになるまで。それでも駄目だったら駆け落ちでもなんでもすればいい。

ブラックウッド　おい……！

フリッツ　駆け落ちとか、そういうあれはポニーが絶対嫌だって。

ティルダ　ポニーもいくじのないこと言ってるんじゃないわよ。

ブラックウッド　君はどういう立場だ……！

ティルダ　だから今言った通りよ。もう少し待ってもらうの。落ち着いてよく考えるべきなのはあたし達の方かもしれない。コナ、おかしい？　あたしの言ってること。

コナ　おかしくはないわ……おかしくはないけど、私はカレルが反対する以上賛成はできない。（ポニーに）あなたにもそう言ったわよね。

ティルダ　カレルは？　どうしても反対？

ブラックウッド　むし返すことないだろう。

コナ　（ポニーに）知ってるわよね。それこそ十年前から反対してたのよこの人は。

カレル　俺は……許してやってもいいように思えてきた……。

コナ　え……？

カレル　結婚を許してやっていいんじゃないかと思う。

ポニー　（嬉しくて）お父さん！
ブラックウッド　ちょっと待てよカレル君、じゃあこれまでの二時間はなんだったんだ
　……！
カレル　（ブラックウッドに対してぶっきらぼうに）話を聞いてるうちにそう思えてきたんです。
コナ　（呆然と）……。
カレル　（コナに）だとしたら君も賛成だね。
ポニー　ママ！
フリッツ　ママ！
コナ　（カレルに）ちょっと待って、突然過ぎますよ……。
フリッツ　（俄然自信が湧いてきて）三対一だ。
ブラックウッド　算数やってるんじゃない！　カレル君もよく考えたほうがいい。
コナ　そうですよ、そんな急に……（とティルダを見、無理して笑うような）。
カレル　（ブラックウッドに）僕は賛成です……。
ブラックウッド　……。
ティルダ　じゃあ今日のところは解散かしら。ね。

メアリーがコーヒーを持って来る。

メアリー　お待たせ致しました。
ブラックウッド　いらん。父さんの意見はいくら待ったところで変わらないぞ。
フリッツ　（にらむようにブラックウッドを見る）
ブラックウッド　なんだその目は。
ティルダ　（フリッツに）よしなさい。（ポニーに）今日はもう帰りなさい。
ポニー　（フリッツが見るが）帰るわ今日は……。
カレル　（立ち上がりフラフラと歩きながら、異様とも言える様子で）帰ろう……疲れた……どうでもいい。

皆そのカレルの様子に一瞬「……」となるが——。

ティルダ　さようなら。
ポニー　さようなら。

メアリー　（コーヒーを持ったままティルダに）あの……よろしいでしょうか。
ティルダ　なに？
コナ　（カレルに）待ってよ。
カレル　車の中で待ってる。
コナ　あたしちょっとだけティルダとお話を。
カレル　もちろんわかってるよ……。
メアリー　ちょっと御相談が……。
ティルダ　なによ。
ブラックウッド　カレル君。
カレル　（無言で振り向く）
ブラックウッド　私も疲れたよ。
カレル　（無視するように玄関のドアから去る）
ブラックウッド　……。

　メアリー、ティルダを伴い、そわそわと下手のドアへ引っ込んで行く。

ブラックウッド　やれやれだ……（二階へ向かおうと）
コナ　（やや、声をひそめて）待ってくださいよ……。
ブラックウッド　私の書斎に来ればいいじゃないですか。
コナ　ふざけないで。よくこんな時に……。
ブラックウッド　……。
コナ　どうしていらっしゃらなかったんですか。
ブラックウッド　え。
コナ　昨日。
ブラックウッド　申し訳ありません。急用が出来てしまいましてね。
コナ　気楽ね男の人は……。
ブラックウッド　気楽？　冗談じゃない。口裏を合わせとく必要性を感じなかっただけですよ。
コナ　口裏じゃないわ。私はしっかりと確認しておきたかっただけです。
ブラックウッド　確認？　なんの。
コナ　あなたがどう思ってるのか。
ブラックウッド　どうって、決まってるでしょう。フリッツをポニーと結婚させるわけにはいかない。なぜならポニーの父親が御亭主なのか私なのか或いは他の男なのか、あなたがまるでわからないと言うからです。
コナ　他の男⁉
ブラックウッド　失敬。誰の子だろうと、産むことを選択したのはあなただ。
コナ　(感情的になるのを抑え込んで)御相談したいんです。あの子たちをできるだけ傷つけずに別れさせる方法を。なるべく早くどこかでゆっくりお話させてください。
ブラックウッド　(それには答えず)四半世紀も前のたった一度の愚行が今頃になって……私、正直あの夜のことはほとんど覚えてませんよ……。目覚し時計の秒針がカチカチうるさくて眠れなかった、そんなことぐらいです。あとはそうだ、ラジオでタンゴが流れていて、蓄音機が針とびを起こして何度も同じところを……二人で笑った。
コナ　思い出はお一人で勝手に楽しんで。
ブラックウッド　思い出じゃない、ただの記憶だ。今となっては邪魔っけなだけです。あの日君は、何年も前に私が庭でメイドとキスしているのを見たと言った。前の女房が死んだ日だ……。
コナ　それがなんですか……。

ブラックウッド　君はそのことをティルダに、家内に言うと言って私を脅迫したんだ……。
コナ　何を言ってるの……!?
ブラックウッド　それで仕方なく私は君と一夜を共にした。
コナ　馬鹿言わないで！　私はただあの時とても寂しくて、あなたがやさしかったから……。
ブラックウッド　やさしい!?　そう、やさしいんだ私は……やさしいんだよ……ティルダは私が本当はやさしいってことをわかってくれてる……私が一種の病気だってこともね……。
コナ　酔ってるわ……。
ブラックウッド　ああ酔ってますよ。酒を飲んだからね……。
コナ　明日にでも美術館に電話してください。シラフの時に。
ブラックウッド　この前電話折り返して館長呼び出してもらったら男の声だったんで驚きましたよ。
コナ　……。
ブラックウッド　「ミラーですが」って。

コナ　……ええ。
ブラックウッド　あなたの今いる庶務課っていうのは何をやるんですか。
コナ　いいじゃないですか。
ブラックウッド　ええ。
コナ　電話ください。明日。
ブラックウッド　ええ……（また話を変えて）あれ、知ってるんじゃないですか。カレル君。君の御亭主。
コナ　知りません。
ブラックウッド　知らないというのは？　知ってるのかどうかを？
コナ　あの人は知らないと言ってるんです。
ブラックウッド　そう……。
コナ　（不意に、みるみる不安が頭をもたげて）……ティルダに話してませんよね……。
ブラックウッド　話しましたよ。
コナ　……！
ブラックウッド　話しましたよもちろん。
コナ　……。

ブラックウッド　（笑って）嘘だよ。話してない。
コナ　本当に!?
ブラックウッド　話してませんよ。話せるわけがないでしょう。私はやさしいんだから。
コナ　……。
ブラックウッド　いつかティルダに聞いてみたことがあるよ。「君とコナはレズビアンなのかい」って。
コナ　（なにをバカな、という表情で）……。
ブラックウッド　ひっぱたかれた……フフフ……本気で怒ってたよティルダの奴……。

下手のドアが開いてティルダ、つづいてメアリーが戻って来る。その瞬間、コナはブラックウッドから反射的に少し離れる。ブラックウッドは何事も無かったように二階への階段を上り始めて――。

メアリー　（小さく）申し訳ございません……！
ティルダ　仕方がないわ、やってしまったことは。
ブラックウッド　（茶化すように）何やらかしたんだメアリー。

ティルダ　（ブラックウッドに）書斎の本、少しは片づけて。メアリーが動かすと怒るでしょ。
ブラックウッド　ああ、うん、本を読むことぐらいしか楽しみがないんでね、つい。今夜、お義父さんのお見舞い、俺いいかな。腰が痛いんだよ。
ティルダ　いいわ、あたしとフリッツで行く。
ブラックウッド　悪いなぁ。

ブラックウッド、二階奥へとひっこむ。

コナ　どうなのお父様……。
ティルダ　うん、よくない。毎朝母さんが行ってくれてるんだけど、あたしはなかなかね、残業も多くて……フリッツの結婚話でも聞かせれば少しは元気出してもらえるかなとも思ったんだけど。むつかしそうねすぐには。

ティルダ、そう言うとコナをじっと見る。

コナ　……。
ティルダ　よく考えてあげて。
コナ　（ティルダを見ずに）うん、考える……。
ティルダ　うん。
メアリー　（まだ自分の問題を考えていて）嘘の住所を教えればよかった……！
ティルダ　狭い町よ。（コナに）さっき買い物の途中に自転車で停車中のクルマをこすっちゃったそうなの。
メアリー　（コナに）クルマといってもクルマじゃないみたいな高そうなクルマなんです。
ティルダ　（苦笑して）分割で払うしかないわね……。
メアリー　申し訳ございません。毎月お給金から差し引いてください。
ティルダ　マイナスになっちゃうわよ。いいわよ。オンボロ自転車で買い物に行かせたこちらの責任。
メアリー　すぐに逃げればよかった……！
ティルダ　（コナに）賠償額の交渉に来るって言うのよ。
メアリー　今日にでもとおっしゃるからそんな急には困ると。

ティルダ　連絡先教えて。私電話する。
メアリー　はい？
ティルダ　連絡先、相手の。
メアリー　（ハッとして）！
ティルダ　何、聞かなかったの……!?
メアリー　申し訳ございません。髪の薄い、太ってるのにひどく神経質そうな方です。
ティルダ　特徴言われても。
メアリー　外国人のフリをすればよかった……！
ティルダ　逃げることばかり考えないの。後悔するぐらいならその時顔見られずに逃げなさい。
メアリー　申し訳ございません！
ティルダ　どうにかするわ。たいした傷じゃないんでしょ。
メアリー　はいもし私が乗ってたら一生気にしない程度の。
ティルダ　わかった。行って。
メアリー　申し訳ございませんでした……！

メアリー、テーブルに、残されたティーカップとグラスを片づける為のトレイを取りにキッチンへとひっこんだ。

ティルダ　カレルとはうまくやってるの？
コナ　（笑って首を振る）
ティルダ　（うなずいて）「疲れた」はともかく「どうでもいい」っていうのはひどいわね……。
コナ　（力無く微笑んで）また食事しながらゆっくり話しましょう。
ティルダ　そうね。来週、木曜の夜は？
コナ　多分大丈夫。
ティルダ　父さんのお見舞い行った帰りになるから八時過ぎるけどそれでよければ。
コナ　空けられると思う。

メアリーがこのあたりで戻って来、ティーカップとグラスを片づけ始める。

ティルダ　あ、いつかあなたが行ったって言ってたどこだかの国の料理食べに行こうよ。

おいしかったんだかまずかったんだかわからないけど元気が出たっていう、ね。

コナ　いいけど、おいしいんだかまずいんだかわからないわよ。

ティルダ　いいじゃない元気がでるんなら。

コナ　そうね。

ティルダ　そうよ。うん行こう行こう、決まり。よし。メアリーも元気出しなさい。

メアリー　はい……。

コナ　ティルダ……。

ティルダ　ん？

コナ　……ん……帰るね。

ティルダ　うん、帰りな。

コナ　うん。

コナ、玄関へのドアへ向かう。

ティルダ　（見送りに行こうとするメアリーに）あたしが。

メアリー　はい。

コナ　あ、いいわ見送りは。
ティルダ　そう？　じゃあ木曜日。
コナ　うん。
ティルダ　電話する。
コナ　うん。

コナ、出て行く。ティルダの表情が、少しだけ神妙になったようにも見える。

ティルダ　メアリー。
メアリー　はい。
ティルダ　（しかし、決してつらそうにではなく）生きてくって大変ね。
メアリー　はい、かなり大変でございます。申し訳ございません。
ティルダ　（笑って）違うわよ。
メアリー　今後は停車中の車からは相当な距離をとって、細心の注意を払います。
ティルダ　（やや冗談めかして）反対車線の車にひかれないように気をつけて。
メアリー　（そのことはあまり聞いておらず）はいもう相当な距離をとって。

ティルダ　……（苦笑して）。
メアリー　（何を笑われたのかわからぬまま、自嘲気味に笑いを返し頭を下げる）

　　ティルダ、下手のドアへと去る。
　庭にカレルとポニーが来る。

ポニー　ねえお父さん、あたしの話聞いてる？
カレル　ああ……。
ポニー　じゃあ答えて。どうでもいいって何？
カレル　（見ぬまま）怒らせたんなら謝るよ……。
ポニー　怒ってないわ。悲しいの。

　　カレル、立ち止って、ようやくポニーをしっかりと見据える。（ここまでに
　　メアリーはキッチンのドアへと去る）

カレル　ポニー、おまえには幸せになってほしい……本当だよ……きっとなれる……お

まえはママに似て、とっても強い大人になった……

ポニー 強くなんかない……。

カレル フリッツはどうしようもなく頼りないように見えるけど、おまえが選んだ人なんだから、きっといいところがたくさんあるんだろうな……

ポニー まっすぐな人よ……まっすぐでやさしい人…… いざとなったら自分の命を捨ててでも私を守るって言ってくれたわ……。

カレル そうか……（ポニーの頬にふれて）よかったな……よかったなポニー……じゃあきっとこれからはフリッツがおまえのことを守ってくれる……ママのことはおまえが守るんだ……。（ポニーから目をはずして）お父さん、一人の人間の人生を台なしにしてしまったんだよ……。

ポニー え……。

カレル 半分殺してしまったようなものだ……罪に問われた人間は一生かけて償わなければいけない。それはわかるだろ。

ポニー ……。

カレル 人を殺したり、ひどく傷つけて刑務所に入った人達はみんな、家族も仕事もなにもかも捨てて罪を償ってきたんだから。そうなって当然のことをしたんだから。

ポニー　（強く）わからない！　何を言ってるの……!?
カレル　（遠い目で）お父さんには守ってあげなきゃいけない人がいるんだよ……お父さんにしか守ってあげられない人だ……。
ポニー　しっかりしてよ！　お父さん最近おかしいよ！
カレル　違うよ。違うよポニー。何十年も思ってたことなんだ……ずっとお父さん、その人のことが好きだった……ようやく悪夢が終わったんだ……やっとこれから現実が始まるんだよ……。
ポニー　何十年も……。
カレル　ああ……おまえが生まれるずっと前からだ……。
ポニー　やめて……。
カレル　嫌な噂ばっかり耳に届いた……どこか遠くの海に飛び込んで死んだとか、雪山で死んでるのを発見されたとか……だけど生きていてくれたんだ……神様に感謝しなくちゃいけない……あの人とお父さんを再会させてくれたんだから……でもあの人はとてもとても弱っている……お父さんがいないと生きていけないんだよ……。
ポニー　あのお婆さん……!?
カレル　!?（と見る）

ポニー　あれ、やっぱりお父さんだったの……!?
カレル　なにが。
ポニー　お父さんだったのね……去年の夏よ……バス停の前の公園でお父さんに似た人が車椅子を押してるのを見かけたわ……そんなはずがないと思ってバスに乗った……いちじくの木の周りをぐるぐる回って……その人はいちじくの実をいくつももぎとって……。
カレル　ああ、アンナ、アンナ・クライス。お父さんの、大好きな人だ……。
ポニー　（罵るように）お婆さんじゃない……ヨボヨボの死にそうなお婆さんだったわ……！
カレル　（憎しみさえ込めて）何を言ってる……。
ポニー　お父さんずっとママとあたしを裏切りつづけてきたの……!?　そうなの!?

短い沈黙。

カレル　裏切ったのはコナの方だ……。
ポニー　!?　ママがなに……!?

カレル　コナと、ティルダだ。

ポニー　なに裏切ったって！

カレル　あの人は何も知らなかったんだよ……あの人は手紙なんか受けとらなかったって言ってる……！（ブルブルと震え、もはや泣いているかのような状態）ひどい話だ……本当にひどい話だ……！

ポニー　わからない。何言ってるのよ!?　そんな人の言うこと信じるなんて!?

カレル　おまえにはわからなくていい。

ポニー　わかりたくもないわそんな死にぞこないのお婆さんのことなんか！

カレル　それ以上言うとひっぱたくぞ……！

ポニー　ひっぱたきなさいよ！

カレル　（間髪入れずひっぱたく）

ポニー　！

間。

ポニー　（静かに）お父さん……病院に行った方がいいわ……。

カレル　……。

パオラがどこか神妙な面持ちで、門の方から来る。

パオラ　(二人に気づき、微笑んで) あら。こんにちは。
ポニー　こんにちは……。
パオラ　お帰り？　お話し合いは終わったの？
ポニー　はい……。
パオラ　そう……。(二人の様子から、これ以上詳しい話をすまいと感じたのか) 私は判定待ちよ。もちろんおめでたい方に転がってほしいけれど……。
ポニー　(無理して笑い) ええ……。
パオラ　ママは？
ポニー　今ティルダさんとお話を。すぐ来るって言ってたけど。
パオラ　そう……(カレルに) 今日はエースとは？　会ったんでしょ？
カレル　(聞いておらず) ……はい？
パオラ　エース。帰ってるわよね。

ポニー　ええ、さっき女の人と一緒に。
パオラ　女の人？
ポニー　はい。
パオラ　そう……じゃあまたね。
ポニー　はい。さようなら。
パオラ　（ポニーに）さようなら。（カレルに）さようなら。
カレル　（何か思いにふけっていて）……。
ポニー　（いささかの悪意を込め）疲れたそうなんです。どうでもいいんですって。
パオラ　え……。
ポニー　よくわからないんです。
パオラ　そう……（と笑うしかなく）じゃあね。
ポニー　はい……。

パオラ、玄関の方へと去った。

ポニー　（カレルに）あたし電車で帰るから。

カレル　……。
ポニー　お父さん……！
カレル　（聞いていなかったらしく）え……？
ポニー　あたし電車で帰る。行って。あたしここでママ待ってる。
カレル　ああ……。
ポニー　大丈夫よ、ママには言わないから。
カレル　言えばいい。
ポニー　……。

カレル、門の方へ——。

カレル　（立ち止まって）ひっぱたいて悪かった……。
ポニー　（その背に）信じられない……。
カレル　……。（歩き出す）
ポニー　信じられないわ、こんなこと……。
カレル　……。

　カレル、歩調を緩めず、去った。

ポニー　（泣くことも出来ず）……。

　リビングにベルの音が響く。門に誰かが来たのだ。

メアリー　（どこかのドアから出てきて）！

　再びベルの音。

メアリー　……

　メアリー、玄関へ向って行く。

　庭では、玄関の方からフリッツが来る。

フリッツ　ポニー。

ポニー　!?

フリッツ　（驚いただろうとばかりに）勝手口から抜け出してきた……窓から見たらここにいたから……手を振ったんだけど。

ポニー　フリッツ……。

フリッツ　手を振ったんだけど気づかれなかったみたいで。

ポニー、フリッツに抱きつくと泣く。

部屋では極めてそわそわしたメアリーが玄関から戻って来て（来訪者とやりとりしたのだ）、以下の台詞の間、フリッツとポニーの周囲を意味なく回ったりしている。

フリッツ　（抱きしめて）大丈夫、大丈夫だよ……三対一までもちこめたんだから。だろ？　あんな酔っ払いの言うことなんかに振り回されることなんかないんだ……ヘソ曲げられると面倒だからさっきは黙ってたけど、おやじはとてもじゃないけど、僕たちに偉そうなこと言えるような人間じゃないんだからさ。浮気を見つかって職を追われるようなみっともない男なんだから……おふくろの前では赤ん坊みたいな声出しやがって……。（自分にも言い聞かせるように）絶対うんと言わせてみせる。言わせてみせるから。ね、だから泣かないで……（木を見て、嬉しそうに）また木の前だ……。

フリッツがポニーにキスをしようと体勢を変えた時、門の方からけたたましい車のクラクションの音。

フリッツ　なんだ……？　ごめんちょっと。

フリッツ、門の方へ――。リビング、玄関に続くドアからパオラが来る。

メアリー　！　お帰りなさいませ。

パオラ　エースは!?

メアリー　いらっしゃいます。

下手ドアから、超のつくミニスカートをはいた化粧濃い目のエースの恋人、ヴェロニカ（三十代半ば）が現れ、そわそわしてるメアリーに声をかける。

ヴェロニカ　化粧室どこ？
パオラ　なに……!?
ヴェロニカ　化粧室。
メアリー　今通り過ぎられたかと。
ヴェロニカ　あれ。

ヴェロニカ、礼も言わずに戻って行く。

パオラ　待ちなさい！

パオラ、追っていく。メアリー、いよいよどうしてよいかわからず、再び玄関の方へ――。

フリッツ　（戻って来て）なんだあれ……。
ポニー　なに？
フリッツ　ものすごい車が……。

コナが暗い表情で来る。

フリッツ　あ。
コナ　（フリッツに）あなたどうしてここに……。
フリッツ　（車のことで頭がいっぱいなのか）今ものすごい車が来ました。
コナ　どうしてここにいるの!?
ポニー　フリッツ。今日はもう戻って。
フリッツ　うん……（コナの手を握って）どうぞよろしくお願いします……！
ポニー　お願い戻って。
フリッツ　うん……（車を気にして）誰だろう。
ポニー　フリッツ。
フリッツ　うん……。電話する。今夜、今夜電話する。

ポニー　うん……。

　　フリッツ、玄関へ続く道を走り去った。

フリッツの声　ポニー！
ポニー　（見る）
フリッツの声　愛してる！
ポニー　（うなずいて、手を振るのがやっと）
フリッツの声　愛してる！
ポニー　うん……。

　　フリッツ、去ったらしい。

コナ　お父さんは？
ポニー　……。
コナ　どうしたの？

ポニー　んん、車で待ってるよ。
コナ　そう……。

門の方から、いかにも成金風の服を身に纏ったリーザロッテと、その夫のカウフマンがやって来る。

リーザロッテ　やだ、あの頃より全っ然せまく感じるわ。
カウフマン　そういうものですよ……。

二人、コナとポニーに気づく。

カウフマン　（リーザロッテに）ベイカーさん？
コナ　いえ……。
リーザロッテ　（コナを凝視していて）……。
カウフマン　どうしたの。
リーザロッテ　コナ……!?

コナ　お久し振りです……。
リーザロッテ　驚き……まだ出入りしてたんだこの家に……。
コナ　ええ……。
ポニー　（気味悪そうに）この木、まだあるのね。
リーザロッテ　（コナに）ママのお知り合い？
コナ　小学校の時の同級生。
カウフマン　ああ。
ポニー　こんにちは。
リーザロッテ　あなたのお母さんにこの庭で殺されそうになったのよあたし、首を絞められて。
ポニー　（コナを見る）
コナ　（笑顔を作って）よしてください……。
カウフマン　ああ、コナさんて、例の。
リーザロッテ　例のよ。（夫を紹介して）主人。
カウフマン　（帽子をとって）どうもはじめまして。
コナ　こんにちは……。

リーザロッテ　このウチのメイド、なんて言ったかしら名前、あの人に車傷つけられちゃったの。住所聞いてビックリよ。

コナ　そうですか……。

リーザロッテ　（さげすむように）変わってないわねその口調……。ごめんなさいね、いっぱいお話したいけど時間がないの。行きましょう。

カウフマン　うん。

二階から「ヴェロニカ！」というエースの声。

カウフマン　（行きながらあたりを見回し）それなりの財産持ちですね。

リーザロッテ　遠慮はいらないわ。

リーザロッテ、カウフマン、玄関の方へと去った。

コナ　ポニー、お父さんと先に帰っててくれる？

ポニー　でも……

コナ　待ってるんでしょお父さん。
ポニー　……。
エース　（出て来て）ヴェロニカ！
コナ　なに、どうしたの？（目を見て）あんた泣いてる？
ポニー　泣いてないわよ。言っとく。
コナ　ええ、じゃあね。夕食までには帰るから。
ポニー　うん。

ポニー、門の方へと去る。コナ、庭の方へと戻って行った。この間にエース、階段を降りて来る。エースが下手のドアの近くに来た時、ドアが開いてヴェロニカが現れる。

エース　あ、いた。便所か。帰ったのかと思った。
ヴェロニカ　（笑顔すら浮かべて）帰れって言われちゃった。
エース　（そのあとに入室してきた母親に気づいて真顔で）……なんで。
パオラ　（目に涙を浮かべて）この方でしょ。今朝あなたと一緒に現れてウィリーのことをキチガイ呼ばわりしたのは！

エース　なんだそんなことですか。落ち着かせようとして言ってくれたんですよ。父さんがギャーギャーわめき散らして他の患者さんに迷惑だから……。

パオラ　どうしてこんな人があなたと一緒にお父様のお見舞いに来るの！

エース　こんな人って母さん、落ち着いてくださいよ。

ヴェロニカ　一応人だとは思ってもらえてるんだ。

パオラ　お黙りなさい！

エース　そんな言い方はないでしょう。女友達が心配して見舞いに同行してくれた、ただそれだけのことなんですから。

パオラ　今すぐ母さんと一緒に病院に戻ってお父様に謝ってちょうだい！　この人には帰ってもらって！

エース　十年ぶりにバッタリ会ったんですよゆうべ。記念すべき再会なんだ。追い出さなくたっていいでしょう。

ティルダが下手のドアから来た。

ティルダ　どうしたの……。
エース　出てけって言うんだよ急に。
ティルダ　え？
パオラ　エースがこの家更地にしてお墓にするって言ったっていうのよ……！　お父様泣いて嘆いてらしたわ！
エース　ロクに話も聞かなかったクセに。
ティルダ　お墓って、
エース　（遮って）墓地だよ。（パオラに）いい話なんですよ、（ティルダに）教会からの正式な申し出なんだよ。
ヴェロニカ　今一番儲かるんですよ墓地と中古車が。
パオラ　あなたは、あなたは生まれ育ったわが家を墓石で埋め尽くそうっていうの⁉
ティルダ　母さん、落ち着こうよ。
エース　さっきから俺も言ってんだよ落ち着けって。
パオラ　そんなひどいこと、よく病気のお父様に言えるわね！　あの人はもう長く生きられないんですよ！
エース　ひどいことって……もういいですよ。

パオラ　行くのよ謝りに。
エース　勘弁してくださいよ。
パオラ　行くのよ！
エース　（爆発して）いい加減にしてくれよ！
パオラ　！
ティルダ　お兄ちゃん……。
パオラ　……。
エース　謝りに行ってどうすんですか、握手して抱き合うんですか。
パオラ　そうよ！　握手して抱き合うのよ！
エース　嘘っぱちでそんなことしてなにになるんです！
パオラ　嘘っぱち……!?
エース　ガキの頃からこの家ん中じゃ本当の話は十分も続かなかった……俺もう今年五十三ですよ。五十三年間も一緒にいて、あの人は、父さんは俺がどんな人間か、見てくれようともしなかったんですよ！
パオラ　お父様はいつだってあなたを、（とティルダを気にして）あなた達を応援してくれたじゃないの！

エース　おい、見たかティルダ、今母さん慌てて言い直したぞ。あなた達って。
ティルダ　今しなくちゃいけないのこんな話。
エース　いいや……もう遅いよ！
パオラ　（泣きながら）あなた達のお父様は、あなた達二人を愛しているわ！　心から！　家族よ！　息子と娘よ！

ヴェロニカがけたたましく笑う。

パオラ　何が可笑しいの！
ヴェロニカ　（笑いを押さえようとしながら）ごめんなさい、愛とか家族とか言うから。
エース　（苦笑して）あの人が愛していたのは俺の試合だけですよ、残念ながら。
パオラ　馬鹿を言わないでちょうだい……！
ティルダ　母さん……（エースに）もうやめて。
エース　じゃあ聞きますけど、あの人は俺の子供の時の夢を知ってますか？　俺の好きな音楽がわかりますか？　こいつの書いた小説を読んだことがありますか？
ヴェロニカ　ああ、そう言や妹さん小説書いてるって言ってたね。（ティルダに）聞いた？　拾ってもらったの十年前に。ヒッチハイクしてて。
ティルダ　ええ。
ヴェロニカ　「十年前に会いたかった」とか言われて無理矢理車降ろされてさ、そしたら十年後に会ったのよ。
エース　ちょっと黙っててくれ。
ヴェロニカ　（笑って）家族の前ではいきがっちゃって。
エース　うるせえ！
ヴェロニカ　可愛いって言ったのよ。あ、あの話してあげたら？　お父さんの浮気現場を見たショックで大学進学を放棄した話。
エース　（一瞬、動揺見えるが）あんな話嘘だよ全部！
パオラ　浮気⁉
ヴェロニカ　か本気か知らないけど。（早口で）お父さんが女の人とモーテルから出て来るのを見ちゃって試合と推薦入学を

エース、ヴェロニカにつかみかかる。

ヴェロニカ　（むしろ事態を楽しむように笑いながら、ティルダかパオラに）あたし平気なんですよこういうの。目の前で人が刺し殺されるのも見たことあるし。
エース　帰れおまえ。ヤク中。
ヴェロニカ　（まだ笑いながら）なによ、あたしはお父さんにも非があるってことを
エース　（遮って）帰れって言ってんだよ聞こえねえのか。
ヴェロニカ　帰るわよ。バッグ。

ヴェロニカ、薄笑いを浮かべながら二階へ行く中——。

エース　ちくしょう。何の話してたのか忘れちまったよ。
パオラ　気分が悪いわ……。
ティルダ　部屋で横になってなよ。（と肩を貸そうと）
エース　そうしてくださいよ。
パオラ　（ティルダに）大丈夫よ。
ティルダ　でも（とついていこうと）
パオラ　お願い一人にさせてちょうだい。

ティルダ　……。

　パオラ、下手のドアへ去った。

エース　……。
ティルダ　本当なの……？
エース　だから嘘だよ全部。出まかせ。
ティルダ　（と言ってることが嘘だと察して）……。
エース　どうせな。俺は人間の屑だよ。ハイスクール時代からの盗み癖で将来を全部棒に振った脳なしですよ……貫き通して死んでゆくよ……。
ティルダ　そんなもん貫き通さないで。
エース　昔俺が父さんの机から盗んだコイン、おまえにやったろ。あれどうした？　エラーコイン。
ティルダ　どうしたっけかな……忘れちゃったたな。
エース　バカ。結構な価値がついたりもするんだぞエラーコインてのは。
ティルダ　へえ。

エース　探した方がいいよ。
ティルダ　そうね……。
エース　俺はおまえがベストセラー作家になって食わせてくれるのを夢みてたのにな……。
ティルダ　もうアルファベットすら忘れちゃったわよ……。
エース　それが今じゃアル中の亭主を抱えた年増の保険勧誘員か……無残だな。
ティルダ　アル中じゃないわ……。
エース　アル中だよ。

メアリーが来る。

メアリー　奥様。
ティルダ　なに。
メアリー　いらっしゃってしまいました。
ティルダ　え。
メアリー　例の。お車の。

ティルダ　いきなり来られても……連絡先聞いておいて。
メアリー　それが、突然いらっしゃられても困ると、今も散々申し上げたのですが一歩も引かずで……。
ティルダ　……そう。
エース　何。
ティルダ　ちょっと。（とドアの外へ）
メアリー　（ドアの外で）あの……その方の奥様なんですけど……
ティルダ　何よ。

メアリーとティルダ、そう言いながら去った。
ヴェロニカが木の唄を鼻唄で口ずさみながら二階から来る。

エース　（!?　となって）どうして知ってんだよ。
ヴェロニカ　え。
エース　その唄。
ヴェロニカ　ああ、さっき化粧室行く時聞こえてきたのよどっかの部屋から、オルゴール。覚えちゃった。

エース　……。

ヴェロニカ　帰りのタクシー代ちょうだい。

エース　ねえよ金なんか。

ヴェロニカ　（舌打ち）

エース　つまらねえことペチャクチャ喋りやがって。

ヴェロニカ　じゃあね。十年後にまた会いましょ。

エース　死んでるよ十年後になんか。

ヴェロニカと入れ代わるようにして、ドアの奥からメアリーの「こちらですか……。あ、あお帰りですか？」という声、リーザロッテの「痛っ！　ちょっと！」という声がし、程なく、リーザロッテ、カウフマン、メアリー、ティルダ、コナが入室してくる。

リーザロッテ　（肩のあたりを押さえて）なにあの女、謝りもしないで……。

ティルダ　（コナに、小さめの声で）いいのにわざわざ戻って来なくても。

カウフマン　（コナに）言っておきますけど思い出話をしに来たわけではありませんので。
コナ　わかってます。
エース　（リーザロッテの顔を）あれ……？　こいつ、見たことあるぞこいつ。
ティルダ　リーザロッテさん。と御主人。
エース　リーザロッテだ。おばさんになったなあ。
ティルダ　お兄ちゃん。（二人に）ごめんなさい。
リーザロッテ　（エースに）お久し振りです。
ティルダ　お座りくださいと申し上げたいところなんですが、あいにく今日は。明日にでもこちらから出向かせて頂きますんで――。
カウフマン　わかっております。御多忙でしょうから私共も長居をするつもりはございません御安心を。
ティルダ　はあ……。
カウフマン　今日のところは額の方の確認だけして頂ければ。傷の方はご覧になりたければ停めてありますので帰りに。一目見て御納得頂けると思います。あの、失礼ですが御主人は。

ティルダ　今仕事中なので私が承りま す。
カウフマン　そうですか……額が額なだけに御主人の方がよろしいかと思ったんですが
そうおっしゃるなら……（と内ポケットから封筒を）こちらが請求書です。

ティルダが封筒を開ける中、

エース　（メアリーに）なんなんだよこれ。
メアリー　私が今朝お車に傷を……。
エース　ああ……。
ティルダ　（請求書を見て）……。
カウフマン　よろしいでしょうか。よろしければ
ティルダ　ちょっと待ってください。
エース　いくら。
リーザロッテ　もう製造していない車なのよ。ロバート・クレジュリーが乗ってた車を
オークションで競り落としたんだから。クレジュリー。ブルースの神様。
ティルダ　申し訳ありませんけどこんな額とてもお支払い出来ません。（リーザロッテ

に）0《ゼロ》が二つ多いわ。
エース　いくらだよ。（と請求書を見ようと）
ティルダ　一万二千。
エース　いちま……（メアリーに）おまえ何百台の車に傷つけたんだよ。
カウフマン　極めてまっとうな額ですよ。すべての製造工程が特注なんです。
エース　（笑いながら）払えるわけないでしょう。今ウチで金産んでんの妹とこいつの息子だけですよ。月給いくらだと思ってんですか。
カウフマン　（不意にエースの顔を見つめ）ちょっと待って……。
エース　なんですか……。
カウフマン　あなた……どこかでお会いしましたよね……。
エース　え……。（ここで何かに思いあたったのかもしれない）
カウフマン　お会いしたでしょう。随分前に。
エース　（内心焦って）なんですか急に。どっかですれ違ったんじゃないですか？
リーザロッテ　いいじゃないそんなこと。
エース　ちょっと便所行ってくるわ。どうも腹の具合が。

エース、下手のドアへと去る。

リーザロッテ　なによ一万二千ぽっちで。貯えがあるでしょ。
ティルダ　あの頃とは違うの。
リーザロッテ　（カウフマンを見て）……。
コナ　今日のところは帰って頂いたら？
リーザロッテ　（激して）あなた関係ないでしょう！　勝手について来て何言い出すの！
ティルダ　（カウフマンに）申し訳ありませんけど額も含めて改めて御相談させてもらえませんか。
リーザロッテ　だから額は請求書にある通りよ……！
ティルダ　払えない。払えませんとても。
メアリー　（突如泣きくずれる）
リーザロッテ　うるさい！
カウフマン　（ハタと）思い出した。

カウフマン、足早に、今さっきエースが去った下手のドアへ。

リーザロッテ　え⁉

ティルダ　（不安になって）何かしたんですか兄が……。

カウフマン　窓からでも逃げられると困る。

リーザロッテ　どこ行くのよ。

カウフマン答えずに去った。

メアリーがいっそう強く泣くので、

リーザロッテ　蹴飛ばすわよ！

メアリー　（泣きながら）申し訳ございません！

コナ　やめて！

リーザロッテ　（コナを見る）

コナ　関係ない人間だからこそわかります。あなた達がどれだけメチャクチャなことを言っているか。

リーザロッテ　（小さく）メチャクチャ!?（じっとコナを見据えてからティルダに視線を移し）いいわ。今日は帰る……。

ティルダ　ごめんなさい……。

メアリー　（声を張らずに）申し訳ございません……。

リーザロッテ　ただしその前にひとつやってほしいことがあるの。

ティルダ　なに？

リーザロッテ　あの人を殴って。思い切り。（コナのことである）

ティルダとコナ　……。

リーザロッテ　三回、いえ、五回。思い切りよ。顔の形が変わるくらい。そしたら今日は帰る。賠償額も少しぐらいなら負けてあげるわ。

ティルダ　冗談はやめて……。

リーザロッテ　冗談じゃないわよ。

メアリー　私を殴って下さい！

リーザロッテ　あんたじゃ意味ないの！（ティルダに）あなたのことも、もちろんこの人のこともすっかり忘れてたけど、さっき庭でこの人見たとたんに甦ってきたの、あの嫌ぁな感覚が。気持ち悪ぅい感覚よ。わかる？　わからないでしょう。オエッてなるような感覚よ、思い出したくもない感覚！　あたしがあの雨の日に家に帰って、どれだけ泣いたかわからないでしょう!?

ティルダ　あの日のことなら謝ったはずよ、始業式の日に。

リーザロッテ　ええ目も合わせずにね。私には「文句ある？」って聞こえたわ、あなたは何て言ったか知らないけど。（コナに）もし、もしもあなたが転校して来なかったら、あなたがいなかったら、今頃車に傷なんかつけられても笑って許してたのかもしれないわね……。（ティルダに）殴ってよ早く！

ティルダ　やめましょう。そんなことしてなんになるっていうの。

コナ　（軽く）構わないわ私は、殴られるぐらい。そんなことでこの人の気が済むならやって。

ティルダ　……。

リーザロッテ　こう言ってるけど。あの時あなた、ナイフ持って来いって言ったのよこのメイドに、ナイフか彫刻刀。（メアリーに）憶えてるでしょあんた。なんなら持って来る？　ナイフか彫刻刀！

メアリー　（泣きじゃくりながら）憶えておりません！　おやめください！　いい大人のなさることではございません！

ティルダ　あなたが大切だったのは友達じゃない、プライドよ。あなたちっとも変わってない。

リーザロッテ　……いいからやりなさいよ本人がいいって言ってるんだから！

メアリー　おやめください！

ティルダ　（メアリーに）やるわけないでしょ……。

リーザロッテ　やるのよ！　気持ち悪い！（コナに）本当に気持ち悪いわ、（コナに）旦那も子供もいるクセになに金魚のフンみたいに。どうせ旦那も誰かから取ったんでしょ。

ティルダ　（強く）黙りなさい！

リーザロッテ　……！

ティルダ　リーザロッテ。それ以上言うとあなたを殴るわよ。思い切り何度も。顔の形が変わるぐらい。

リーザロッテ　……。

ティルダ　なにか言い返せば？　なに急に黙って。

リーザロッテ　あなた、あなた自分の立場をわかって言ってるの⁉

ティルダ　立場？　あなたこそコナをどうこう言える立場じゃないわ。（とリーザロッ

　テに近づく）

リーザロッテ　一生二人でくっついてればいいわ！

　リーザロッテ、そう吐き捨てるように言うと逃げるように下手のドアへ去った。

ティルダ　ごめんなさい、巻き込んじゃって……。

コナ　あたしが勝手に来たのよ。やればよかったのに。なんでもないわ。

ティルダ　バカ。（メアリーに）上着と帽子出しときなさい。床に放り出しとけばいいわ。

メアリー　はい。申し訳ありま（せん）

ティルダ　（遮って）その言葉もう聞きあきた。

メアリー　はい……。

　メアリー、玄関へと去った。

ティルダ　ちょっとお兄ちゃん見てくる。
コナ　うん。ティルダ。
ティルダ　ん？
コナ　あの人たち帰ったら話がある。大切な話。あなたに黙っていたことがあるの、ひとつだけ。
ティルダ　……そう。
コナ　あの木、庭の木にしか言えなかったこと……最初に謝っておくわ……隠していてごめんなさい……。
ティルダ　……。
コナ　言ったらもう会えなくなるかもしれない。
ティルダ　聞きたくないなそんなこと……。
コナ　（首を振って）言わなきゃならないの……。
ティルダ　そう……わかった。

リーザロッテが悲鳴をあげて飛び出してくる。

リーザロッテ　救急車！　救急車呼んで！
ティルダ　！（下手ドアへ去る）
リーザロッテ　（自分が呼ぶしかないと電話に飛びつき、ダイアルを回しながら）とんでもないわあの男！
コナ　何！　何があったのよ……！
頭から血を流したカウフマンが姿を現す。服にも血が飛び散っていて――。
カウフマン　訴えてやる……訴えてやるぞ……！
暗転。
音楽と共に、老いたメアリーが浮かびあがり、口上。各場終わりと同様に転換。
メアリー　エース様はこの一件で投獄され、服役中の刑務所で首を吊り、亡くなられました。エース様は以前、あの方から高価な万年筆を盗んだそうでございます。私の不始末が運命の歯車を狂わせてしまったのかもしれません……この日を境にベイカー家には暗い影を落とす出来事ばかりが起きました……コナ様の御一家はどなたもお姿をお見せにならなくなりました……ティルダ様もフリッツお坊ちゃまも幾度となくお電話をなさったり、電報を打ったりなさっておられるようでしたが、いつも寂しそうに肩を落としておいででした……それから数ヵ月後、コナ様の御主人カレル様が、老女と共にボートの上で亡くなっているところを発見されました。事件を報じた新聞によりますと、事故なのか心中なのか、警察もわからなかったそうでございます……ティルダ様が突然失踪されたのは、それから程なくしてのことでございました……ブラックウッド様もフリッツ様も私も、毎日探し歩きましたが、ついに何の手掛かりも見つけることができませんでした……。同じ頃、ウィリアム様が入院先の病院でお亡くなりになり、間もなくパオラ奥様もウィリアム様のあとを追うようにして、御病気で亡くなられました……。そしてかく言う私も……。その後フリッツお坊ちゃまが若くして事業に成功なさったことだけが、せめてもの救いでございます……。ではまた時間をぐっと巻き戻しまして、ティルダ様とコナ様、共に二十三歳のある日を覗いてみることに致しましょうか……。ティルダ様最初の、そして唯一となった小説が出版されたことをお祝いして、エース様が宴を催した、あの穏やかな春の午後でございます……。

第五場　二十三歳

メアリーの語る通り、「穏やかな春の午後」である。庭にはシートが敷かれ、さながらピクニックのように、料理や飲み物がある。傍に置かれた小型の蓄音機から、音楽が流れている。明るい陽差しと小鳥のさえずり。人々は思い思いに芝生に寝そべったり、ベンチに座ったり、立ってリズムをとったり——。

ティルダ、コナ、ブラックウッド、カレル、ウィリアム、パオラ（赤ん坊のフリッツを抱いている）、エース、メアリーがいる。この時、フリッツは生後数カ月、ポニーは、劇中で語られる通り、まだコナの胎内で生を享けたばかり（見た目には妊娠もわからない）。

ウィリアム　（笑顔で）何も大学出ばかりが花形なわけじゃないからな。大学なんか行ってなくたってプロで立派にやってる選手がスポーツの世界ではたくさんいるんだ。なんて言ったかな名前、四十代になっていきなり返り咲いた野球選手だっているんだ。

パオラ　（笑顔で）エースはわかって（ますよ）

ウィリアム　おまえは口を挟むな。（続けて）なんにしろまずコートの上に立つってことが大事なんだぞエース。何千という人間がおまえを愛して、応援するわけだからな。

エース　（笑顔で）わかった考えてみるよ。

ウィリアム　うん。返事は早いほうがいいぞ。おまえにご執心とは言え、だいぶ向こうは焦ってるからな。

パオラ　（エースに）ともかくよく考えて（から）

ウィリアム　（遮って）話の邪魔をするなと言ってるだろう！

エース　父さん、母さんに怒鳴るなよ……。

ウィリアム　……。

パオラ　怒鳴ってないじゃないの。メアリー、レコード終ってるわ。

メアリー　はい。（と止める）
パオラ　それで？
ウィリアム　ああ……（エースに）市の選抜戦の準決勝、あの試合観てくれてたそうだ。すごかったって言ってた。
エース　……そう。
ウィリアム　（カレルに）カレル君、君観に行ったかいあの年の準決勝。
カレル　ええ、（笑って）一緒に行ったじゃないですか。
ウィリアム　そうだったっけか。
カレル　ええ。（エースに）惜しかったなあ、あの試合は！
ウィリアム　審判がポンコツだったんだ。（パオラに）エースが一番背が高かった、最年少なのに。覚えてるか。
パオラ　ええ。みんなでお父様が作ってくれた旗を振ったわ。
ウィリアム　ああ、あれ作るのは大変だったな。
ブラックウッド　（感心するように）へえ旗。
ウィリアム　おまえ父さんに手を振ったろ。第三ピリオドにシュートを決めた瞬間。
エース　ああ、覚えてる。

ウィリアム　強烈だったなあのシュートは、エースがまさにエースだったよ。（笑う）

何人かが笑う。

ウィリアム　バスケットっていうスポーツは
エース　（笑顔で）父さん、今日はティルダの為に集まったんだからさ。
ティルダ　いいのよそんなこと。
ウィリアム　わかってるさ。（ティルダに）だからしたよな、本の話だって。
ティルダ　うん。
ウィリアム　（熱度は下がってはいるが、つとめて関心を装い）おまえに文才があるなんて知らなかったよ。
エース　（逆に熱度グッと上がって）すごいんだよこいつは。小学生の頃からドストエフスキーみたいな作文書いてるんだから。
ティルダ　言えてないわよお兄ちゃん。

何人かが笑う。

エース　バカ、すごい事なんだぞ家族から作家先生が出るっていうのは。まずおまえが自覚しないと。
カレル　なんだっけほら、ヒロインが木の根元に自分の耳を埋めるところなんてよく思いつくよね。
ティルダ　あれはコナの提案よ。
カレル　え、そうなの!?（と妻を見る）
コナ　提案てわけでもないけど、ちょっと相談をね。
ティルダ　提案でしょあれは。コナが言ってくれなかったら思いつかなかったもの。
ブラックウッド　そりゃあ献辞に名前も載せなきゃな。
ティルダ　もっと文字の級数大きくしてって言ったのに。
コナ　やめてよ恥ずかしい。
エース　父さんどうだったんですか。
ウィリアム　なにが。
エース　何がって感想でしょ。
ウィリアム　面白かったよなかなか。出だしの描写とか。

エース　うん。あとは。
ウィリアム　出だしの、感じとか。
パオラ　ええ。母さん寝不足になっちゃったわよやめられなくて。（パオラに）な。
エース　だってよ。
パオラ　言っときますけどこれっぽっちもお世辞じゃないわよ。
エース　次回作も頑張れ。
ティルダ　そうね。
カレル　（コナに）じゃあ君もまた協力してあげないとね。
コナ　ええ。
ティルダ　コナと、あとは（と木を見て）あの木が家になかったら絶対に書き上げられなかったなあ……。
メアリー　じゃあ唄いますかみんなで、あの唄。
エース　え。
メアリー　唄です。
エース　じゃあって。
メアリー　（エースの台詞にかぶせて）唄いましょうお祝いに。

エース　（やぶからぼうに、とは思うが）いいけど。（何か言おうとするが）

メアリー　（勝手に唄い出す）♪どこまで続くの　独りの唄が　誰も知らない昔の話

空には泣き声　日が暮れてゆく　誰も知らない昔の話　三本目の枝では　星に手が

届く　てっぺんまで登って　月を飾れ

メアリーに続き、そこにいる全員が、それぞれの状態であの「木の唄」をフルコーラス、唄う。（ウィリアムだけは申し訳程度にしか歌わない）

コナ　ティルダおめでとう……！

エース　おめでとう。

皆が口々に「おめでとう」と言い、拍手。

ティルダ　ありがとう。頑張ります。

ウィリアム　さあそろそろお開きにしよう。明日の総会の準備をしなきゃならん。

パオラ　そうですね。

ティルダ　あたし抱くわ。
エース　（これは少ししみじみと）おまえなんかが世間に認められて嬉しいよ。
ティルダ　ありがとう。世間て言っても初刷り五千部だけどね。
コナ　世間よ立派な。
エース　そうだよ。
ブラックウッド　そうだよ。五千人もの人間が君の作った世界を覗くなんて、すごいことだよ。な、フリッツ。
パオラ　なんて幸せそうな笑顔なんでしょ……。
ティルダ　（フリッツに）将来あなたに読んでもらうためにも頑張るわ。
ウィリアム　エース、あとで部屋に来なさい。
エース　わかった。

ウィリアム、庭を去る。

カレル　（ティルダに）母親になるってどんな気持ち？
ティルダ　え？

コナが反応する。

ブラックウッド　どんな気持ちだい？
ティルダ　とても一言では言えない気持ちよ。本が一冊書けるぐらい。
カレル　そうか……（コナを見て微笑む）
コナ　（軽く微笑み）あたしちょっと
カレル　戻る？（と自分も行こうと）
コナ　お手洗い。
カレル　ああ。

コナ、行く。

エース　いいじゃないかよそんなにくっついて回らなくても。ったく新婚は。
カレル　（笑って）バカ、そんなことないよ。
エース　電撃プロポーズ男。

ブラックウッド　（実はコナが行ったことを気にしていて）少し冷えてきたね……。
ティルダ　そう？　暑いぐらいだわ。
ブラックウッド　風邪気味かな。上着着るか。

ブラックウッド、去る中、

ティルダ　気をつけてよ。
ブラックウッド　うん。

この間にエースとカレルはどこかに落ちついており、メアリーはパオラに手伝ってもらいながら後片付けを始めている。ブラックウッドが去る中チャドが門の方から来ていて、入口で佇む。

ティルダ　（チャドに気づいて）誰？
チャド　俺だよ。
ティルダ　え？

チャド　俺。

ティルダ　（わかって異様にテンション上がり）チャド!?　お兄ちゃんチャド！

エース　あ、チャドだ。

カレル　あ。

以下、チャドと子供を抱いたティルダ、庭のすみ、池の近くでの会話。

チャド　ごめん門開いてたから。

ティルダ　いいよ、なにどうしたのいきなり。

チャド　久し振り。（エース達に）すみませんお邪魔しちゃって。

エース　（まったく無責任に）おう、ぶっ殺すぞ。

チャド　（ティルダに）すぐ帰るから。

ティルダ　うん。わあ大人になったチャド。

チャド　なるよ大人に。

ティルダ　うん。何しに来たの。

チャド　いるかなと思ったらいたから。

ティルダ　うんだから何しに来たの？
チャド　本読んだ。
ティルダ　嘘、やった。ありがとう。
チャド　すごくよかった。
ティルダ　お兄ちゃん本読んでくれたんだって。よかったって。
エース　じゃあ百冊買え百冊。
チャド　じゃあ。
ティルダ　（面喰らって）え帰るの!?　コナいるよ、会っていけば？
チャド　いいよ。本がよかったってことを言いに来ただけだから。
ティルダ　（少し笑ってしまいながら）ああそう。わざわざありがとう。
チャド　池だ。
ティルダ　うん池。
チャド　懐かしいな（と眺めて）キバラガメだね……あの頃いたのはキタニセチズガメだったよね。
ティルダ　知らない。詳しいね相変わらず。
チャド　……。（子供を見ている）

ティルダ　何？
チャド　結婚したんだってね。
ティルダ　うん子供もいる。抱いてみる？
チャド　いいよ。
ティルダ　あたしもいいや。チャドは？　結婚。
チャド　独身。
ティルダ　そう。
チャド　子供もいない。
ティルダ　うんわかった。
チャド　じゃあ。
ティルダ　うん、じゃあ。
チャド　（エース達に）失礼します。
エース　おう。

チャド、門の方へと去った。

ティルダ　（面白がって）なんだったんだろ、わざわざ本がよかったたって。
エース　世の中は理解できない不思議な現象で溢れているからな。
カレル　（ティルダに）好きだったたんじゃないの？
ティルダ　え？
カレル　ティルダのことが。
ティルダ　やめてよ。
カレル　（冷やかすような声を出す）
パオラ　（カレルの冷やかしと同時に）一度戻りましょうか。
メアリー　そうですね。すみません。
エース　（笑う）
カレル　（ので）なんだよ。
エース　いや……。
ティルダ　あたしも行くわ。

メアリーとパオラは、半分程の片付け物を持ち、ティルダは子供を抱いた状態で、玄関の方へ——。同時にウィリアムが入室してきて二階へと去る。そ

　れで、そこにはエースとカレルだけが残る。

エース　ちょっと真面目なこと聞いていい？
カレル　なに。
エース　やっぱりいいや。
カレル　なんだよ。
エース　（すぐに）いや、おまえ妹のことどう思ってたのかなと思ってさ……。
カレル　どうって。
エース　妹よりコナのほうがいい？　まあいいから結婚したのか。
カレル　そうだね……。
エース　ただ世の中には理解できない不思議な現象もあるからな。
カレル　それはおまえだろ。
エース　俺？　バカ俺は町で一番不思議のない男だぞ。
カレル　どうしてあの時試合出なかったんだよ。どうして推薦蹴ったんだよ。どうして
　バスケットシューズ燃やしたんだよ。
エース　三つも答えられねえよ。どうして三つも答えられねえかを答えようか。バカだ

から。（笑う）おまえ知ってんだろ。万引きを見つかったからだよレコード屋で。

カレル　万引きのことは問題なかったはずだろ。親父さんが揉み消してくれて。

エース　いろいろあるの、バカには。

カレル　理解できないよ俺は。

エース　あたりまえだ俺ができないんだから。

カレル　……。

エース　欲しくもないものばっかり盗んじゃうんだよな、次から次へと。

カレル　家金持ちのくせに……。

エース　安心しろおまえんちの店からは盗らねえよ。しがない食料品店からは。

カレル　やめないとそのうち大変なことになるぞ……。

エース　そうなんだよな……。（と言ってから）新婚ボケに心配されたかねえよ。

カレル　（苦笑するしかない）

エース　また近いうちにドライブ行くか。ティルダたちも一緒に。おまえのカミさんも。

カレル　聞いてみるよアンナに。

エース　え？

カレル　（気づかず）なに？

エース　なんて言った今おまえ。誰に聞いてみるって？
カレル　だからコナに。
エース　アンナって言わなかった？（楽しんで）おいおいちょっと待てよ聞き捨てならねえぞこれは！　アンナって誰？　アンナ先生？　おまえまだ
カレル　（ムキになって遮って）言ってないよ！
エース　わかったわかった。不思議な現象ってことで。な。行くか。
カレル　行こう。
エース　おまえは真面目なんだか不真面目なんだか……。

エースとカレル、玄関の方へ――。
コナが入室してきてドアを閉める。腹部をいたわるように撫で、下手のドアへ行こうとした時、走って来たのか、やや息の上がったブラックウッドが入ってくる。

コナ　……。
ブラックウッド　心配しなくていい。妙なことをしたくて追っかけてきたわけじゃありませんよ。

コナ　別にそんな。

ブラックウッド　一度ちゃんと謝っておきたかった……（と周囲を気にしてから）一夜限りとは言え、あんなことをしてすまなかったね……男ってのはまったく。

コナ　（やさしく微笑んで）もう何も言わないでください……。

ブラックウッド　カレル君もあと二日早く君にプロポーズしていればね。（笑う）

コナ　（少し笑う）

ブラックウッド　改めて御結婚おめでとうございます。

コナ　ありがとうございます……。

ブラックウッド　そうだ、手続きの方は全部完了しましたから。これでおじさんの借金も帳消しだ。もうこわい人たちが家に来ることもないでしょう。

コナ　そうですか……。

ブラックウッド　(冗談めかして）万が一来てもこれからはカレル君がいるか。

コナ　ええ……本当にお世話になりました。

ブラックウッド　おじさん亡くなって七カ月も経ってたからね、君に不利な条件ばかりで、随分手こずらせてしまったけれど……。

コナ　いえ……よかった……。費用の方は分割で必ず
ブラックウッド　（遮って）ティルダの親友から金はとれないよ。
コナ　いえそれはホントに。
ブラックウッド　じゃあいつか、余裕のある時に。
コナ　ありがとうございます。
ブラックウッド　感謝するならティルダにしてください。
コナ　はい……。
ブラックウッド　さてじゃあもう、どちらかがどこかへ行った方がいいかな……。
コナ　ええ……。
ブラックウッド　例えば私が私の書斎にね。
コナ　そうですね。
ブラックウッド　うん。（笑う）
コナ　さっき……。
ブラックウッド　え？
コナ　蓄音機が針とび起こした時、笑っちゃいそうになりました……。
ブラックウッド　ああ……（笑う）ここだけの話、素敵な夜だった……。

コナ　（少し笑顔がこわばる）

ブラックウッド　何を言ってるんだ私は。

ガヤガヤと声がして玄関へのドアが開き、赤ん坊を抱いたティルダ、メアリー、パオラが入室して来る。

ティルダ　（コナとブラックウッドを発見して）手続きの話？

コナ　うん。終わったって。お陰様で。

ティルダ　よかったね。

コナ　うん。

パオラ　よかったわね。

コナ　はい。

パオラ　行きますよ。

メアリー　（パオラがキッチンへ片付け物を持ってきてくれることを）あ、申し訳ありません。

ティルダ　夫が弁護士でよかったわ。

コナ　（ティルダに）いろいろありがとう。
ティルダ　お互い様よ。
ブラックウッド　眠ったかい？
ティルダ　ええ……。

ティルダとブラックウッド、赤ん坊の顔を見つめる。

ティルダ　（呼びかけて）フリッツ。
ブラックウッド　（同じく）フリッツ。
ティルダ　やっぱりフリッツにしてよかったね名前。
ブラックウッド　え。
ティルダ　フリッツだものどう見ても。ねえ。
コナ　（笑う）
ティルダ　この人グレゴリーがいいだのハッケンブッシュがいいだの。やだハッケンブッシュなんて。（赤ん坊に）あなたはフリッツよねぇ。
コナ　ハッケンブッシュって。

ブラックウッド　いいじゃないかハッケンブッシュ。
ティルダ　いやよ。ベッドに寝かせてくる。
ブラックウッド　うん。
ティルダ　風邪うつされるから。
ブラックウッド　書斎で仕事するよ。
ティルダ　うん。

コナがドアを開けてやる。

ティルダ　ありがとう。カレルまたお兄ちゃんと話し込んでるのかな。
コナ　ええ。

ティルダ、去る。キッチンからパオラとメアリーが出てきて玄関へ向かう。

ブラックウッド　手伝いましょうか片付け。
パオラ　いいわよ。女の仕事。

行ってしまった。

ブラックウッド　さてと、じゃあ男の仕事……（と思い返して）その前に便所。（笑う）

コナも合わせて笑う。ブラックウッド、下手のドアへ去った。

コナ　……。（しかしその表情はどこか吹っ切れたように見え、暗くはない）

短い間。カレルとエースが来る。

エース　（エースを）ほら待ち構えられてたよ。（コナのこと）

カレル　なにが。

エース　（コナに向かってわざと）あれ、えーと名前なんだっけ？

カレル　やめろよ！

コナ　え？

エース　（コナに）からかうと面白くて。（と笑い二階へ向かいながら）じゃあ俺は消えるよ、あとで部屋来いよ。

カレル　早く行け！　自分の部屋で自殺しろ！

エース、去った。

コナ　（笑って）何怒ってんのよ。

カレル　なんでもないよ。なんでもない。

コナ　（まだ少し笑っている）

カレル　……どう？

コナ　え……。

カレル　（丁寧に）結論は出たの？　まだ意見は変わらない？　子供をもつのはまだ先にしたほうがいいと思うの？

コナ　……。

カレル　君が、経済的なこととか、自分の仕事のこととか、考えるのはわかるよ……でも、結婚してるふたりは子供を愛するものだよ。愛し合っている夫婦っていうのは

――。
コナ　産むわ……
カレル　!?
コナ　……。
カレル　今産むって言った？
コナ　ええ。
カレル　本当に……!?
コナ　うん。それでいい？
カレル　いいに決まってるじゃないか！

カレルがコナを抱きしめようとした時、コナの方からカレルに抱きつく。

コナ　とにかくずっと私を愛してカレル。そうすればきっとすべて何とかなるから……。
カレル　ああ！　約束する！　ずっと君のことを！　なんとかも何も、問題なんて何もないよ！（嬉しさのあまり混乱し）どうすればいいんだこういう時！
コナ　（ようやく笑顔になって）どうもしなくていいわよ。

ティルダが下手のドアから戻って来る。

ティルダ　どうしたの？
カレル　（瞬発的に）コナに赤ん坊が出来た！
ティルダ　（ものすごい喜んで）おめでとう！
コナ　ありがとう……！
ティルダ　名前は!?
コナ　（困惑して）名前はまだ。
ティルダ　おめでとう！　よかったね！（と強く抱きしめる）
コナ　ありがとう……！　だけどまだ（皆さんには）

とコナが言うのと同時にブラックウッドがドアを開けて戻って来る。

ティルダ　あ、コナに赤ちゃんが出来たんですって！
ブラックウッド　え……

ティルダ　「え」じゃないわよ！　赤ちゃん！　コナとカレルに！
ブラックウッド　そう……それは、おめでとう……。
カレル　ありがとうございます！
コナ　（後ろめたさは見えず、ふっ切れていて）ありがとうございます……。
ティルダ　（カレルに）よかったねカレル！　お父さんだよ！
カレル　うん！
ティルダ　どうしたの。
ブラックウッド　いや、やっぱり風邪だなこれは。
ティルダ　大丈夫？　薬飲んで寝た方がいいよ。わかる？　薬。場所。
ブラックウッド　うんありがとう、わかるよ。仕事もほどほどに切り上げる。
カレル　（むしろ嬉しそうに）大丈夫ですか!?
ブラックウッド　うん……よかったね、本当に。
カレル　ありがとうございます！　お大事に！

ブラックウッド、二階へ去った。

カレル　（二人を見て嬉しそうに）駄目だ！　小便！

　カレル、下手のドアへと去った。

ティルダ　（少し間をとった後、静かに）ほんとによかったねコナ……！（と改めて抱きしめる）

コナ　うん……ありがとうティルダ。

ティルダ　仕事は？　休めるの？

コナ　まだこれからだけど、産休とれるはず。

ティルダ　そう。美術館の学芸員って競争激しいんでしょ？

コナ　うん、まだまだとらなきゃいけない資格もたくさんあるんだけど……。（諦めるしかないな、というニュアンス）

ティルダ　あなたなら子育てしながらでも資格なんかとれるわよ。大丈夫。

コナ　そうかな。

ティルダ　そうだよ。あたしだって産んだあと一月《ひとつき》で書き上げたんだから小説。

コナ　そうだね。

ティルダ　頑張って。
コナ　頑張る。
ティルダ　よし、あなたに負けないようにあたしも頑張ろ。何十作も書いてやる。小説書いてると解放されるのよ。宇宙がどんどん、無限に広がっていくような気がするの。
コナ　わかるような気がする……。
ティルダ　協力してくれる？　これからも。
コナ　もちろんよ。
ティルダ　男の子かな、女の子かな。
コナ　男の子だったらフリッツとケンカするかな。
ティルダ　するね。男の子ってのはちょっとバカだからね。ケンカすればする程仲良くなるから。
コナ　親友になるかな。
ティルダ　なるね。
コナ　なるわね。親友になって一緒に事業を始めるかな。
ティルダ　始めるね、大事業。で不渡り出して大モメよ。

コナ　で？　倒産？　訣別？
ティルダ　んん仲直りして再出発。
コナ　男はね。で今度はうまくいくのかな？
ティルダ　紆余曲折の末、（と一瞬考えてから）うまくいってもいかなくても、とにかくあたし達と、家族ぐるみで幸せに幸せに暮らしましたとさ。
コナ　（ホッとするように）よかった。フフ……きっと男の子だわ。

カレルが下手ドアから戻って来る。

カレル　いつもの倍の勢いで出た！
コナ　言わなくていいわよ。
カレル　（嬉しくて急《せ》くように）さ、帰ろうコナ。
コナ　うん。
ティルダ　帰りな帰りな。見送るわ門まで。
コナ　ありがとう。（カレルに）手洗った？
カレル　（明るく）洗ってない！

コナ　（笑いながら）きたない。フリッツ大丈夫？
ティルダ　うん、よく眠ってる。
カレル　女の子だといいなあ……！
コナとティルダ　（このあたりはもうドアの外の声だけだが、二人、笑う）
カレル　（やはり嬉しそうに）なに？　なんだよ。

そんなことを言いながら三人、玄関の方へと去った。
少し前に庭にはパオラとメアリーが来ていて、ティルダとコナが二人きりになったあたりで、パオラがレコードに針を置き、明るいジャズが流れている。メアリーは老メアリーになっており、舞台上にメアリーとパオラの二人きりになると、照明の様子がそれまでと変わる。メアリーの眼差がどこか俯瞰しているようにも見えるのは、この時のメアリーが二つの時代に共存しているからだろう――。

パオラ　（片付けの手を止めて空を見上げ）メアリー見て、ほら。
メアリー　はい……？

パオラ　見て、虹よ……小さいけどあれ虹でしょ。
メアリー　(空を見上げて) まあ、雨も降らないのに……。
パオラ　そうね……遠くの空でにわか雨でも降ったのかしら……。
メアリー　ええ……。
パオラ　(懐かしそうに) ティルダに初めて虹を見せた時、あの子、何て言ったと思う？「誰が描いたの？」って言ったのよ。
メアリー　(笑う)
パオラ　ポカーンとした顔して……あの子が三つの時だったわ……エースが慌ててウィリーを呼びに行ったの、「お父さんにも見せたい」って言って……あの子はウィリーが大好きなのよ……あの時、あの子は父親に虹を見せたかったのかしら……。
メアリー　はい？
パオラ　虹を見ている妹の顔を見せたかったのかもしれないわ……。
メアリー　……そうですね……。
パオラ　さ、急がなくっちゃ……今夜はリベッカと食事するの。素敵なことね、愚痴を言い合える友達がいるって。

二階からエースと、ウィリアムが来る。（ここまでにレコードは終わっていて、以下明かり変わるまでスクラッチノイズのみが小さく響く）

ウィリアム　（さして怒っているわけではなく）待ちなさい。どういう意味だ。

メアリー　（パオラに）ええ。

エース　（こちらもやわらかく）そのままの意味ですよ……母さんに、もう少しやさしくしてあげてほしいんです。それだけです。

ウィリアム　（笑って）してるじゃないかやさしく。父さんは母さんを愛しているんだ。

エース　……だったらいいんです。

エース、玄関へのドアから去って行く。

パオラ　（片付けながら）いいこともあれば悪いこともあるわね……。

ウィリアム　……。

明かりが変わり、パオラとウィリアムは去る。

音楽。

メアリー　（観客に）この夜のことを振り返るのは私と致しましても大変つらい事でございます……ティルダ様とコナ様が共に七十八歳。しかしながら、この日だけがお二人の人生だったわけではございません……それに、この夜だって、多くの方々の目にそうは映らなくとも、お二人にとってそう悪くない一日ではなかったかと私には思えるのでございます……私も死んでから初めて思うようになりました……この地上の世界というものは、あんまり素晴らし過ぎて、誰も理解出来ないのだと……一刻一刻を生きている時には、到底わからないことでございました……。

この台詞の中、転換。

第六場　七十八歳・死後・そして十二歳

三場における回想シーンのつづきである。回想おわりの連続というより、数分間がとんだものと思われるのは、ティルダが落ち着きを取り戻しているからだ。

口上を終えたメアリーが、少し離れた位置でこの光景をじっと見つめている。

チャド　ゆうべは楽しかったな……たくさん話をして……あんたも楽しかったろ？

ティルダ　……。

チャド　子供の頃もゆうべみたいにもっとたくさん話せればよかったな……そうすればお互いもっと、その、分かりあえたかもしれない……（少し照れている）。

ティルダ　……。（ハタとして、チャドに）コナは？　まだ来ないの？

チャド　あ、思い出したかそのことを。もうそろそろ来る頃だよ。最近の電車は無駄に速えからな。あ、でも車かな……。

ティルダ　（さほど強くなく）コナだって絶対駄目だって言うわ、この木を切るなんて。

チャド　言うさそりゃ。俺も言うからな、絶対駄目だって。三対一だ、多数決で却下だよ。

ティルダ　きっとコナが反対してくれる……。

チャド　うん、俺もするし……。

ティルダ　……。

ティルダはチャドを見ているが、何か別のことを考えているようにも見える。

チャド　一度だけあんたと二人っきりになったことがある……放課後俺が教室に戻って来たら、あんたが一人で机に座っていたんだよ……とっても寂しそうに見えたな……あんなでっかい家に住んで毎日うまいもんが食えるのにどうして寂しそうなんだろうって、そう思ったのを覚えてる……ってことは、きっとまだしょっちゅうこの家に遊びに来てた頃だな……。

ティルダ　あなたトーテムポールに名前をつけたわね……。

チャド　トーテムポール？　どこの。

ティルダ　学校の。

チャド　そうだっけ……忘れちまったよ……学校にトーテムポールなんてあったっけか。それでね、教室で二人きりになってさ、あんたはまだ気づいてないんだ……俺はどういう風に話しかけるべきかわからなくてさ……じっとあんたのことを見つめてた……やがてあんたは俺に気づくと、「なにチャド」って言ったんだ……「なにチャド」って……フフフ……俺は、どうしていいかわからずにインドネシアの風土について話し始めた……なぜだろう、今でもまったくわからねえんだ。

ティルダ　あなたは知らなくていいことをなんでも知っていたわ……。

チャド　なにか将来役に立つと思ってたんだな……一介の掃除屋にゃあまるで意味がなかったよ……仕事中仲間にモップの製造工程を教えてやってる最中にうるせえって言って殴られたこともあるよモップで……歯が二本折れた。（笑う）

ティルダ　チャドは将来掃除屋さんになるのね。

チャド　（一瞬「……」となるが、合わせてやって）ああ、公園や、地下道をきれいにして、休憩時間には駅前のパン屋へ行くんだ……あすこのパンはうまいからな……。

ティルダ　あたしは小説を書くわ……。

チャド　（やはり、動揺がチラリと見えるが）へえ……小説家か、そりゃいいや。

ティルダ　うん。

チャド　どんな小説だい？

ティルダ　コナに褒めてもらえるような小説。

チャド　……ああ。

ティルダ　コナはお世辞を言わないもの。クラスのみんなはいつもあたしに話を合わせておべっかをつかうだけなの……コナは本当に面白いものしか面白いって言わないわ……。

チャド　そう……ティルダならきっと面白い小説が書けるよ……書けるに決まってる。

ティルダ　わからないけど頑張ってみる……。

チャド　ああ……。

ティルダ　……。

チャド　なんだい。

ティルダ　なんでしたっけお名前……。

チャド　（内心ショックだが、つとめて笑顔で）チャド・アビントン。クラスメイトだよあんたの……。

ティルダ　（わかったかわからないのか）ああ……。

チャド　（内心、必死に思い出させようと）あんたとリーザロッテと三人で、しょっちゅうこの家で、この庭で遊んでた。リーザロッテ、憶えてないかい、リーザロッテ・オルオフ。

ティルダ　（わからないのか）……。

チャド　この池に魚がいっぱい泳いでて……俺あんたに突き落とされたこともある。
（無理に笑って）ひどいんだよあんたは……。

ティルダ　そう……。

チャド　そうだよ……。

ティルダ　（申し訳無さそうに）ごめんなさい……。

チャド　（やさしく手を握って）俺は、好きだったんだ……あんたのことが……。

ティルダ　……。

チャド　ティルダ……。

ティルダ　……。

チャド　もしよかったら……残りの人生、俺と一緒に暮らさないかい……？

ティルダ　（手を引く）……。

チャド　バカ、冗談だよ（笑う）。

ティルダ　チャド。

チャド　なんだい。

ティルダ　ゆうべお願いしたこと覚えてる……？

チャド　また言うかいそれを……。

ティルダ　お願いよ……あなたしかいないの……。
チャド　できねえよ。できないって言ったじゃないか……。
ティルダ　（しがみつくようにチャドの手を握ると、震える声で）あなたしかいないのよ……！
チャド　（つらくて）ティルダそんな声出すな……！
ティルダ　お願いよ……。
チャド　……。
ティルダ　……。
チャド　わかった。わかったよ。
ティルダ　ホントよ⁉
チャド　ホントだよ。

門の方から、ポニーにつきそわれたコナが姿を現す。

ティルダ　……。
コナ　……。

ポニー　今晩は……。
チャド　今晩は……。コナかい？　チャドだよ。チャド・アビントン！
コナ　ええ……。
チャド　（ティルダに）コナだよほら！　コナが来てくれた！（コナとポニーに、テンション高くヤケに饒舌に）昨日の昼間に駅前のパン屋で偶然会ったんだよ、余りもんのパンをもらう列に並んでて。
ポニー　ええ、母にはお電話で伺った通り伝えました……。
チャド　うん！（コナに）ゆうべはうちに泊まったんだ。夜中まで昔話をしたよ、もちろんあんたの話も。ともあれよかったよ！　みんな元気にここでこうして会えて！　ティルダんちの庭で！（ポニーに）あんたのおふくろさんのせいでここで俺、この庭で傘を壊されたんだ、買ってもらったばかりの大切な傘を！（ティルダに）な。
ポニー　（コナに）なにポカンとしてるの。ティルダさんよ。話せばいいじゃない。
チャド　（笑って）嬉しすぎて何話していいかわからないんだ。わかるよ。

　コナ、ゆっくりとティルダに近づくと、小さな声で、やっとこう口にする。

コナ　生きてたの……。

やがて、ティルダも同じことを口にする。

ティルダ　あんたこそ生きてたの……。

間。

コナ　カレル死んだのよ。アンナ先生と。

ティルダ　知ってる。

間。

ティルダ　エース兄さん死んだのよ。刑務所で首吊って。

コナ　知ってる。

それで、二人は安堵したのだろうか——。短い沈黙を破ったのは、どちらからともなく漏れた笑い声だった。それは辛さの裏返しの泣き笑いなどではないし、ましてや狂気でもない。若く元気な笑い声ではなく、か細く疲れた笑いかもしれないが、二人は紛れもなく「可笑しくてならない」とばかりに笑っているのだ。

チャドとポニーは神妙な顔をして二人を見ている。笑い声の中、フリッツが来る。

フリッツ　!?

入れ代わるようにチャドが突然、小走りに玄関の方へと去った。

フリッツ　チャドさん。

チャド　便所!

チャド、行ってしまった。

フリッツ　いつ着いたの……。

ポニー　たった今。奥様は？　ご在宅？

フリッツ　いや、今夜は。

ポニー　そう。

フリッツ　（コナに）お久し振りです……。

ティルダ　（フリッツに、ポニーのことを）あなたの奥様？

フリッツ　ポニーですよ。わからないんですか。

ポニー　御無沙汰してます……。

ティルダ　いい御夫婦ね。お似合いよ。

フリッツとポニー　……。

コナが笑うのでティルダも笑う。他者の介入を寄せつけぬ空気が、はやくもコナとティルダの間には漂っていて——。

フリッツ　（コナに）バスの中でバッタリ再会して以来ポニーとは何度か、

ポニー　（遮って）知ってるわ……。
フリッツ　そう……（ティルダに）紅茶入ってますよ。家に入りましょう。
ティルダ　紅茶？
フリッツ　紅茶ですよ。

ティルダの視線の先にメアリーが姿を現わす。その姿も声も、ティルダにしか感じられないが――。

メアリー　紅茶は胃によろしくありませんよ。暖かいミルクになさったらいかがですか？
ティルダ　（メアリーに）そうね……じゃあそうしようかしら。二つね。
メアリー　（静かに微笑んで）はい……。

メアリー、キッチンへと去って行く。

ティルダ　暖かいミルクを持ってきてくれるわ。メアリーが。

コナ　ええ……。
フリッツ　（ポニーに）相当きてるんだよ。最初は芝居かと思ったんだけど……。
コナ　少し二人でお話するわ。
フリッツ　蚊にくわれますから。中でゆっくり――
ポニー　好きにさせればいいわよ。
フリッツ　そうかい……。

チャドが玄関から入室して来る。

ポニー　行きましょ……。
フリッツ　うん……。

フリッツとポニー、玄関の方へ去る。
チャドはチェストの中から乱暴に酒を出すと、ラッパ飲みであびるように飲む。

コナ　娘はあたしのことを恨んでるのよ……。

ティルダ　（笑顔で）そう。

コナ　そりゃそうよ。（軽く笑う）でもあたしを食べさせてくれてるのよ……やさしい子よ……。

ティルダ　そう。元気そうだわ。（ポニーのこと）

コナ　（あっけらかんと）ええ、元気よあの子も私も……気がついたらこんなお婆さんよ……。

チャド、階段を上って行く。

ティルダ　探したわ……。

コナ　わかってる……お互い様ね……

ティルダ　（笑って）お互い様ね……

コナ　（笑って）そうよ……。おかしい？　おかしいわね、久し振りに笑ってるわ私。あなたが笑ったから私が笑ったのよ……あなたが笑ったから笑ったんだわ……あなたがそこにいて、私に笑ったから……。

ティルダ　（笑っている）

コナ　（初めて、涙をぬぐうような）……やだ、おかしくて涙が。嫌なことはたくさんあったけど帳消しね……今たくさん笑ったから帳消し……。

ティルダ　（まだ笑顔で）……。

コナ　もし……もしもう一度あの日に還ったら、あたし、絶対にあの手紙をこの木の下に埋めようなんて言ったりしないわ……。

ティルダ　そうよコナ！　あんな手紙破って捨ててしまえばいいのよ！　ね、そうよ！

コナ　……。

ティルダ　そうしましょ！

コナ、ティルダをやさしく抱きしめる。

コナ　ありがとう……。

ティルダ　二人だけの秘密よ……。

コナ　……。

ティルダ　ね、コナ！

コナ　魔法使いだわあなたは……。
ティルダ　いいこと教えてあげましょうか……。
コナ　え？

ティルダ、コナに耳打ちする。
玄関からフリッツとポニーが入室して来る。

フリッツ　おかしいな……
ポニー　どうしたの？
フリッツ　勝手口が開いてる。（呼んで）チャドさん！

フリッツ下手のドアへ去り、ポニーが残る。

コナ　!?
ティルダ　本当よ……チャドが約束してくれたんだから。
コナ　（我に返ったように真剣に）そんなの駄目よティルダ！　そんなの駄目！　しっ

かりして！　あたしチャドにやめるように言ってくる！

ティルダ　どうして駄目なの？　お金がたくさんもらえるのよ！　これで何もかも変わるの！

コナ　お金なんてどうでもいいわよ！

ティルダ　（構わず）ゆうべチャドとお互いの仕事の話をしていてね、急に思い出したのよ！　あとは保険の通知さえすればこの木だって切られないで済むわよ！

コナ　ティルダお願いしっかりして！　あなた死にたいの!?　死にたくなんかないでしょ!?

ティルダ　（コナを見据え、笑顔で）コナ……私死にたいわ……。

大きな銃声と共にティルダ、くずおれる。部屋でポニーが反応する。

コナとポニー　!?

銃を構えたチャドが姿を現す。

チャド　……死んだかい……？
コナ　……。
チャド　死んだかどうかたしかめてくれよコナ……。
コナ　（チャドをまったく見ず、死んでいるティルダだけを見つめて）……。

フリッツが下手ドアから飛び出して来る。

ポニー　なに今の音！

フリッツとポニー、玄関へのドアを飛び出して行く。

チャド　約束したんだ……ティルダと約束したんだよ、どうしてもそうしてくれって言うから。俺しかいないって言うんだ、チャドしかいないって。……万が一生きてたりしたら全部おじゃんなんだ……！（喋ってないと泣いてしまうとでもいうようにまくしたてて）見つからないように勝手口から出てきたんだよ。全部うまくやるって約束したんだからね。早く確かめてくれよコナ！

木が鳴く。

コナ　（木を見て）……。

チャド　（その鳴き声は聞こえず）なんだい……。

コナ　……

チャド　どうしたんだよ……

再び木が数度、鳴く中――

コナ　（木と心で会話しているかのようで）私もそう思うわ……。

チャド　（心細そうに）誰と話してるんだよ……。

コナ　チャド……。

チャド　なんだよ……。

コナ　（チャドを見て）私のことも撃ってちょうだい……。

チャド　何言ってんだい……。

コナ　撃って。
チャド　ティルダはあんたにも保険金の受取人に
コナ　（遮って）早く。人が来るわ。
チャド　……。
コナ　お願い。ティルダが待ってるわ。
チャド　……。
コナ　早く！

闇がシーンをかき消す。完全に暗くなった時に銃声が響く。フリッツの「ふざけるな！」という声と共に明かりがつくと、そこは三場の終わりから数分を経た庭だと思われる。フリッツに殴られたのだろう、顔を押さえてうずくまっている、家を買いに来た夫婦の息子（ロビン）。他にポニーと、男の妻、息子の恋人ケイト。

妻　何をするんですか……！
ケイト　大丈夫!?

ロビン　（低く）痛え……。

フリッツ　痛いように殴ったんだ！

妻　なんなのこの人！　フランチェスカ。

ケイト　ケイトです。

妻　ケイト、主人呼んで来て！　って言ったら来たからいいわ。

たしかに夫、来ていた。

夫　何事だよ……。

妻　この人が突然ロビンのことを殴ったんですよ！

フリッツ　あんたの息子がウチの寝室で何をしていたと思う！

夫　え？

不動産屋が門の方から来る。

ポニー　フリッツ、謝った方がいいわ。

フリッツ　帰ってくれ！　あんた達にこの家は売らない！

夫　（戻って来たばかりの不動産屋を見て）……。こっちからお断りだよ。

ロビン　（男に、いきがるように）帰ろうぜ。

夫　（息子の頭をどついて）おまえも何やってんだよ他人《ひと》んちで！

ロビン　痛え！

夫　痛いように殴ったんだよ！　帰るぞ！

不動産屋　勘弁してくださいよ！

ポニーとフリッツを残して人々、門の方へと去った。

ポニー　なにもこんなやり方しなくたって……。

フリッツ　（息子に）オルゴールの上にパンツ置いてやがった……。

ポニー　え？

フリッツ　あの野郎オルゴールの上にパンツ置いていやがったんだよ！

フリッツ、さめざめと泣く。

間。

ポニー 泣かないで……家に入りましょ……ニッキーとドリスに木が切られずに済むってこと報告してあげなくちゃ……。

メアリーが現れ、二人をじっと見ているが、当然二人には見えない。

フリッツ （まだ泣きながら）ごめん……みっともないところ見せてごめん……。
ポニー 言っていいかしら。何を今さらって。（笑う）
フリッツ ……。
ポニー なんとかなるわ……きっと……。
フリッツ ああ……
ポニー ……。
フリッツ やっぱりボケてたんだな、おふくろ……。
ポニー え……？
フリッツ 何十年も保険料払ってないんだから、保険金なんかもらえるわけないのに…

…。

ポニー　もういいでしょ……

フリッツ　うん……。

ポニー　だけど気が遠くなるわね……ドリスとニッキーが大人になって、その子供もまた大人になって、そのまた子供も大人になって……それがずっと続いて、みいんながそれぞれの人生で「ありがとう」だの「ごめんなさい」だの「なんとかなるわ、きっと」だの言いながら、また次の子供たちにバトンタッチしていくのかと思うと……。

フリッツ　ああ……。

ポニー　行きましょ。朝ごはん食べなきゃ。卵割れちゃったけど……まず食べて、お金、これからどうするか、二人で考えましょ……。（と手を差し出す）

フリッツ　……。（その手をとる）

ポニーとフリッツ、歩き出す。

メアリー　（観客に）ポニー様に「あなたがさっき池に投げ捨てたエラーコインは、今、何万もの値打ちがあるんですよ」と言ってさしあげたい私でございます。ですが結局のところ、この苦難を御自分で乗り越えられたフリッツ様があのコインを手にすることはございません。幾度目かの池の水の入れ代えでコインが見つかり、フリッツ様のお孫さんのニッキー様が大金を手にされるのは、今から四十四年後のお話でございます……。

この台詞の間に、雪が降ってきている。
メアリーが目を転じると、木の前には十二歳の時のティルダとコナがいる。二人の手にはシャベル。手紙とコインをほぼ埋めおえたところ。

ティルダ　だからこの木にだけは嘘はつけないの……きっとすぐに見破られてしまうもの……。
コナ　じゃあこの木はなんでも知ってるんだね……。
ティルダ　そうよ……このことも、コナとあたしとこの木だけの秘密。
コナ　うん……。
ティルダ　ねえ、雪……。

コナ　雪だ……。
ティルダ　何なんだろうね今日は……。
　二人、そう言って笑い合うと、もう一度手紙とコインを埋めたあたりを気にして――。
コナ　カレルとアンナ先生が二人で町を出るなんて無理よ。きっと途中で捕まっちゃう。
ティルダ　そうよ。隣の駅ではチャドのお父さんだって働いてるわ。
コナ　二人が会う前に他の先生にバレちゃうかもしれない。
ティルダ　もしかしたらだけど、カレルがアンナ先生にだまされてる可能性だってある。
コナ　あるある充分ある。催眠術をかけられてるのかもしれないわ……。
ティルダ　そうよ……だとしたら解いてあげなくちゃ催眠術を……。
　ティルダとコナ、顔を見合わせる。
コナ　うん……。

ティルダ　うん……。

木が、忠告するように鳴いたようにも思える。
急激に、世界を闇が包み込んで——

了

本作品は『背信』（ハロルド・ピンター）、『セールスマンの死』（アーサー・ミラー）、『夜への長い航路』（ユージン・オニール）、『わが町』（ソーントン・ワイルダー）等々、多くの海外現代演劇にインスパイアされて執筆しました。感謝すると共に、この作品を捧げます。

あれから

「あれから」
関係図

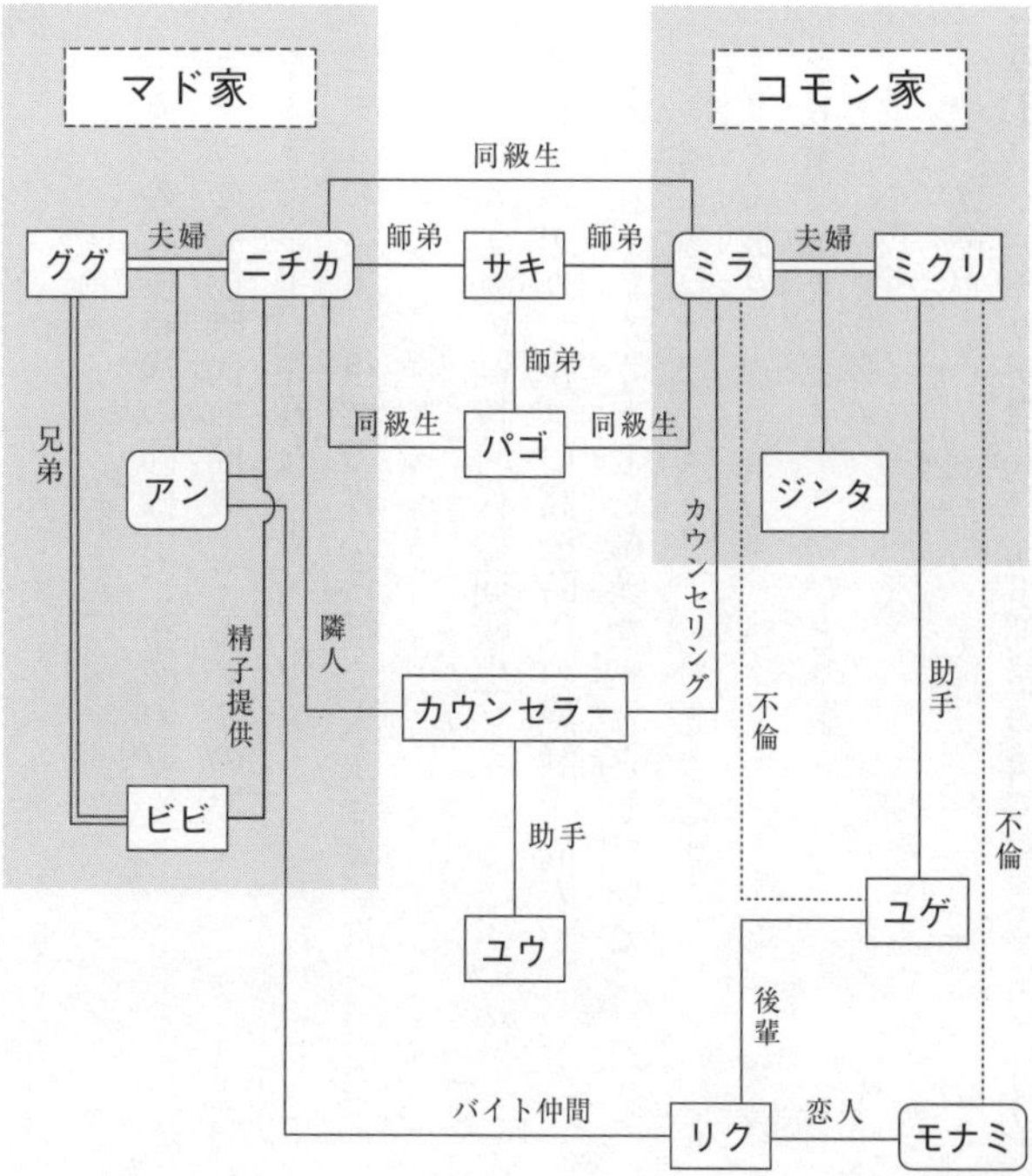

マド家
コモン家
同級生
夫婦
師弟
師弟
夫婦
ググ
ニチカ
サキ
ミラ
ミクリ
師弟
兄弟
同級生
パゴ
同級生
アン
ジンタ
カウンセリング
精子提供
隣人
カウンセラー
不倫
助手
不倫
ビビ
助手
ユゲ
ユウ
後輩
バイト仲間
リク
恋人
モナミ

登場人物

ニチカ……ミラの高校時代の同級生。ググの妻
ミラ……ニチカの高校時代の同級生。ミクリの妻
ミクリ……ミラの亭主。売れないカメラマン
ググ……ニチカの亭主。祖父の代から継ぐ大会社を経営
パゴ……ミラ、ニチカの高校時代の同級生
サキ……ミラ、ニチカ、パゴの高校時代の恩師。故人
ビビ……ググの弟。いかがわしい職業を転々としている
ジンタ……コモン家（ミラとミクリ）のひとり息子
モナミ……リクの彼女
アン……マド家（ニチカとググ）のひとり娘
ユゲ……ミクリの助手
リク……モナミの彼氏
カウンセラー……ニチカが借りた仕事部屋の隣で営業する精神分析医

ユウ……カウンセラーの助手。サキに似ている
マリィ先生
ピザ
ヤドランカ……マド家のメイド
編集者
若い女医
夢の中のミラ
若い医者
リクのデート相手
客
学生
他
ニチカ、ミラを演じる俳優以外の全員が、アンサンブルも演じる。

場所

どこの国か定かでない。ただし、特別、異国を意識して演じる必要はない。

時代

不特定だが、そう遠い過去でも、未来でもない。

1

1－1

幼児のけたたましい泣き声で明転。

泣きながら床にうずくまっている子供の傍に立つのはコートを着たニチカ。

そこはケーキ屋で、カウンターの中でギョッとしているのは店主。その他、何人かの客が振り向いて呆然としている。カウンターの前には、ケーキを買っていた子供の母親もいる。

母親　（子供にかけよって）ピノ！
子供　（母親にすがって泣く）
母親　（ニチカに）何をしたんです！　人の子供に！

ニチカ　（ボォッとしていて）……。
母親　なんとか言ったらどうなんです！
ニチカ　（ようやく我に返り）ごめんなさい……！
母親　（子供に）何をされたの⁉
子供　（泣く）
母親　泣いてちゃわかりません！　どんなひどいことされたのこのおばちゃんに！
ニチカ　ごめんなさい、あたし……
客Ａ（男）　ひっぱたいたんですよ、頭を。私まさにその瞬間を見てましたから。
客Ｂ（女）　やにわに後頭部を小突いたのよ。可哀想に。（ケーキ屋に強く）電話！
警察に電話！　なにまごまごしてるの⁉
ケーキ屋　（戸惑いながら）はい……（母親に）いいですか……？
客Ｂ（女）　いいに決まってるじゃない！　なに太ってるの⁉
ケーキ屋　はい……⁉
客Ｂ（女）　電話するのよ！　「太ったケーキ屋ですが、頭のおかしい客が店で暴れてます」って！
母親　お誕生日なのに！　ホラ、（とカウンターの上からケーキをとると、そこに書かれた文字を周囲の人々に見せて）「ピノちゃん四歳おめでとう」！
ニチカ　（不意に）そうなんです。
母親　え。
ニチカ　おかあさんが……おかあさまがせっかくこんなステキなケーキでお祝いしてくれてるのに、ピーちゃんは
母親　ピノです！
ニチカ　ピノちゃんは自分には無関係みたいな様子で飴だかなんだかを物色して……。
客C（男）　四歳だぞ。
ニチカ　四歳の誕生日は今日だけです……！　来年はもう五歳です……！
客C（男）　（気圧《けお》されて）あたりまえじゃないか……。
客B（女）　（ケーキ屋に）あなたどうして電話しないの!?　あれ？　電話するとどうにかなってしまう体質!?
ケーキ屋　いえ……
客B（女）　なんならあなたも逮捕してもらう？
ケーキ屋　（苦笑して）どうしてですか……。
ニチカ　（客Bを見ていたが）ミラ……？

客B（女）　あ？
ニチカ　ミラでしょ？
客B（女）　気安く呼ばないで！
ニチカ　（自分を指して）ニチカ。
客B（以後ミラ）　ニチカ……（ハッとして、ものすごい笑顔で）ニチカ！

ニチカに勢いよく抱きつくミラ。

ニチカ　（さすがにやや困惑しながら）久し振り……。
ミラ　なんでいるのよケーキ屋に！
ニチカ　ケーキを買おうかと思って（ちょっと寄った）
ミラ　（聞かずに遮って）嘘、何年振り!?　やだ何年振り!?
ニチカ　かれこれ三十年振り（ぐらいになる）
ミラ　（聞かずに遮って）やだびっくり仰天。あたし何度も連絡したのよ!?
ニチカ　そうなの……？
ミラ　そうよ！　その度に引っ越しましたただの使われておりませんだの。ハガキ出しても戻ってきちゃうし。
ニチカ　ごめん。主人の仕事の都合であちこち
ミラ　(聞かずに遮って) やだなんでいるのよぉ!?
ニチカ　……だからケーキを買おうと思って。
ミラ　今日このあと時間あるの？
ニチカ　少しなら……。昨日からこの通りの向こうに仕事部屋を借りてて、二時には戻って仕事をしないと。
ミラ　嘘、あたしこの通りの向こうのカウンセリング行ってきたとこ。
ニチカ　そうなんだ……。
ミラ　じゃあ少しだけ、ね。紅茶でも飲も。(と出口の方へ)
ニチカ　ケーキを (買わないと)。
ミラ　そうよ。ケーキ、(ケーキ屋に) ケーキください。
ケーキ屋　はい……。
ミラ　(ニチカに) どれ？　(ケーキ屋に) あたしマロンタルトとガトーショコラを二つずつ。
ケーキ屋　はい。電話はもうよろしいでしょうか。

ミラ　（サラリと）うん。（ニチカに）どれにするの？
ニチカ　（苦笑して）ごめんちょっと待って、今考えてる。
ミラ　全然いい全然いい。
母親　（二人に）あの……
ニチカ／ミラ　（母親を見る）
母親　ピノちゃんのことは……!?
ニチカ　すいませんでした。
ミラ　謝ることないわよ。
母親　!?
ミラ　ひっぱたかれて当然です。
母親　（もんのすごく驚いて）どうして!?
ニチカ　（制して）ちょっ、ミラ。
ミラ　いいから。
母親　この子が何したっていうんですか！
ミラ　この子じゃなくて、教育の問題よ。四歳でこれじゃハタチになったら目もあてられなくなるっていうの。

母親　そんな、私たち母子の生活をつぶさに見てきたような……ピノちゃん何してるの？

ピノ　（飴を物色していて）飴。

母親　こっち来なさい。

ピノ　飴。

母親　（ピノに近づき）飴とママのどっちが大切なの！（と頭をどつく）

ピノ　（泣く）

ニチカ　……。

ミラ　（まったく意に介さず）あとモンブランも二つ。

ケーキ屋　はい……。

転換。

1－2

そこはカフェになる。

向かい合って座っているニチカとミラ。

奥にウェイターが立っている。

ミラ　白い布カバーのかかった台の上で腕にギューッてゴムを巻いて、スゥーッと針を皮膚に刺しこむでしょ……注射器の中をのぼってくる血の色は、薄い赤の時もあれば茶色がかってる時もある……いやに濃くてドロリとしてる時もある……血って、驚くほど違うのよ、人によって……。

ニチカ　へぇ……。その血の検査もミラがやってるの？

ミラ　んん、採血するだけ。パートだもん所詮。

ニチカ　ああ……。

ミラ　いろんな血があるなぁと思いながら、どんどんどんどん抜きとってるだけよ（笑う）。おかわりは？（紅茶のこと）

ニチカ　んん、いいや。

ミラ　そう。（ウェイターに）すいません。

ウェイター　はい。

ミラ　（自分の紅茶を）これおかわりひとつ。
ウェイター　かしこまりました。（去る）
ミラ　ああやっと落ち着いた……なんだか今日は朝から嫌なことばっかりでさ……お互いピリピリするわよね……。子供の頭だって二、三発意味なくひっぱたきたくなるわよ。
ニチカ　（苦笑して）御主人はどんな写真撮ってるの……？
ミラ　どうしてあたしばっかり……。
ニチカ　だって写真家さんて素敵じゃない。
ミラ　仕事ではブツ撮りばっかり。
ニチカ　ブツ撮り。
ミラ　雑誌の広告とか、こういう（とメニューをひろげて）サラダやホットケーキの写真を撮ってるのよ。
ニチカ　ああ。
ミラ　だからクライアントも小じんまりしてるんだけどさ。なんとか食べてはいけてる。
ニチカ　（やや、フォローするようなニュアンスで）でも、こういう写真って、おいしそうに撮らなきゃいけないから、あれだよね、それでやっていけてるってことはやっぱり腕がいいってことだね。

ミラ　マニュアル通りやれば誰が撮っても同じよ、こんなもの。

ニチカ　そうかな……。でも、たまにはミラも撮ってもらったりするんでしょ？

ミラ　人間には興味ないみたい。

ニチカ　そうなの……？

ミラ　本当は風景写真だけ撮っていたいのよ、主人は。

ニチカ　風景。

ミラ　海、川、山、谷、丘、特に森。

ニチカ　森……。

ミラ　助手の男の子と二人で出掛けて行って三日も四日も帰ってこないこともしょっちゅう……。

ニチカ　へえ。森……

ミラ　薄暗い森の中の苔の光……木々の間から見える星……木の根本にひっそりと生えているキノコ……

ニチカ　へえ……素敵だね。

ミラ　まったくお金にならないけどね。でもいい写真だと思うよ。

ニチカ　うん。
ミラ　やっぱり好きなもの撮ってると。
ニチカ　うん。

1-3

別のエリアにミラの夫、ミクリ（パジャマ姿）が現れるので、そこはコモン家の一室になった。（ニチカはそのまま、1-5までカフェのエリアに残る。）

ミラ　（ちょうど立ち上がったところで夫を発見し、ミクリに）どうしたの？
ミクリ　（窺うように）もう寝ちゃう？
ミラ　え？
ミクリ　いや、さっき明日の朝早いって言ってたから。
ミラ　ああ。カウンセリングの前に、ちょっと……。

ミクリ　ちょっとなに。明日は献血センター休みでしょ。

ミラ　うん、ちょっと。え、なに？

ミクリ　なにが？

ミラ　まだ寝ないけど。

ミクリ　ああ。これ見ないかなと思って。この間の。すごくよく撮れたんだよ。枝と枝の間から差す光が絶妙で……出しゃばらず、しかし主張すべきところは遠慮せず……やっぱりロケーションがよかったんだな。最高傑作かもしれない……。

そう言いながら、ミクリは四ツ切りサイズの写真の束を掲げる。

ミラ　よかったね。（と受け取る）

ミクリ　ロケーションだよ。

ミラ、見ずに写真をそこらに置く。

ミクリ　見ないの？

ミラ　明日見る。

ミクリ　今見ろよ。

ミラ　今？

ミクリ　今だよ……びっくりだな……最高傑作かもしれないって言ってるの聞いてて明日見るって……

ミラ　見るわよ。（と手にする）

ミクリ　最高傑作ですら明日じゃ、凡作だったら何週間後だよ。

ミラ　（見ながら）見てるじゃない。

ミラ、サッサッサッと、ものすごい速さで写真を見、それも面倒くさくなったのか、パラパラとめくるので

ミクリ　パラパラマンガじゃないんだから。

ミラ　（意味が理解できず）え？

ミクリ　いいよもう。

ミラ　違うわよ。

ミクリ　何が。いいよ興味ないなら。
ミラ　あるわよ興味。まずは全体像を、あれしたんでしょ。
ミクリ　全体像？
ミラ　全体の雰囲気を見たのよ、まずは。
ミクリ　（釈然としないが）ああそう。
ミラ　そうよ。
ミクリ　ならいいけど。でこれからじっくり見ると。
ミラ　そういうこと。
ミクリ　そういうことか。（納得）
ミラ　明日の夜、ユゲくんと一緒に来るの、何人？
ミクリ　あ、一人。
ミラ　うん。
ミクリ　ユゲと、もう一人。なんで？
ミラ　ケーキでも買って来ようかと思って。
ミクリ　ああ。一人一人。ユゲプラス。
ミラ　うん。

ミクリ　（写真を）見ないの？

ミラ　見る。

と、その時ミラの携帯電話が鳴る。

ミラ、画面表示を見て

ミラ　ヨガの先生。（離れて行こうと）

ミクリ　（電話鳴る中）やっぱり明日でいいよ。明日ゆっくり見てくれ。ゆっくりじっくり。

ミラ　ごめん。

ミクリ、無言でミラを軽く抱く。

ミラ　……。

ミクリ　出なさい……。（去る）

ミラ　（電話に出て）もしもし……

1-4

別のエリアにミクリの助手、ユゲがポツリと浮かび上がる。

ユゲ　先生近くにいるんですか？

ミラ　（夫の去った方を気にしながら、声をひそめて）今寝室に戻った。電話はこっちからかけるって言ったわよね。

ユゲ　先生に僕をクビにしたらどうかって提言しましたよね。

ミラ　え……。

ユゲ　今日昼間先生から「もしかしたら君を助手として雇い続けられないかもしれない」と言われました……。

ミラ　そうなの？

ユゲ　ミラさんが言ったんでしょ、僕を先生から遠ざけたくて。先生を僕からか。（強く）同じことだ！

ミラ　言ってないわよそんな。
ユゲ　じゃあどうして。
ミラ　経済的な問題よきっと。ここのところずっとギャラの未払いが続いてるし、あちこちからもっと安く上げられないかって言われてるみたいで。明日の朝会った時にまた話しましょ。
ユゲ　経済的な問題？　僕はノーギャラでもいいって言って助手にしてもらってるんですよ。知ってるでしょ。
ミラ　ともかく明日話を。
ユゲ　（不意に、低く強く）ムカつくんだよクソババア……！
ミラ　……。
ユゲ　あなたのいいようにはさせませんから。僕はあなたと違って先生の写真を愛してるんです。
ミラ　ちょっと落ち着いてよ。本当にあたし何も言ってないんだから。いざとなったらあたしからも頼んであげるし……。
ユゲ　あなたが言ったんじゃないとしたら、先生に勘づかれてるってことはありませんか。僕とあなたの間に起こったことを。

ミラ　（きっぱりと）それはない。
ユゲ　僕が撮ったあなたの写真を見られたとか。
ミラ　ないわよ。だからきっと経済的な理由だってば。
ユゲ　……。
ミラ　明日九時半ね。待ってて。十二時からカウンセリングだからあまりゆっくりは出来ないけれど。
ユゲ　カウンセラーに言うんですか。亭主の助手と遊びで寝てますって。
ミラ　いい加減にして。
ユゲ　……。

短い間。

ミラ　（おだやかに）じゃあ、九時半ね。なにか簡単な朝食作るわ。

ユゲ、電話を切る。

ミラ　……。

1－5

ミラ、カフェのエリアに戻って来る。

ミラ　ごめん。
ニチカ　んん。あたしそろそろ行かないと。
ミラ　仕事場？
ニチカ　うん。（コートを羽織りながら）仕事って言っても趣味みたいなもんなんだけど。
ミラ　何、どんな仕事してんの？
ニチカ　翻訳。
ミラ　小説？
ニチカ　児童文学。

ミラ　へえ……。

ニチカ　娘も主人も帰るの夜遅いし何もやることないからさ。

ミラ　児童文学ね……。え、旦那は何の仕事してんの？

ニチカ　（やや、言葉を濁しながら）ん、玩具の会社を経営してる……。

ミラ　社長さん？

ニチカ　ん、うん一応。

ミラ　玩具っておもちゃ？

ニチカ　うん（話題を切るかのように立ち上がって）じゃあそろそろ。ここあたし払うから。

ミラ　ねえ、また近々会おうよ、来週にでも。

ニチカ　え。

ミラ　忙しい？

ニチカ　んん、もちろんいいよ。会お会お。

ミラ　（コートを羽織りながら）うん、今日は簡単な現状報告だけだったけどさ、いろいろ積もる話があるじゃない、お互い。あれからどんな人生を送ってきたのかとかさ……。

ニチカ　そうだね……。
ミラ　あの頃の思い出話とか……。
ニチカ　うん……。

1－6

別のエリアに三十年前の、ニチカとミラの思い出の風景が浮かびあがる。

夜の校庭。

そこには天体望遠鏡の前で空を見上げる教師サキと、彼を囲むようにして座る制服姿の生徒達。

ニチカとミラは、次のサキのセリフの間に、ゆっくりと、懐かしそうに、輪の中へ入って行く。憧れだったサキ先生を見つめながら――。

サキ　直立歩行を始めた人間が空を見上げたその瞬間から、一六〇九年の十二月のある夜が訪れるまで、人間はすべて大空の前で平等だった……その夜、ガリレオは天文学者として初めて天体に望遠鏡を向けた……天文学史上最も美しい夜が訪れたんだ……。（生徒達に微笑み）どの星でもいい、じーっと見ていてごらん……星がまたたいてるのがわかるだろう？　きっとガリレオはあたりが明るくなるまで星の観察を続けて、毎日夜が来るのをワクワクしながら待っていたんじゃないかな……

生徒A（男子）　サキ先生。（と手を挙げる）

サキ　なんだピザ。

ピザと呼ばれた生徒　ガリレオのオは夫のオですか？

サキ　そう思いたきゃそう思ってろ。（皆、小さく笑う）パゴ。

パゴと呼ばれた生徒　はい。

サキ　星の光が地球に届くまで、速くても何万年、遅ければ何百万年もかかる……今君が見てる星の光は、何万年も前に発せられたものなんだ……。

パゴ　（覗きながら驚いて）そんな古いんスかコレ。

サキ　だからもしかしたらあの星はとっくに消滅してるかもしれない……もう無くなってしまっているものを、今パゴは見てるのかもしれないんだ……。

パゴ　（目を離して）それは……ややこしいスね。

サキ　何が。

パゴ　いや……無い物が見えてしまうとなると……逆に言うと見えてるからってあるとは限らないってことですよね。
サキ　そうだな。（悩んでいるパゴに）なんだその顔は。
パゴ　顔はいつもの顔ですよ。いや、おちおち椅子にも座れないなと思って。
サキ　大抵の椅子は何万光年も離れたところにはないから大丈夫だ。十七歳のする心配じゃないな。
ピザ　サキ先生。
サキ　なんだピザ。
ピザ　ガリレオの親はどうしてガリレイなんて名字なのにガリレオなんて名前つけちゃったんでしょう？
サキ　ついうっかりだ。今日はここまで。

　パゴ、ニチカ、ミラ以外の生徒達、「さようなら」と言いながら四散して行く。
　サキ、「さようなら」「気をつけて帰れ」などと言いながら生徒達を見送る。

ニチカ　（懐かしそうにミラに）覚えてる？　この夜。
ミラ　もちろんよ。このあとパゴが望遠鏡を……
パゴ　あ。

パゴ、パキッという音と共に望遠鏡を壊した。

サキ　あ！
パゴ　（とれた部品を差し出し不満気に）とれました。
サキ　（思わず）バカ！
パゴ　すみません……
サキ　……いいよ。
パゴ　直るでしょ……？
サキ　（呆れ笑いで）直るよ……。
ニチカ／ミラ　（笑う）
パゴ　（ニチカとミラに）なんだよ。
サキ　パゴ、手伝え。（望遠鏡を三脚からはずし、ケースに入れるのを）

パゴ　はい。
サキ　（ニチカとミラに）帰らないのか？
ミラ　パゴがチョコレートパフェ奢ってくれるって言うから。
パゴ　え!?
ニチカ　言ったじゃない、ボウリングで負けた時。
パゴ　言ってねえよ！　え、ボウリングって半年前の？　さんざん奢ったじゃねえかよ
　あのあと。
ミラ　いいよ。
パゴ　いいよってなんだよ。
サキ　君達は本当に仲いいな。
パゴ　よくないスよ別に。
ミラ　逆にパゴは奢ってくれることだけがとりえですから。
パゴ　逆ってなに？　逆じゃねえだろそれ、何の逆？
ミラ　サキ先生って、
サキ　ん？
パゴ　おい。

ミラ　つきあってる人いるんですか？
サキ　（面喰らって）え？
ニチカ　どうなんですか？
サキ　どうして？
パゴ　どうしてって先生、ヤボなこと聞きなさんなよ。
サキ　おっさんかおまえは。
パゴ　え？
ミラ　どうなんですか先生。
ニチカ　本当のこと言ってくださいよ。

とその時、女性の声。

声　サキ先生。
サキ　はい。

皆、声のする方を見る。そこにはマリィという名の女性教師。

マリィ　（生徒達に）ごめんなさい邪魔してしまって。（サキに）先生このあと何か御用ございます？
サキ　いえ特には。なにか？
マリィ　もしよろしかったら私の車でお送りしましょうか？　通り道なんで。
サキ　ホントですか？　助かるな。
マリィ　国立公園の近くですよね。
サキ　ええ、動物園の裏門の……あ、でも一旦理科室戻らないと。
マリィ　御一緒します。
サキ　そうですか、すいません。（行きながら、残された三人に）さよなら。パフェ食べ過ぎてお腹壊すなよ。
マリィ　さようなら。
パゴ　（呆気にとられながら）さようなら……。

サキとマリィ、去った。
静寂。虫の声のみが響く。

パゴ　（ミラとニチカに）そういうことだ。
ミラ　（何を言うかと思えば、パゴに）バカ。
パゴ　え……!?
ニチカ　バカ。
パゴ　なんで俺!?
ミラ／ニチカ　……。
パゴ　俺バカ？
ミラ　帰ろ。
ニチカ　うん。
パゴ　おい。

ニチカとミラが何歩か歩き出したその時――

パゴ　（空を見て）あ。
ニチカ／ミラ　（立ち止まって）？

パゴ　流れ星。
ニチカ／ミラ　……。

三人、空を見上げて静止する。

同時に明かりが変化し、虫の声も止まって、まったくの無音の中、タイトルが舞台のどこかに、ごくごく質素に投影される。

「あれから」

タイトルと一緒に三人も消える。

2

2－1

暗闇の中、電話のコール音。
四回鳴って、留守番電話になる。

幼児の声　はい。マドです。只今留守にしております。発信音のあとにメッセージをお願い致します。

1－1とは別のケーキ屋が浮かび上がる。

別のケーキ屋　（憮然と）もしもし。面影洋菓子店です。留守電、息子さんの声ですか。

三日前からもう幾度も電話させてもらってるんですけどね……バースデイケーキ、その息子さんの、トト君の、四日前に引き取られることになっていた……ご注文頂いた時にもお伝えした通り、これ、いかなる事情があろうとも代金の方はいただきますから。もちろんケーキの方は破棄してしまいましたけど期限切れで。これ聞かれましたら大至急お電話頂けますか。ウチの店が後払いにしているのは、お客様との信頼関係を大前提にしているからなんです。店の名前だって、信頼関係みたいな単語を辞書で探しに探して……まあ、結果面影洋菓子店に落ち着きましたが、根っ子にあるのは信頼関係なんです。今私は、ケーキだの代金だのではなく、私自身を否定されたような気持ちだ。あと半日待ちます。信じてお待ちします。「走れメロス」という小説を御存知ですか。いや、それはいい。半日、十二時間お待ちします。トトちゃんの為にも、必ずお電話ください……信じてお待ちしてます。（切れる音）

救急車のサイレンと共に医師と看護師達がベッドを運んで来る。

医師　状態どうなの。

看護師A　かなり呼吸が弱くなって不整脈も出ています。公園の遊具から落下して胸を強く打った模様です。
看護師B　（ベッドに向って）ボク、ボク、聞こえる!?
医師　どれくらいの高さから？
看護師A　一メートルほどです。
看護師B　ボク!?

ベッドが定位置に決まると同時に明かり変わって、再び電話のコール。一コールで留守電に。再度、ケーキ屋が浮かび上がる。

幼児の声　はい。マドです。只今留守にしております。発信音のあとにメッセージをお願い致します。
別のケーキ屋　（怒りを押し殺して）名乗らなくても声でわかりますよね……十二時間お待ちしました……どういうつもりですか……払う金がありませんか……たかがケーキだ放っとけと思ってますか……私のメッセージも聞かずに消してるのか……（不意に大声で）ふざけるな！

先程運ばれてきたベッドは、ニチカとその夫ググの寝室のベッドになっている。今、そのベッドの中で、うなされるように、ニチカがこう呟いた。

ニチカ　トト……。

別のケーキ屋　（怒りに声を上ずらせて）人を……人のことを何だと思ってやがる！　あんた達みたいな親に育てられた息子は本当に不幸だよ！　あんたら、自分達がどんなケーキ頼んだか覚えているか!?　どうせ忘れてるだろう！　宇宙船と発射台が描かれたチョコレートケーキだよ！　俺が「男の子なら宇宙がいいでしょう」と勧めたら「そうね」って言ったんだ「そうね」って！　どれでもいいわみたいな顔して！　宇宙船の上の方には白い星がまたたいてる……！　俺は「トトっていうお名前を緑色でアイシングしましょう」と言った……宇宙船の名前みたいに飾れば喜ぶと思ったんだ……！　男の子だから、宇宙船の、名前みたいに、飾れば、喜ぶと、そう俺は思ったんだよ……！

ニチカ　トト……。

この台詞の終わりに、ベッドルームにググ（パジャマ姿）が来る。

ググ　（覗き込んで）……。

別のケーキ屋　（息荒くしていたが）ちくしょう……！　もう二度と来るな！　聞いてるか!?　もううちの店に二度と来るなって言ってるんだ！　切るぞ！　今から謝ったって（発信音。電話、切れた）……。

ケーキ屋、消える。

2-2

ニチカ　（さらにうなされて）トト……。

ググ　（ニチカをゆすって）ニチカ……。

ニチカ　（うめくような）

ググ　ニチカ、おい。

ニチカ、ようやく目を覚ました。

ググ　……。
ニチカ　……今何時？
ググ　まだ五時前。
ニチカ　なんか言ってたあたし。
ググ　名前を呼んでた……。
ニチカ　（曖昧に）うん……。

ググ、ハンカチをチェストから出して、ニチカに。

ニチカ　ありがとう……（受け取って）起こしちゃったのね、ごめんなさい。
ググ　いや、ちょっと弟の部屋見に行ってた……。
ニチカ　帰って来たのビビさん。
ググ　いや、いなかった……。

ニチカ　またどっかで酔っぱらってんのかな……。
ググ　あの泥棒野郎。ヤドランカに明日から二時以降は門を開けるなと言っとこう。
ニチカ　泥棒って、まだ疑ってるの？
ググ　あいつだよ。あいつ以外に誰がいる。居候のクセに恩を仇で返しやがって。
ニチカ　ビビさんじゃないわよ。そんな、証拠もないのに。
ググ　なんでそんなにあいつをかばう。
ニチカ　べつにかばってなんか……だってわからないでしょ？
ググ　わかるって。
ニチカ　何しに行ってたの？　ビビさんの部屋。
ググ　探しに行ってたのさ。
ニチカ　何を。
ググ　金だよ。どっかに隠してんだろ。
ニチカ　よくないわよ、人の部屋。
ググ　もういいよあいつの話は。
ニチカ　……。
ググ　もうあいつの話はいい。

ニチカ　……。
ググ　どんな夢みてたの。
ニチカ　え。
ググ　またトトの夢？
ニチカ　ケーキ屋さんが……（と言ったまま黙る）
ググ　ケーキ屋？
ニチカ　ほら、あの時留守番電話に何度も……
ググ　（鼻で笑うような）ああ……
ニチカ　……バースディケーキが焼き上がってるのにどうして取りに来ないんだって。
ググ　うん……あいつか……忘れてた……。
ニチカ　嘘。あたしあの声、絶対忘れられない、耳にこびりついてる……昨日ケーキ屋に行ったたからこんな夢みたんだわ……
ググ　ケーキ屋行くたびにうなされてちゃたまらないよ。
ニチカ　ごめんなさい……
ググ　違う、私じゃなくておまえが。
ニチカ　一言謝りたいとずっと思ってるからよ……

ググ　いつの話だよ……大体息子があんなことになってるのにノコノコケーキなんか取りに行く親はいないよ。
ニチカ　だって、知らなかったんだからケーキ屋さんは。
ググ　行ったんだろ、知らなかったんだから二ヵ月後に。行ったら潰れてたんだろ。しょうがないよ、行ったんだろ、一ヵ月後だかおまえは。それでおまえは、その潰れていたことで余計また心が痛んだ、自分が潰したような気がしたから……そうだよな。（自嘲気味に笑って）何度目だこの話。
ニチカ　忘れてたんでしょ。
ググ　何度聞いても忘れる。忘れていい話だからだよ。
ニチカ　……。
ググ　……。
ニチカ　あたし、知らない子の頭ひっぱたいちゃった……。
ググ　え……？
ニチカ　昨日ケーキ屋で。
ググ　どうして!?
ニチカ　どうしてだろう……。その子も四歳だって。思いっきりひっぱたいたら泣いちやって。

ググ　泣くさそりゃあ！

ニチカ　……。

ググ　おまえ、寝ろ。

ニチカ　もう眠くない。

ググ　いいから寝ろ。

ニチカ　眠くないってば。

ググ、不意に、何かを探し始め、チェストの中などを見る。

ニチカ　なに？

ググ　あれどこやった。

ニチカ　え。

ググ　あれだよ。気持ちよくなれば眠れるだろう。

ニチカ　あれ捨てた。

ググ　え!?

ニチカ　捨てたのよ。
ググ　捨てたって、一度も使わずに⁉
ニチカ　（うなずいて）だって、同じようなもんでしょ。
ググ　バカ全然違うよ！　説明しただろ、八段階のモーターがついてるんだ、八段階だぞ⁉　しかもうねりと震動のリズムの組み合わせが六十四通りもある！　これは業界的には画期的なことなんだよ。最低三回は使ってもらって確実なモニタリングをしたい、そう言ったろ……！
ニチカ　言ったけど……
ググ　言ったけどなんだ……！
ニチカ　バカバカしくなっちゃったんだもん、ウィンウィンいってるの眺めてたら。
ググ　……。
ニチカ　……。
ググ　ニチカ。
ニチカ　はい。
ググ　君はすぐに認識を改めるべきだ……いいか……今君が座っているこのフカフカのベッドも、我々を明るく繊細に照らしてくれるシャンデリアも、耐火加工された頑丈な壁も、私達一家の排泄物を私達の目の届かない場所へと流し去ってくれるあの便器も、「おいヤドランカあれ持って来てくれ」「おいヤドランカあれが飲みたい」「おいヤドランカあれをあれしといてくれ」と一声かけるだけであらゆる雑務をこなしてくれる忠実なヤドランカへの給料も、私達マド家の生活はすべて、ウィンウィンいうバカバカしいもののおかげで成り立ってるんだ……むろん私はバカバカしいなんて思っちゃいない……ウィンウィンはいう、でもバカバカしくはない。そりゃ、物理的にはただの、モーターの入った、ゴム製の、平均よりやや大きめの男性器だよ、見た目はな、形状は。ところがだ、ひとたびスイッチを入れてみろ、あらゆる女性をこの世の天国へ導いてくれる。まさに魔法の神具だ……究極の神具だよ……おまえだってウチの商品の力は充分承知してるハズだろう。おたけびのような声をあげ、歓喜の涙を流し、やがて放心状態になるおまえを、俺はこの目で何度も見ている。そして、ここからが大切だ。おまえが捨ててしまったウィンウィンいうバカバカしいあれは、これまでおまえが使ってきた歴代バイブとは比較にならない。何倍もいいんだ。何倍もだぞ。言ったよな、まだ市場に出てないんだよ、まずおまえに体験させてやって、世間の女どもへの供給はそれからだ。そう思ったんだ、社長の女房の特権だって……。

ニチカ　……。
ググ　そう思ったんだよ……。
ニチカ　ごめんなさい。
ググ　あした会社からもう一つ届けてもらう。
ニチカ　……（うなずく）
ググ　それは捨てないか？
ニチカ　捨てない……。
ググ　絶対？
ニチカ　絶対……。
ググ　明日さっそく使う？
ニチカ　使う……。
ググ　うん……ならいい……（明るく、ややおどけるように）ホント何倍もいいんだぞ。
（笑う）
ニチカ　……。
ググ　（遠い目で）つくづく実感するよ……努力は実を結ぶ……。
ニチカ　うん……ごめんなさい。

ググ　（抱きしめて）愛してるよ。
ニチカ　（軽く手をまわす）

短い間。

ググ　おまえは？
ニチカ　あたしも。
ググ　うん。（離れる）
ニチカ　ケーキ屋でね、偶然高校の時の同級生に会ったの……前話したことあると思うけど、ミラっていう一番仲良かった子。
ググ　（その話は聞いてなかったようで）私が協力してあげた方がいいか……？
ニチカ　え。
ググ　あした。
ニチカ　……ああ。
ググ　協力といっても、基本は自分で操作してもらって機能性の違いを実感してもらわないとリサーチにならないんだけど。

ニチカ　自分でやる、一人で。

ググ　うん。風呂あがりがいいかもしれない、血行がいい方が気持ちいいはずだから。熱めのシャワーをザッと浴びてすぐ、な。

ニチカ　わかった。（黙る）

ググ　（言葉を待っていたかのように）それで？

ニチカ　え、なにが？

ググ　なにがって、友達と会ったんだろ。

ニチカ　ああ。（聞いていたのか、と）

ググ　（笑って）おまえが言い出したんじゃないか。

ニチカ　（笑って）うん。それでいろいろ話したの、お茶飲みながら。

ググ　うん。

ニチカ　ほら、おとといから借りた部屋、隣がカウンセリングルームだって言ったでしょ。

ググ　そうだっけ。

ニチカ　うん……ミラがね、そこに通ってるんだって。昨日もその帰りだって。

ググ　そのカウンセリングルーム？

ニチカ　そう。
ググ　へえ。すごい偶然だ。
ニチカ　うん。
ググ　驚いてたろ彼女も。
ニチカ　……言わなかった隣だってことは。
ググ　どうして。
ニチカ　なんとなく……。
ググ　なんとなくって……（軽く笑い、煙草を吸う）
ニチカ　……。

音楽がフェード・インしてくる。
ニチカはどこかうわの空で、ググの次の台詞の中、どんどん音楽のボリュームが大きくなり、やがてググの声をもかき消す。

ググ　この間なんかの雑誌で読んだんだけど、この国の国民は五人に三人がカウンセリングに通った経験があるそうだよ……「この国がいかに病んでるか」みたいな文脈だったけど、私に言わせればほとんどの人間は気やすめであぁいうところに通ってるんだ……考えてもみろ、それだけの数の人間が通ってるってことはだ、カウンセラーの数だって相当数必要だろ？　だけど病んだ人間を扱える人間なんか、そんなめったやたらといるハズないじゃないか。カウンセラーの半分以上は素人だよ。中にはそれこそ病んでる人間だっているハズだよ。とりあえずどんな相手にでもいいから自分の話を聞いてもらいたい、おそらくほとんどの人間がその程度のことで通ってるに過ぎない――。

2―3

別のエリアに立つドアが開いて、中からサキにそっくりの男（ユウ）が現れる。
ニチカはまだベッドルームにいるが、ググの姿は消えている。
ニチカの回想だろう。ユウとニチカはそれぞれの空間で正面を向いて会話を交わす。

ユウ　あ。
ニチカ　（反射的に体ごとそむけて）あ。
ユウ　患者さんスか。
ニチカ　いえ。（自分の背後を指して）今日からこの部屋を……
ユウ　あ、お隣さんスか。
ニチカ　ええ通いなんですけど仕事部屋（として）……（見て）……!?
ユウ　え？　どうかしました？
ニチカ　いえ……
ユウ　どうしたんスか。
ニチカ　ごめんなさい、ちょっとびっくりして……知り合いに、似た人が……。
ユウ　あ俺と？　よくいるんスよこういう感じの二枚目。つい何日か前も宝くじ売りの
オバサンに「久し振りぃ」って抱きつかれて。知らねえっつの！（笑う）
ニチカ　（合わせて笑い）カウンセリングルームなんですね……。
ユウ　ええ。なにか？
ニチカ　え？

ユウ　だって、何か用があってチャイム押そうとしてたんじゃないんスか。
ニチカ　あ、はい。いいえ。
ユウ　（笑ってしまい）え？
ニチカ　（ユウがゴミを持っているので）ゴミですか。
ユウ　ええ。地下の集積所に。このビルエレベーター遅いんスよ。階段で行っちゃった方が。
ニチカ　ああ。カウンセラーさん？
ユウ　いいえ、俺まだ助手です。先生呼びますか？
ニチカ　あ、いえ
ユウ　（ニチカの台詞をくって、ドアの中へ）先生お隣さんです！　（ニチカに）今来ます。（ドアを出て階段があるらしい方へと去る）
ニチカ　あ、はい……。

カウンセラーがドアを開けて顔を出す。

カウンセラー　はい。

ニチカ　あの、こんにちは、こんばんは。
カウンセラー　こんばんは。お隣さん？
ニチカ　はい。特に用はないのでさようなら。
カウンセラー　ウチの声聞こえますでしょ。
ニチカ　え。
カウンセラー　聞こえません？　もちろんそんな露骨にじゃありません、かすかにですけど。壁薄いんですよ。
ニチカ　そうなんです。それを言いに。
カウンセラー　前の人もそれで引っ越してったんですよ。毎日壁に耳あてて患者の悩み盗み聴きしてるうちに他人事《ひとごと》じゃなくなっちゃったみたいで……人生に行き詰まっちゃったらしくて。
ニチカ　ああ。
カウンセラー　それ私の立場はどうなんだって話ですが。患者の声だけじゃなくて私のカウンセリングも盗み聞いてたんだろうから……。そんなワケで、すいませんねえ、毛布かなにかで吸音して頂く以外テは……このビルエレベーターも遅いし……ガッカリビルディングと私は呼んでいますよ。

ニチカ　ガッカリビルディング。

カウンセラー　あ、そこひっかからないでください。受け流してもらわないと。面白いとかそういう意味で言ったわけじゃないんで。

ニチカ　はい……。

カウンセラー　じゃあ御迷惑おかけしますが、よろしくどうぞ。あ、当然そちらの音も聞こえますんで、音楽おかけになるならどうか、ヒーリング系を。

ニチカ　あ、はい。

カウンセラー、ドアを閉めると、瞬時にして二人、消える。
同時に音楽。
舞台上のどこかに字幕映像が投影される。

「露骨にじゃなく、かすかに」
と、そのカウンセラーは言った。
だけど、そうじゃない。
壁に耳など押しあてなくても

隣の部屋での会話はほとんどが聞きとれた。

私が壁に小さな穴をいくつもあけたからだ。

2-4

ポツリと一人、空缶を灰皿にして、階段に座り煙草を吸う若い女（アン）。

そこがどこなのかすぐにはわかりかねるが、アンは1-2でニチカとミラが会話を交わした、あのカフェにいたウェイターと同じ制服を着ている。カフェの裏手なのだろうか。

猫が鳴く。

アン　（気づいて）……おいで……。
猫　（鳴く）
アン　おいで。（煙草を「吸う？」とばかりに差し出す）
猫　（どこか否定的ともとれるニュアンスで鳴く）

アン うん、すいません。（と煙草を口にくわえて）寒いね……。

猫 （鳴く）

アン まあね、そう言っちゃえばそうなんだけど。

猫 （鳴く）

アン あっそう。お互いいろいろあるよね。

1−2に登場したウェイター（リク）が来るが、アンはまだ気づかない。

アン （猫に）でもね、それが人生よ。猫生か、ビョウセイか。

猫 （鳴く）

アン そう見える？　そうでもないよ。

猫 （鳴く）

アン 嘘。年内に？　年内ってもう一カ月もないよ。それって、（リクに気づいて、猫に）お腹すいてんの？

リク （アンに）休憩室にいないから帰ったのかと思った。

アン 禁煙なんで、すいません。

リク　帰ったよ。（店のことらしい）
アン　あ、どうも。
リク　会話盛り上がってたじゃん。（猫とのこと）
アン　なんか、都合のいいこと言ってくれてるという設定で、またいいタイミングで鳴くんですよ。（猫に）な。
猫　（鳴かない）
アン　鳴かなくなっちゃったけど。すいません急に代わってもらっちゃって。
リク　いいよ別に。え、どっちがお母さん？
アン　なんかケーキの箱持ってた方です。
リク　二人とも持ってたよ。
アン　え。じゃあ、なんかいけすかない方です。
リク　（考えながら、わからず）え、どっちだ。
アン　じゃあ、肉料理にするか魚料理にするか迷ってたのに結局ラーメンとか頼んじゃう方。
リク　わかんねえよ。
アン　（他に何か言いようがあるかと）えーとね。

リク　血を抜く仕事してる？
アン　血？　いやしてないと思うけど。なんですか血を抜く仕事って。
リク　あ、じゃあ児童文学の翻訳してる方だ。
アン　あ、そうです。メチャクチャ盗み聞きしてるじゃないですか。
リク　だって、アンの母ちゃんかぁと思って。
アン　びっくりしました、いきなり来るから。
リク　いきなりしか来ようがねえじゃん。なに秘密なのバイトしてんの。
アン　秘密っていうか、知られたくないじゃないですか。
リク　よくわかんねえけど。父ちゃんおもちゃ屋さんなんだ。
アン　（表情雲って）そんな話してたんですか……？
リク　（事も無げに）してたよ。じゃあ子供の頃クリスマスプレゼントとかすごかったんじゃない？
アン　もらったことありませんよ……。
リク　うそ、なんで？　すげえお金持ちなんだろおまえんち。店長が言ってたよ。
アン　たいしたことないですよ……。
リク　そうなの？　（煙草の煙の臭いをかいで、いぶかし気に）おまえ、それ何吸ってんの……？

リク　吸います？　もうこれしかないけど。

アン　（吸って）わ。

リク　ええ。あとあげます。

アン　バカ、これ、わ、すげ。

リク　いいでしょ。

アン　おまえだから猫と喋ってたんだ。

リク　別にそういうわけじゃないですよ。（リクが返すので）え、

アン　俺今日これからデートだから、

リク　モナミさん？

アン　うん。

リク　え、だから？

アン　いや、ビミョーにマジな話すっから。わ。どうすんだよこれ、気がついたら羊か

リク　なんかとマジバナしてたら。

なんだかガラの悪そうな、怪し気な男（ビビ）が来ている。

アン　あ。
リク　（見る）
ビビ　（ニヤニヤしながら、アンに）いた。
リク　（アンに）どちら様？
アン　おじさん。
リク　え。
アン　父親の弟。
リク　ああ、（ややおそるおそる）こんにちは……。
ビビ　（まったく無視して、アンに）なにサボってんのおまえ。
アン　（さして迷惑そうでもなく）サボってないよ。
ビビ　バカおまえ今店ん中みたらいないから。
アン　ああ、ごめん。
リク　じゃあ俺、先上がるから。
アン　お疲れ様です。
リク　そろそろ戻んないと店長に怒られるぞ。

アン　はい。

　　リク、ビビに一礼すると足早に去った。

アン　何来てんの。
ビビ　バカおまえ何来てんのじゃねえよ。
アン　だって来てるから。
ビビ　バカおまえ……なんだよ父親の弟って。
アン　父親の弟でしょ。
ビビ　バカおまえ。
アン　バカじゃないよ。
ビビ　（リクの去った方を、意味ありげに）あいつ？
アン　なに、見に来たの？
ビビ　見に来たんだよ。あいつ？
アン　うん。かっこいいでしょ。
ビビ　バカ。

アン　かっこいいでしょ。
ビビ　やったのかもう？
アン　どう思う？
ビビ　バカ。
アン　やってないよ、やめた。
ビビ　やめた？
アン　やめた。
ビビ　やめたって何。
アン　さっき聞いたら彼女いるんだって。
ビビ　（カチンときたのか）え……!?
アン　ま、そりゃそうか。クリスマスも一緒に過ごすんだって。
ビビ　おまえよりその女の方がいいって!?
アン　言ってないもんどう思ってるとか。
ビビ　……。
アン　いいいい、もうやめたの。
ビビ　……いいの？

アン　いい。
ビビ　（納得いかずに）俺言って来てやるよ。（行こうと）
アン　（制して）いいって。いいよ。
ビビ　……ダメだよあんな奴。
アン　かっこいいけどね。
ビビ　ダメダメ。
アン　……（笑いがもれる）
ビビ　なんだよ。
アン　見に来たんだ。
ビビ　だからそうだよ。
アン　わざわざ。
ビビ　バカおまえ……。

猫が鳴く。

ビビ　猫だ。（猫を威嚇して）猫ぉ！

猫、鳴きながら逃げて行った様子。

ビビ　(笑って、アンに) 逃げた。

アン　お腹すいてる?

ビビ　え……

アン　最近ウチでごはん食べてないでしょ。

ビビ　(曖昧に) うん、まあ、

アン　意地張んなくてもいいのに、どうせ居候なんだから。

ビビ　バカおまえ。

アン　なにか食べてけば?

ビビ　……いいよ。

アン　食べてきなよ。

ビビ　いい。

アン　お金ならいいよ。

ビビ　……そう?

アン　うん。
ビビ　え、その分給料から引かれんだろ？
アン　大丈夫大丈夫ごまかすから。
ビビ　……そう？
アン　うん、風邪引くよ。
ビビ　じゃあ。こっち？　（とリクが去った方へ行こうと）
アン　表から入って。
ビビ　うん。（と自分が来た方向へ）
アン　（その背に）今行くから。
ビビ　うん。
アン　（見送るような）……。

ビビは去り、アンも消えてゆく。

2-5

別のエリアにカウンセリングルームの内部が浮かびあがる。

診察用の深い背もたれのある椅子に座っている若い女性（モナミ）。傍にはカウンセラー、そして少し後ろに助手（ユウ）が落ち着かなそうに控えている。

カウンセラー　おつきあいしている方の御職業は？

モナミ　（少し苛立っている様子で）アルバイトです。カフェでウェイターを。さっき言いませんでしたっけ？

カウンセラー　ええ今初めて。別れる決心はついてるんですね。

モナミ　だからついてます。今日このあと会う約束をしてるんで、そこでハッキリ言おうと思ってます。

カウンセラー　ちょっと落ち着きましょうか、そうイライラせずに。

モナミ　落ち着いてます……。

カウンセラー　……その撮影旅行の件はもう言ったの？

モナミ　なんとなく、ぼんやりと。

カウンセラー　反対されましたか……。

モナミ　きっと彼は、私が今日会おうって言ったのは、そのことで話し合う為だと思ってると思います。なんとか私を説得してやめさせようと。バカなんですよ。ニブいんです。

カウンセラー　んん……相手の方とはもうセックスをしたんですか。

モナミ　しましたよ。

カウンセラー　何回。

モナミ　一回。

カウンセラー　奥さんいるんですよね。

モナミ　だからいますって。

カウンセラー　お子さんも。

モナミ　息子が一人。あたしより上ですけど。（苦笑）

カウンセラー　相手の方の奥さんはまだ何も？

モナミ　知りません。でも彼は言うって言ってます。

カウンセラー　そうですか……。

モナミ　帰っていいですか？

カウンセラー　（苦笑して）まだ時間だいぶありますけど、お帰りになりたければ。

モナミ　カウンセリングってもっとスッキリすると思ってたんですけどなんか、話せば話すほどかえってイライラしてくるんで。あんまり何も解決しないし。
カウンセラー　あわてちゃいけませんよ。十分二十分でどうこうできるものじゃあない。
モナミ　（ヒステリックに）頭痛がするんです！　頭が痛いの！　（ユウに）ゴミ袋ガサガササガサガサうるさいし！
ユウ　あ、すいません。

ユウは、途中まで二人の会話を聞いていたが、ゴミの入った大きな袋をガサガサやっていたのだ。

モナミ　帰ります。
カウンセラー　頭痛薬と抗うつ剤を出しますよ。
モナミ　そんなもん持ってます。
カウンセラー　あ、そう。
ユウ　あ、次回の予約を
モナミ　電話します。もう来ないと思いますけど。

ユウ　あ、そうスか。
モナミ　どうも。
ユウ　さようなら。

モナミ、憮然として去った。
短い間。

カウンセラー　三時迄休憩か。
ユウ　（モナミの去った方を見たまま）はい……（カウンセラーを振り返り）今の患者の
カウンセラー　患者て言わない。
ユウ　今のお客さんの言ってた相手って、十二時から来てた……
カウンセラー　コモンさん。
ユウ　の、旦那さんじゃないスか？
カウンセラー　みたいだね。
ユウ　ですよね。カメラマンで昔ケーキ屋やってたなんて人そうそういないスもんね。

いやいや……面白いスねぇ。あっちの事情とこっちの事情が……笑っちゃうな。

カウンセラー　笑っちゃダメだ。ユウ君ね、こういうところで働くんならその佇まいと言葉遣いを何とかしなさい。

ユウ　そうスよね。ゴミ捨ててきます。

カウンセラー　なんでこんな時間に。

ユウ　やることないんで。

ユウ、ゴミ袋を持って舞台奥へ消える。

程なく、去った方から、ユウとニチカの会話が聞こえてくるから、それが2－3での玄関前の場面と同じ時間であることがわかる。

ユウの声　あ。

ニチカの声　あ。

ユウの声　患者さんスか。

聞いていたカウンセラー、「患者」という表現に頭を抱えるような——。

ニチカの声　いえ。今日からこの部屋を……

ユウの声　あ、お隣さんスか。

ニチカの声　ええ通いなんですけど仕事部屋……!?

間。カウンセラー、ニチカの様子を気にする。

ユウの声　え？　どうかしました？

ニチカの声　いえ……

ユウの声　どうしたんスか。

ニチカの声　ごめんなさい、ちょっとびっくりして……知り合いに、似た人が……。

ユウの声　あ俺と？　よくいるんスよこういう感じの二枚目。（カウンセラー、リアクション）つい何日か前も宝くじ売りのオバサンに「久し振りぃ」って抱きつかれて。知らねえっつの！　（笑い声）

カウンセラー、手にしていたモナミのカルテを、くしゃくしゃと丸め、ゴミ箱に放り込む。

暗転。

3

原則として、三場は、舞台はリビング、ベッドルーム、キッチン、子供部屋の四エリアと、どこにでもなるその他のエリアに分けられる。

3―1

舞台上のどこかに、ミクリが撮影したとおぼしき森の写真が次々と投影される。最後の一枚が消えると同時に、そこでテーブルを囲む人々、すなわちミクリ、モナミ、ユゲ、そしてミラが浮かび上がる。(同時に子供部屋とキッチンもうっすらと見える。)

モナミは客席に背を向ける位置で手にした写真を見ている。向かいにミラ。上手側にミクリ。下手側にユゲ。四人の前にはティーカップと、ケーキが乗せてあったらしい皿。

ミラ　（やや動揺しながらミクリに）えーと、それはつまり……彼女が……

ミクリ　モナミさん。

ミラ　モナミさんがモデルになるっていうこと？

ミクリ　（事も無げに）うんそうそう。モデルっていうか、だから森の中に立ってもらって……（モナミが眺めている自分の写真を示して）これ撮り終えて、ほら、俺最高傑作かもって言ったろ。

ミラ　ええ。

ミクリ　自分で言うのもなんだけど、やれるだけのことはやったぞっていう達成感、があるんだよ。モナミさんケーキもう一つどう？

モナミ　あ、もう。

ミクリ　そう。ユゲは？

ユゲ　（明るく）何が残ってるんですか？

ミクリ　（箱を覗いて）えーとね、何だこれは。

ミラ　マロンタルト。

ミクリ　（ユゲに）マロンタルト。
ユゲ　マロンタルトかぁ、あ、すいません、結構です。
ミクリ　（ミラに）たしかにモンブランとマロンタルトって……栗好きの集会じゃないんだから。
ミラ　（そんなことは本当はどうでもよいのだが）そうだよね、ごめん。
モナミ　（ミラに）でもおいしかったですとても。
ミラ　そう、よかった……
ミクリ　まあまあだね。ガトーショコラってのはあれ、カカオの苦みがこう口の中にほんのり残るのがいいんだよ。（ミラに）全然残らなかったろ？（返事を待たず）あれじゃただのチョコレートケーキだよ。ウチの店のガトーショコラ覚えてる？
ミラ　（ミクリに）それで？
ミクリ　ん？
ミラ　達成感があったから？
ミクリ　ああ、うん、同じもんばかり撮っててもってのもあるし、ユゲも、な、スタイルを少し変えてみても全然いいんじゃないかって言うから。たしかにそうかもなと思ってさ……。

ミラ　……。

ミクリ　つまりね、つまりこういうことなんだよ……今まで俺はずっとレンズを通して森を見つめてきたろ？

ミラ　（うなずく）

ミクリ　俺の写真ってのはなによりまず見つめることから始まる作業だから。（ユゲに）なユゲ。

ユゲ　ええ。

ミクリ　でね、ここらへんで、俺の方も視線を感じてみたくなったっていうかさ、わかる？

ミラ　あまり。

ミクリ　どうして。（ユゲに）わかるよな。

ユゲ　（きっぱりと）わかります。

ミクリ　ほら。だからね、俺が森を見つめます。今迄は一方通行だった。それはそれでよかった。でも俺が見つめる森の、ある一点から、今度は俺を見つめ返す視線があったらどうなるだろう、そう思った。視線と視線のぶつかり合いっていうかね。交差っていうか。視線が返ってくるわけよ。絶対同じじゃないよこれは、絶対同じじゃない、何かが変わります。何が変わるのか？　それはやってみないとわかりません。俺の写真は果たしてどうなるんだろう？　それを知りたくなったんだよね。ごく自然な変化だと思うんだよ自分としては。

ミラ　……泊まりなんでしょ？

ミクリ　うんだって、言ったろ、南に渡るんだから、リーデルマイル湖のほとりだよ、日帰りじゃとても。

ユゲ　薄暮も狙いたいですしね。

ミクリ　そうそう。二泊。水曜の午前中には戻ってくる。

ミラ　……。

ミクリ　（笑って）何勘ぐってんだよ。

ミラ　え？

ミクリ　ユゲも一緒だよ。別に二人きりになるわけじゃないんだから。大体彼女、いくつだと思ってんの、ジンタより年下だぞ。

ユゲ　（冗談めかして、ミラに）大丈夫ですよ、僕しっかり監視してますから。

ミクリ　おっと、じゃヘタなことできねえな。（笑う）

ミラ　（笑わずに）……。

ミクリ　（苦笑しながらミラに）おい。
ミラ　……。
ミクリ　まいったな……写真家が被写体に人間を選んだだけだろ？　それが女性なのが問題か……？
ミラ　今まで人を撮ろうなんて言い出したことなかったから。
ミクリ　（ミラの台詞をくって）だからこの度初めてやってみましょうっていう……試しにだよ、別にこれからずっとってわけじゃない。今回はカメラマン人生の節目になるかならないかのスペシャルな撮影なんだよ。
ミラ　スペシャル。
ミクリ　スペシャルに食いついちゃいましたよ。どうすればいいんだよじゃあ俺は。断るか、せっかく助手（ユゲ）が紹介してくれた、モデルやってて人柄もいいフォトジェニックな若い女性が、なんとノーギャラで同行してくれるっていうのを断りますか。
ミラ　（笑顔で）そんなこと言ってないじゃない一言も。
ミクリ　……。
ミラ　行ってきなさいよ。

ミクリ　行ってくるよ。
ミラ　行ってきなさいよ。

ジンタが帰宅していた。

ミクリ　おかえり。
ジンタ　うん。
ユゲ　うす。
ジンタ　うん。
ミクリ　（モナミに）ジンタ、息子。
モナミ　こんばんは、お邪魔してます。
ジンタ　（無言で会釈）
ミクリ　（ジンタに）モナミさん。ユゲの、友達。
ジンタ　（ミクリに）どっか行くの？
ミクリ　ん、うん。
ミラ　ケーキ食べる？

ジンタ　いらない。
ミラ　お腹は？
ジンタ　すいてない。（と出て行く）
ミクリ　……（誰に言うでもなく）いい息子だよ。必要最低限のコミュニケーションというものを教えてくれる。
ミラ　（不意に）モナミさんは血液型何型？
ミクリ　なんだよいきなり。
ミラ　なんとなくよ。
モナミ　ABです。
ミラ　そんな気がした。お皿下げちゃうわね。
モナミ　ミラさんは？
ミラ　え？
モナミ　何型ですか？　O型？
ミラ　O型。
モナミ　そんな気がしました。
ミクリ　（何となく居心地悪く、無理して笑う）

ミラ、カシャカシャと小さな音をたてながら四人の皿を下げ、ケーキの箱を持つとキッチンへ――。

3-2

ジンタは自分の部屋で横になり、雑誌を読んでいる。

ユゲ　僕、二日目の朝に伺いましょうか？
ミクリ　え？
ユゲ　その方がよくないかなと思って。
ミクリ　くったくのない表情で複雑な空気作るようなこと言うなバカ。
ユゲ　え……？　（そのことにはそれ以上触れず、モナミの見ている写真に）さっきからその写真ばっかり見てるね。
モナミ　うん、この写真好き。

ミクリ　（嬉しく）どれ。
ユゲ　（突然挑発的に）どこが？
モナミ　え？
ユゲ　どこがどういいと思うのか言ってみろよ。
ミクリ　なんだおまえ急に。
モナミ　（挑発にはのらず）どこがって、全部よ。なんとなく、なんとなくじゃ駄目？

ユゲ、不意に立ち上がる。

ミクリ　どこ行くんだよ。
ユゲ　トイレです。

ユゲ、キッチンの方へと去る。

ミクリ　なんだあいつ……。
モナミ　怒ったのかな……。

ミクリ　おかしいんだよ最近あいつ……助手やめてもらうかもしれない。
モナミ　そうなの？
ミクリ　うん……ミラのやつが言い出したんだけどさ……たしかにちょっとおかしいんだ、ポカも目立つし……。（モナミに、確認するように）何も言ってないよねあいつに。
モナミ　（写真に目を落としたまま、笑い）何ビクビクしてるんですか？
ミクリ　別にしてないよビクビクなんか。（写真を見て）あ、これか。その写真もう少し暗めに焼くともっといいんだよ。

ミクリ、少し近づいていたが、そう言いながら自分の席に戻る。

モナミ　（強く責めるのではなく、すねるように）もっとハッキリ言ってくれるのかと思ってました……。
ミクリ　ん……うん……。

モナミ、立ち上がり、ゆっくりとミクリの方へ近づいてゆく。

ミクリ　……。
モナミ　あれじゃあまるで奥さんに宣言したみたい、あたしとあなたが何でもないって
ことを……これからもどうにもならないってことを……。
ミクリ　（周囲を気にして）戻って来るよ。
モナミ　ミラさん？
ミクリ　ユゲも。
モナミ　……。

モナミ、何も言わず、椅子に座ったままのミクリを、背後から上体を包み込むように抱きしめる。

ミクリ　モナミ。
モナミ　何？
ミクリ　ダメだって。
モナミ　昨日あたし殺されかけたのよ……。

ミクリ　誰に……。
モナミ　リク。
ミクリ　彼氏？
モナミ　別れたいって言ったら泣きながら逆上されて……
ミクリ　……。
モナミ　なんか、あたし一人バカみたい……。
ミクリ　ケガは？
モナミ　四針縫った……
ミクリ　え!?　（とモナミの手をほどいて彼女を見る）
モナミ　病院までついてってなんだかんだで朝になっちゃったから眠ってないの……
ミクリ　ついてって？　え、四針って向こうが？
モナミ　（うなずいて）ここを。（と額を指し、続いて回し蹴りをする）
ミクリ　……。そう、病院に……それで電話通じなかったのか……。
モナミ　電話？
ミクリ　今日来てもらう前に話をしておきたかった……
モナミ　何を？

ミクリ　ちょっと、今はあれだから……明日にでもゆっくり話そう。
モナミ　（急激に不安になって）何をですか……!?
ミクリ　自分でもよくわからないんだよ、情けないことに……。
モナミ　何を話したいのかが？
ミクリ　そうじゃなくて、どうすればいいのかが……
モナミ　そんな今さら……。
ミクリ　まったくだ……何を今さら！　（突然モナミを抱き寄せて）君は魅力的だよ……最初はただのションベン臭いガキかと思ったけど、会う度に、会って話をする度に確信する。君は俺なんかよりよっぽど物を考えてる、悩んでる、闘ってる。そしてなにより、俺の写真をかなりわかってくれてる……
モナミ　（キスをする）
ミクリ　（一度受け入れるが、すぐに〝う〟とも〝あ〟ともつかない声をあげて顔をそらし、自制するように）だから早まっちゃいけないんだ……。
モナミ　どうして？

モナミ、そう言うと再びミクリにキスをしようとするが、ミクリ、顔をそらして躱す。まるで初心《うぶ》な少女のように。

ミクリ　だからそれを明日にでも、ゆっくり二人で考えよう。

モナミ　早まるも何も、あたしたちもう寝たんですよ!?　セックスしちゃったんですよ!?

ミクリ　（セックスという言葉に過剰に反応すると出入口あたりを見回し）だから、キスとかセックスとか、そうなってしまうともう俺冷静でいられなくなるから。な!?　男ってそうだから。これはもうキリストだってそうだったんだからきっと。

モナミ　……。

ミクリ　違うよ。遊びだったとか、そういうことが言いたいわけじゃなくて……。ただ反省はある。後悔じゃないよ。人間的に、反省をしてるだけ。そう、人間的、もっと人間的に充分な状態で君とああなるべきだったと。駄目だホラ、言ったそばから人間的ではなくなっていく自分を感じる……そうだ……この……この写真……もっと暗めに今焼いてきてあげるから。

モナミ　今？

ミクリ　現像室あるって言ったよな。元風呂場なんだけど。二階のトイレの横。今焼いてきてあげるから。二階のトイレの横で。

ミクリ、一方的に言うと部屋を出て行く。

モナミ ……。

3－3

キッチンではミラが洗い物をしている。先程からずっと、背後にはユゲが立っているが、ミラは気づいていない。

ミラ （振り向いて初めてユゲに気づき、小さな悲鳴）！

ユゲ ずっといたんですよ。今気がついたんですか？

ミラ やめてよもう……ああ驚いた……。

ミラが戻ろうとする先をユゲがふさぐ。

ミラ　何？
ユゲ　いいじゃないですかまだ。
ミラ　へんに思われるわよ。
ユゲ　戻りたくないクセに。
ミラ　またそんな……どうしてそんなにいじわるするの？
ユゲ　ミラさんが僕にいじわるするからです。
ミラ　してないわよいじわるなんか。
ユゲ　……。
ミラ　してないでしょ。

ミラ、そう言うと、突如嗚咽した。

ユゲ　（動じず）なぜ泣くんです……。
ミラ　ちょっとは自分で考えなさいよ！

ユゲ　（抗議するように）僕が泣かせたみたいじゃないですか。
ミラ　（ユゲの腕を握って）あたし、さびしいからあなたと寝たんでしょ!?　さびしいからあなたにすがりついたんじゃないの!?
ユゲ　（呆れるように）台所で何言ってるんスか。
ミラ　あなたはそれを受け止めたのよ!?　わかってる!?　わかりますなんて静かに言ったクセに！
ユゲ　それは、わかったからですよ、あの時は。
ミラ　（ユゲの腕をゆさぶりながら）だったらどうしてあたしの味方になってくれないの!?
ユゲ　味方になるならないで言えばまず先生です。次にミラさんです。ミラさんに会えたのだって先生がミラさんの御主人だったからじゃないですか。
ミラ　あの人もあたしよりまず写真だしね。
ユゲ　あ、そう言っちゃえば僕だってまず写真です、先生の。で、先生、で、ミラさん。
ミラ　……。
ユゲ　俺ちょっと。（と行こうとして戻り）あの女、モナミ、僕が先生に推薦したわけじゃないですからね……後輩の彼女なんです……写真に興味あるから紹介してやってくれって言われて……そしたら先生が撮りたいって言い出して……。
ミラ　おべんちゃら言ってたクセに。
ユゲ　言いますよそりゃ。クビにされたくないですから。
ミラ　……。
ユゲ　あなたとのことだって、こんなビクビクしなきゃいけないってわかってたら
ミラ　いいからもう行きなさいよ！
ユゲ　ちょっとジンタに。
ミラ　なに。ヘンなこと言わないでよ……!?
ユゲ　（振り向きもせず）言いませんよ。

ユゲ、ジンタの部屋の方へ——。

3-4

ジンタの部屋の前に到着したユゲ。

ユゲ　ジンタ。ユゲ。
ジンタ　なに。
ユゲ　入っていい？
ジンタ　ダメ。

ユゲ、入る。

ジンタ　……。
ユゲ　何してたの？
ジンタ　別に。

ユゲ、ジンタの手にしていた雑誌を奪い取り、パラパラとめくる。

ユゲ　（つまらなそうに）こんな裸面白い？
ジンタ　別に。

ユゲ　でかいだけだなこのオッパイ。（と雑誌を見せる）
ジンタ　そいつはね……（と別のページをめくり、見せる）
ユゲ　（意図がのみこめず）なに？
ジンタ　それは？
ユゲ　え？
ジンタ　オッパイ。
ユゲ　（見る）
ジンタ　（評価を待つような）
ユゲ　（何も言わず雑誌をそこらに放る）
ジンタ　……。（少し落ち込んだか）
ユゲ　女とやりたい？
ジンタ　やりたい。
ユゲ　やりたい年頃？
ジンタ　年頃。
ユゲ　……。
ジンタ　……。

ユゲ　さっきの女、どう思う？
ジンタ　え？
ユゲ　さっきいたろ。
ジンタ　ああ、ユゲの友達？
ユゲ　友達じゃねえよ。やらせてくれるって言ったらやる？
ジンタ　やるんじゃない？　えタダでしょ？
ユゲ　タダタダ。
ジンタ　じゃあやる。
ユゲ　その代わりあれだよ、すっげえ気持ちよくしてあげないと殺されんだよ。
ジンタ　そうなの……？
ユゲ　そうだよ。
ジンタ　（真剣に考えて）……やる。
ユゲ　（感心したように、笑顔で）おまえ勇気あんな。
ジンタ　（照れたように少し笑う）
ユゲ　おまえお母さんの裸見たことある？
ジンタ　（とたんに笑顔が真顔になる）

ユゲ　なあ。
ジンタ　昔ね……。
ユゲ　昔じゃなくて最近。
ジンタ　ない……。
ユゲ　ふぅん……。
ジンタ　何しに来たの？
ユゲ　ん、うん。

このあたりでリビングでは、モナミが立ち上がって、ミクリが去った方へ去る。

ジンタ　あの女やらせてくれんの？
ユゲ　やらせてくれんじゃない？
ジンタ　え……!?
ユゲ　(横になる)　頼んでみれば？
ジンタ　頼んでよ……。

ユゲ　やだよ。
ジンタ　……。

3-5

チャイムの音。

ミラ　はい。（立ち上がり、行く）
男の声　（キッく）ごめんください。
ミラ　はい。

現れた男は、大人になったパゴである。髭にメガネ。
お互い、かつての同級生だとは気づいていない。

パゴ　（憮然と）コモンさんのお宅ですね。

ミラ　そうですけど。

パゴ　お宅に男のお子さんがいらっしゃいますね。ティーネイジャーの。

ミラ　（相手の横柄さにややムッとしながら）どちら様？

パゴ　二軒隣に先月越してきた者です。

ミラ　二軒先に先月。

パゴ　バレエスクールの向かいです。

ミラ　バレエスクールの向かい。

パゴ　いちいち復唱せんでいい。今息子さん御在宅ですか。

ミラ　ジンタが何か。

パゴ　ティーネイジというのは多感な時期です。私もティーネイジャーの時分は多感だった。女性に興味をもつなとは言いません。

ミラ　ジンタがどうかしたんですか。

パゴ　ジンタか仁丹か知らんが、

ミラ　ジンタです。

パゴ　そのジンタがウチの中庭をゴミ捨て場にしておるんですよ。

ミラ　え……？

パゴ　私は教育の話をしてる。ウチの中庭はバレエスクールの生徒達もたくさん通るんです。家主の私が大通りへの抜け道として公に開放してるんです。このことからもお察しのように、決して私は度量の狭い人間ではないつもりです。

ミラ　捨ててるって何を……

パゴ　なんか食いかけの食いもん、スズメの死体、ハトの死体、大量のダンゴ虫の死体、そしてゆうべは大量のワイセツ写真。

ミラ　!?

パゴ　間違いない。お宅の息子さんです。バレエスクールの生徒が窓から見てたんです。

ミラ　ワイセツ写真……!?

パゴ　しかも生写真ですよ。熟年女性のみだらな写真です。聞けばお宅の御主人、キャメラマンだそうじゃないですか。父親は芸術のつもりで撮ったかもしれんが、ティーネイジャーのお子さんにしてみれば

ミラ、無言で小走りに去り、上手手前のエリアへ——。

パゴ　ちょっと奥さん！

ミラ、どこからか鍵を出し、棚の引き出しの鍵をあけて、中を確認する。
どうやらあるはずのものがないようだ。

ミラ　!?

ミラ、パゴのいる場所へ戻る。

ミラ　その写真、どうしたんですか……!?
パゴ　え。
ミラ　その写真です!
パゴ　……。
ミラ　なんですか。
パゴ　……あなた……(あの写真の……)
ミラ　……。
パゴ　いえ、まあ、夫婦間の趣味をとやかく言うつもりはありません。しかし……息子

　　さんが……それはやや倒錯してはいませんか。
ミラ　その写真はどうしたか聞いてるんです！
パゴ　私の書斎に……燃やしました。
ミラ　燃やしました？
パゴ　失礼します。事態が複雑すぎて自分でも何をしに来たのかよくわからなくなりました。（名刺を出して）あ、二軒隣のパゴ・パゴスです。
ミラ　本当に燃やしたんですね!?
パゴ　燃やしました。お邪魔しました。一応、今後は気をつけて頂けると。
ミラ　（生返事で）はい……（名刺を読んで）パゴ・パゴス。
パゴ　はい。
ミラ　……!?
パゴ　パゴ・パゴス。
ミラ　パゴ……!?
パゴ　はい。
ミラ　あたしよ。
パゴ　？

ミラ　あたし。
パゴ　……なにおまえミラ!?
ミラ　なにもうやだ。
パゴ　ミラかぁ！
ミラ　なに、二軒隣!?
パゴ　二軒隣だよ、全然わかんなかった。
ミラ　とりあえず帰って。
パゴ　え。
ミラ　二軒隣でしょ、いつだって会えるじゃない。夜にでも行く。
パゴ　来るの!?
ミラ　わかんない、帰って、今あれだから。
パゴ　うん。
ミラ　じゃあね。
パゴ　久し振り。
ミラ　うん。
パゴ　じゃあ。

ミラ　はい。

パゴ、ミラに押しやられるようにして去った。ミラも一旦見えなくなる。

3 - 6

ジンタの部屋。

結局、例の雑誌を念入りに眺め始めたユゲを眺めているジンタ。

ややあって——。

ジンタ　ユゲ……。

ユゲ　（雑誌に目を落とし）なんだよ。

ジンタ　ユゲは最近、いつやった……？

ユゲ　（雑誌を見たまま）いつだと思う？

ジンタ　きのうの朝。

ユゲ　……。（目を離す）
ジンタ　……。
ユゲ　おまえ何か知ってる？
ジンタ　何が？
ユゲ　おまえ何か知ってんな？
ジンタ　え？

ユゲ、雑誌で思いきりジンタの頭をたたく。

ジンタ　いて……！

ジンタ、頭を押さえて固まる。

ユゲ　……先生に何か言ったら殺すぞ。
ジンタ　……。

ユゲ、無言のまま、何発かジンタの頬を張り、蹴り倒すと、馬乗りになって首を絞める。

ユゲ　なんとか言えよ……。

ジンタ　苦しい……。

ユゲ　あたりまえでしょ首絞めてんだから。

ミラ、少し前に玄関から戻って来ていて、逡巡した末、ジンタの部屋のドアをあける。

ミラ　ジンタ。

ユゲ、何事もなかったかのようにジンタの首を絞めるのをやめる。

ミラ　……なにしてたの……？

ユゲ　何がですか？

ミラ　今。
ジンタ　勝手に入って来ないでよ。
ミラ　ごめんなさい……。
ジンタ　何？
ミラ　え……？
ジンタ　何の用？
ミラ　何でもない……。

ユゲ、出て行こうとする。

ミラ　どこ行くの？
ユゲ　どこって、戻るんですよ。ジンタ。
ジンタ　（見る）
ユゲ　なんでもない。

ユゲ、部屋を出てリビングへ向かう。

ミラ　……。
ジンタ　何よ。
ミラ　んん。ごはんはいいの？
ジンタ　いいってば。
ミラ　そう……あまり外でヘンなもの食べちゃダメよ。
ジンタ　うん。誰か来てた？
ミラ　（ドキリとして）え。
ジンタ　声がしたから。
ミラ　ああ、何かの集金。
ジンタ　何かの？　出たんでしょ。
ミラ　うん。（笑って）なんだったかしら。
ジンタ　用がないなら出てってくれる？
ミラ　うん……。

ミラ、部屋の外へ出、ドアを閉める。

リビングに着いたユゲ。

ユゲ　（大声で）あぁれ誰もいないや。

ミラ　（その声が聞こえて）……。

ジンタ、倒れるように寝転んだ。

3-7

舞台奥に、カウンセラーとユウが現れる。

カウンセラー　（ミラに）じゃあ息子さんは知ってたわけですね、あなたと御主人の助手の方がどういう関係なのか。

ミラ　どうやって開けたんだか……ちゃんと鍵をかけていたんですけど。問いつめるわけにもいかなくて……もうなんか、後ろめたい気持ちに押しつぶされそうで……。

カウンセラー　うん……
ユウ　ちょっといいスか。
カウンセラー　よくないよ。
ユウ　なんでそんな奴とつきあってるんスか。
カウンセラー　君はいいんだよ。
ユウ　いやだって、俺だったらそんな性格悪い奴
カウンセラー　俺だったらって、コモンさんは君じゃないんだから。
ユウ　そうですけど、
ミラ　わからないんです自分でも……
ユウ　わからないって、わからなくちゃダメでしょう。
カウンセラー　いいんだよわからなくて。わからないからここ来てるんだから。
ミラ　ダメだと思います自分でも。
ユウ　（カウンセラーに）ほら。（ミラに）え、じゃあ旦那のことはどうするんですか。
　モナミさんにとられちゃっていいんスか？
カウンセラー　（ユウに）黙っていられないならもう来なくていい。
ミラ　（ふと）あたし名前言いましたっけ？

カウンセラー　はい？
ミラ　今、モナミさんて。
ユウ　あ。（しまった、という顔でカウンセラーを見る）
カウンセラー　さっきおっしゃいました。
ミラ　（半信半疑で）そうでした？
カウンセラー　ええ。（話の方向を変え）御主人のことは愛してらっしゃるんですよね……？
ミラ　愛……愛ってなんですか？
カウンセラー　愛は……ユウくん。
ユウ　え？
カウンセラー　愛。
ユウ　俺？　愛っつのは……なんスかね。決して後悔しないこと？（と自分で言って照れる）
カウンセラー　照れるなら言うな。すみません。例えば、「愛とは理解の別名なり」という言葉があります。
ミラ　愛とは理解の別名なり……。

カウンセラー　インドの詩人、ラビンドラナート・タゴールの言葉です。

ミラ　理解……。

ユウ　（納得いかずムキになって）じゃあ、理解できない相手は愛せないってことスか？

カウンセラー　なんでそんなムキになんの。理解できるかどうかは問題じゃない、理解しようと思えるかだ。

ユウ　ああ……（ミラに）そういうことみたいです。

ミラ　理解……。

カウンセラー　焦ることはない。考えてみてください……。

ミラ　はい……。

別のエリアに現像室が現れている。赤いライトに照らされて現像作業をしているミクリが見える。

ユウ　（カウンセラーに）じゃあ今日はこんなとこですか。

カウンセラー　……。

ユウ　（平然と）あそうなんスか。なんか最近いろんな人に言われるな。

ミラ　似てるの……そっくりなのよ、学生時代教わってた先生に。

カウンセラー　覚える必要ありませんよ彼の名前なんか。

ユウ　あ、はい。

ミラ　ユウさんておっしゃるの？

壁の向こうの隣室でこの会話を聞いているニチカが浮かび上がる。

ミラ　理科の教師です、サキ先生っていう。星の話や生物の話や……先生の話を聞くのが大好きだった……。

カウンセラー　憧れの先生ですか。

ミラ　友達と二人で。抜けがけは駄目だよなんてお互い言い合って……

カウンセラー　（微笑まし気に）ああ……今でも会ったりするんですか？　同窓会とか。

ミラ　亡くなったんです……。

ユウ　え。

ニチカ　……。

ミラ　あたし、先生のことは……サキ先生のことは必死で理解しようとしてたような気がする……。

　　ミラ、カウンセラー、ユウ、そしてニチカが消えてゆく。

3-8

　　ミクリの背後にモナミが来ている。

ミクリ　（背中にモナミの存在を感じて）……。
モナミ　……。
ミクリ　（見ずに）鍵かけて。
モナミ　かけた……。

　　モナミ、ミクリが手にしている印画紙を覗き込む。

ミクリ　ここじゃよくわからないよ……。
モナミ　プレゼント？
ミクリ　プレゼント。君が写真のわかる人間でつくづくよかったよ……わかんない人間
　にはこんなもんただの紙切れだ……。
　　そう言いながら、ミクリは印画紙を干す。
モナミ　わかってんのかどうかわからないけど……。
ミクリ　え。
モナミ　賢者の贈り物って話知ってる？
ミクリ　なんか聞いたことあるような……
モナミ　夫婦の話。二人が相手に贈ったものはどっちも無駄になってしまったけれど、
　二人はお互いの愛をしっかりと確かめ合いましたっていう……。
ミクリ　ああ……。
モナミ　夫は愛する妻の為に自慢の時計を売ってクシを買うの。

ミクリ　うん……。
モナミ　妻は愛する夫の為に自慢の黒髪を売って時計用の鎖を買う。
ミクリ　ああ、でも肝腎の時計も黒髪もすでになかったと。
モナミ　そう。
ミクリ　うん……。
モナミ　……。
ミクリ　え、なんでそんな話したの？
モナミ　だから無駄になっても意味はあるってことでしょ。
ミクリ　ああ……。
モナミ　嬉しい……。
ミクリ　それは良かった……。

モナミ、ミクリにじっとりとしたキスをする。

モナミ　奥さんともここでしたことある……？
ミクリ　（苦笑して）ここでも何も……寝室でだってここ三、四年は肩も触れ合ってないよ。

モナミ　（もう一度キスをして）昔は？

ミクリ　昔？　昔はしたさ。しまくったよ。さかりのついた犬猫みたいに。（今は理解できないという風に）なんだったんだろうな、あの情熱は……

モナミ　……。

ミクリ　ここがまだピカピカの風呂場だった頃の話だよ……。

　モナミのワンピースがストンと落ち、下着があらわになる。

ミクリ　（もはや動揺はなく）まだ俺が、生クリームやら卵白やらバターやらを一日中ホイップしてた頃の話だ……右腕だけ太くなっちゃって……。

　モナミ、そう話すミクリにからみつき、自分でブラジャーをはずす。

ミクリ　なんだったんだろうな……ホントに。

リビングのユゲ、キッチンのミラ、子供部屋のジンタが同時にボンヤリ浮かび上がって——

溶暗。

4

4－1

マド家のリビング。

ソファーに、顔をそむけるようにして（だが無表情とも言えるその表情は見える）アンが座っており、顔面血だらけのリクが泣きながらソファーの近くに倒れ込み、アンとは少し離れたところに座るビビを見ている。

リク　……。

ビビ　（リクの顔面に足を乗せて）遊びじゃないってことは？　なんだっていうのじゃあ。

リク　だから本気です……。

アン　もういいですよ先輩。

リク　（アンに）本当だって！

ビビ　だっておまえ彼女いるんじゃねえの？

リク　別れました……。

ビビ　フラれたの？

リク　いや、こっちから……。

ビビ　こいつ（アン）とつきあうために？

リク　はい……。

アン　（リクに）もういいって先輩。

リク　どうして。言ったじゃん別れたって。

ビビ　ちゃんとつきあう気あんならどうしてそんなレイプまがいのことすんの？

リク　してないスよレイプまがいなんて。

アン　レイプじゃないよ、あたし自分でパンツ脱いだんだから。

ビビ　（アンに）バカおまえ……（リクに）やってあげてるみたいなこと言ったんだろ？　ボランティアだみたいなこと。（アンに）言ったんだよな。言葉のレイプじゃねえか。

リク　ですから冗談ですよ。彼女に強烈なハッパもらってラリってたし。
ビビ　(なんだかわからないが) ミ〜〜!
リク　!?
ビビ　なに？　意味なくミ〜って言っちゃ駄目？
リク　駄目じゃないです。
ビビ　こいつならやり逃げOKだと思ったんだろ？　正直に言えよ。え？
リク　思いません。
ビビ　なに目ぇパチパチやってんの？
リク　血が。
ビビ　(マネして) 血が。
アン　ヤドランカ。

返事。ヤドランカと呼ばれた使用人の女、来た。

ヤドランカ　はい。
ビビ　これ、こいつ、なんか縫ってあった傷がさ、自然にパックリあいちゃって、血が

目に入って迷惑だって言ってるから
リク　迷惑なんて
ビビ　なにか拭くもの、あ、それでいいや。（とエプロンを）
ヤドランカ　はい。
ビビ　ごめんね、ちょっと部屋汚しちゃった。
ヤドランカ　いえ。（エプロンを渡す）
ビビ　ありがとうだろ。
リク　ありがとうございます……。
ヤドランカ　いえ。
ビビ　（ヤドランカに）こいつさ、女にフラれてやけになってアンのこと
アン　（遮って）おじさん！
ビビ　おじさんて言うのやめろ！　（ヤドランカに）おまえからも言えよ！　おじさん
て言うなって！
ヤドランカ　……。
アン　（ヤドランカに）もういいよ……。
ヤドランカ　失礼致します。

ヤドランカ、去ろうと――。

ビビ　おい。
ヤドランカ　……。
ビビ　おまえ、昼間から部屋こもってアンアン言ってんじゃねえよ。
ヤドランカ　……すいません。
ビビ　ったく。（リクに）なに？
リク　いえ。
アン　（つまらなそうに）しょうがないよね、使えって命令されてるんだから。
ヤドランカ　気をつけます。

ヤドランカ、去った。
短い間。

ビビ　（リクに）大丈夫目。

リク　はい。
ビビ　拭いた？
リク　はい。
ビビ　で？　どうすんの？
アン　（リクに）いいからもう帰ってくださいよ。
ビビ　バカおまえ。（リクに）どうするんだよ。

短い間。

リク　……お金ですか？　いくら払えば許してもらえるんですか？
ビビ　ちょっとおまえ立って。（と立たせる）
リク　……。
ビビ　立てるか。（肩を貸して）大丈夫か。
リク　すみません。

ビビ、リクを立たせるなり、頭突き、膝蹴りをしたあげく、悲鳴をあげるリクの額の傷を押し開ける。

リク　（悲鳴）

アン、ほとんど無反応。

ビビ　帰れ。（リクのバッグを投げる）

リク　（うずくまってうめいている）

ビビ　帰れホラ！

リク　（這うようにして去ろうと）

ビビ　財布置いてけ！

アン　財布はいいよ。

ビビ　バカおまえタダで

アン　（遮って強く）財布はいいよ！

ビビ　（リクに）……財布はいいよ！

ググが、脱いだ上着と帽子をヤドランカに渡しながら、今帰宅した体で現れる。

ググ　（リクに）誰だ君は。

リク、何も言わずに去って行く。

ググ　（ビビに）なんだ財布はいいって。

ビビ　（ごまかすのではなく、からかうように）財布はコインやお札やカードや、いろいろのものが入るからとてもいいって話を。

ググ　（無視して娘に）何があった。

ビビ　……。

ググ　アン、何があった。

アン　……。

ググ　（ヤドランカに）ニチカは？

ヤドランカ　お友達と一緒にお友達のお家へ。

ググ　どの友達と一緒にどの友達のお家へ。
ヤドランカ　さあ、九時にはお戻りになると。
ググ　（行こうとするビビに）どこ行く。
ビビ　え、どっか。
ググ　話がある。
ビビ　俺はねえよ。
ググ　すぐ済む。（アンに）アンは自分の部屋戻りなさい。（気を利かせてか、一礼して去って行こうとするヤドランカに）ヤドランカ。
ヤドランカ　はい。
ググ　今日も使ったか。
ヤドランカ　（ビビを気にしつつ）……はい。
ググ　何回？
ヤドランカ　朝夕二回です。
ググ　（笑顔になって）いいぞ。なにも恥ずかしいことじゃない。（笑顔で）よかったか。
ヤドランカ　（笑顔で）はい。

ググ　ちゃんとアンケートに記入した？
ヤドランカ　はい。
ググ　どれ。（といいながら、ビビに）すぐ戻る。いろよそこに。

ググとヤドランカ、去る。
短い間。

ビビ　（アンに）元気出せよ……。
アン　元気だよ……。
ビビ　男なんて他にいくらでもいるよ。
アン　……。
ビビ　何か言えよ。
アン　おじさんがママと結婚すればよかったのに。
ビビ　え……？
アン　だってその方が自然じゃん。
ビビ　自然じゃないじゃん。

アン　……。
ビビ　(嬉しいのだが) バカ……。俺あの頃カミさんいたもん。
アン　キレイな人だったんだってね、奥さん。
ビビ　……そうでもないよ。
アン　すごく仲良かったんでしょ……？
ビビ　誰が言ったの。
アン　ママ。
ビビ　ああ……そうでもねえよ。
アン　ママ、申し訳なく思ってんだよ、あれでも。自分達夫婦がおじさんにあんなことお願いしたことを。そのことが原因でおかしくなっちゃったワケでしょ、おじさんと奥さん。
ビビ　バカ、あれが原因じゃねえよ。全然違う。
アン　嘘だ、それが原因だって言ってたよ。
ビビ　ニチカさんが？　おまえに直接？
アン　おやじと言い合いしてるのを聞いたの。
ビビ　聞くなバカ。

アン　後悔してない？

ビビ　何を。

アン　だから、ママにおじさんの……

ビビ　え、だって……だっておまえ何言ってんのおまえ何言ってんの、俺があれしなかったら……精子提供しなかったらおまえ生まれてこなかったんだよ。

アン　そうだけど

ビビ　何後悔って、バカおまえ、何言ってんの。

アン　うん。

ビビ　うんて。バカおまえ……。

アン　……。

ビビ　え、俺がニチカさんと結婚……!?　バカ。バカ！

アン、立ち上がる。

ビビ　どこ行くの？

アン　部屋。

　アン、去った。

ビビ　……。

　ビビ、そこに残ったまま、別のエリアに明かり。

4－2

　パゴの家の中庭。夜。
　ニチカとミラが来る。
　暗い。

ミラ　なんでこの中庭こんなに暗いの……？　玄関どこ？　玄関ないよ。
ニチカ　っていうかここホントにパゴの家《うち》？

ミラ　そうよ、だって言ってたもん。二軒隣のバレエスクールの向かい。復唱したから間違いない。

ニチカ　でもここ中庭っていうより森だよ。

ミラ　（大声で叫び）パゴォ！

ニチカ　パゴォ！　パゴ・パゴスゥ！

しぃんとしている。

ミラ　帰ろうか？

ニチカ　でもせっかく来たし……。

ミラ　だけど森だよ。

ニチカ　パゴ、家だと思い込んで森に住んでるんじゃないの、バカだから。

ミラ　ああ。オランウータンって森の人っていう意味なんだよね。

ニチカ　あ、そうなんだ。

ミラ　マレー語で。

ニチカ　へえ。帰ろうよ。

ミラ　帰ろうか。
ニチカ　うん玄関ないもん。昼間来ようよ。
ミラ　昼間来ようか。
ニチカ　昼間来よ。

二人の会話の間に、懐中電灯が見えていたが、その光がニチカを照らす。

ニチカ　（軽く悲鳴）
パゴ　ニチカ？
ミラ　パゴ？
パゴ　ミラ？
ニチカ　パゴ？
パゴ　あれ何、今日だっけ。
ミラ　今日だよ。
パゴ　あれ今日か、明日だと思ってた。
ミラ／ニチカ　今日だよ。

パゴ　今日か。ごめんバルサン焚いちゃった。
ミラ／ニチカ　え。
パゴ　バルサン焚いちゃったよ。今入れない。全室バルサン焚いちゃった。
ミラ　バカじゃないの。
パゴ　明日だと思ってたからさ。あれ電話で火曜って言ってなかった？
ミラ　月曜って言ったのよ。
パゴ　そうだっけ。バルサン焚いちゃったよ。
ニチカ　何やってたの？
パゴ　ああ、いいもん見せてやるよ。（と二人に手招き）
ミラ　何？

パゴは懐中電灯の他に、壺のようなものと、クレンザーの入った缶のようなものを持っていたのだが、壺的なモノの中を懐中電灯で照らして見せる。

ニチカ　（中を覗いて）なにこれ気持ちわるい……。
パゴ　なめくじ。今こいつにコレ（クレンザー）をふりかけてやってたところさ。こいつらずっとここにはびこっててさ……こいつらと渡り合うために週に一度は時間をさいてるのよ……。

パゴ、そう言いながらズボンを引っぱりあげ、しゃがみ込むと、今度は地面に光を当てる。

パゴ　ほらここにも。

ミラ　わ。

ニチカとミラ、もしや自分の足元にも、という風に、慌てて見る。

パゴ　餌を撒いてて、来たと思ったらこれを持って飛んでくるんだ。

ニチカ　十二月にもいるんだねなめくじって。

パゴ　いるよ……久し振り。

ニチカ　久し振り。

パゴ　ちょっと待って、今こいつらだけ。

パゴ、地面のなめくじ達にクレンザーを振りかけ、串のようなもので刺し、それをもう片手でとって、壺の中に放り込む。

ミラ　それ、刺さないでなにかではさんで取ればいいんじゃないの。
パゴ　え？
ミラ　そうすればこうやってとらなくたって……
パゴ　（一瞬考えて）あ、そうか。
ミラ　そうだよ。
パゴ　うん。久し振り。（となめくじに触った方の手をニチカに差し出す）
ニチカ　（ミラを見る）
パゴ　あ。（と気づいて反対の手を差し出す）
ニチカ　（手は出さずに）久し振り。
パゴ　うん。元気そうで、二人とも。
ミラ　（パゴに、責めるように）ねえどうすんの？　寒い。
パゴ　バルサン焚いちゃったからな……

ニチカ　パゴ結婚してないの？
パゴ　ん、うん、今は。いろいろあってね……。ま、いろいろもあるわな、三十年も経ちゃ……。ニチカは社長の旦那と、娘さんが一人だっけ。
ニチカ　うん。（カラリと）下にもう一人男の子がいたんだけど死んじゃった。
パゴ　え……。（聞いてないぞという風にミラを見る）
ミラ　（パゴに）知らなかったもん。（ニチカに）そうなんだ……。
ニチカ　うん。四歳の誕生日にね、公園のなんか、グルグル回るやつあるじゃない？あれから落っこちて……。
パゴ　誕生日に。
ニチカ　落ちたのは誕生日の前の日なの。で病院運ばれて翌日。
パゴ　ああ……。
ニチカ　あたしいたんだけどねその時公園に。

虫の声。沈黙。

パゴ　いたってそんな、（ミラに）なあ。向こうはグルグル回ってたわけだろ。それどうしようもないじゃない。

ニチカ　うん。

パゴ　そうだよ……。

ニチカ　どうしようもなくはなかったけどね。

パゴ　うんそりゃどうしようもなくはなかったかもしれないけど……

虫の声。

パゴ、不意に「お」と言って新たななめくじを地面に発見し、採取にとりかかる。

ミラ　ねえ、どうすんの？

パゴ　ちょっと待って、こいつらあれしたら、飯食いにでも行こうよ。わ、大量だ。カトレアもシクラメンも全部こいつらのせいで穴だらけだよ。

ミラ　早くしてよ。

パゴは作業を続ける。

4-3

マド家のリビングでは、ググがニヤニヤしながら戻って来る。

ググ　（ビビに）何か飲むか。
ビビ　いらない……。

ググ、ソファーに座り、煙草に火をつける。

ググ　端的に言う。出てってくれ。
ビビ　……いいけど
ググ　（遮って）うん、いいならよかった。明日中に出てってくれ。そうすればおまえが盗んだ金のことも水に流す。
ビビ　盗んでねえよ。

ググ　うん盗んでないことにしてやる。

ビビ　……。

ググ　アンは私の娘だ。種はおまえのでも私の娘であることには違いない。そのことはおまえもカミさんも承知の上でああいうことになったハズだ。まあカミさんは実のところ知らなかったにしても、あのサインが二つともおまえのものだったとしても、書面上では了承済みということになる。なんなら改めて誓約書見るか。いいか。見るか。

ビビ　いいよ。

ググ　いいなら娘にこれ以上近づくな。

ビビ　……。

ググ　返事は。

ビビ　……。

ググ　正直、私は精子の提供者におまえを選んだことを後悔してる……「赤の他人よりはなんとか血縁者から」と言ったニチカの意見に同意したことをだ……もちろんおまえには感謝してるさ……感謝もしてるしそれから……あのことがおまえたち夫婦の離婚のひき金になったのなら、申し訳ないと思っている。

ビビ　余計なお世話だよ。
ググ　……。
ビビ　……。
ググ　（責めるというより、静かに、悲しげに）なんだその目は。
ビビ　あ？
ググ　あじゃない……おまえ……私のことを軽蔑してるか。
ビビ　（鼻で笑って）なんでそう思うの。軽蔑されるようなことしてるって自覚があるからだろ？
ググ　ないよ。そんなものはない。私は私の信念を貫いて生きてる。やましいことは何ひとつしていない。
ビビ　（吐き捨てるように）強がるなよ……。
ググ　（見透かされたようで）……。
ビビ　……。
ググ　何が。
ビビ　……。
ググ　俺のどこが強がってる。

ビビ　いいよ。どうでもいい。出てくよ。半年間お世話になりました。

ググ　おまえ、子供の頃、先生に尊敬する人は？　って聞かれてお兄ちゃんですって答えたの覚えてるか？　おまえ間髪容れずにキッパリと言ったんだぞ、お兄ちゃんですって……！

ビビ　授業参観の日だろ。あんたが来てるからちょっとサービスしてやったんだよ。単純だから喜ぶだろうと思って。

ググ　……。

ビビ　ちくしょう、頭かゆい。（と猛烈に掻く）

ググ　じゃあ、明日中に出てってくれ。またいつかフラリと来ても今度は通さないから。悪いけど。

ビビ　アンにさ、

ググ　？

ビビ　おじさんがニチカさんと結婚すればよかったのにって言われちゃったよ。（笑う）

ググ　……疫病神め……。

グッ、立ち上がり、去る。

ビビ　（笑った表情のまま立ちつくしている）

4―4

パゴはこの間ずっとなめくじを採取していた。

ミラ　いつまでやってんの!?

パゴ　これ……果てしねえな……。

ミラ　寒いよ！

パゴ　うん、じゃあこの家族やっつけたら。

ミラ　家族？

パゴ　知らないけど。まずお父さんをグサッ！　「あーおまえたち〜！」「あなた〜！」「パパー」次に、ママに行くと見せかけて次男をグサッ！　「ギャー！」

ミラ　「グレゴリー！」「お兄ちゃん！」「親より先にいくなんて！」
パゴ　（遮って）やめなさいよ！
ニチカ　あ。（ハタと気づき、ニチカを気にして、しかしミラに）ごめん……。
パゴ　（何か物思いにふけっていて）え、あごめん聞いてなかった。なに？
ミラ　なんでもない。
パゴ　パゴ、理科の授業でフナの解剖した時もおんなじようなことしてたよね。
ミラ　そう？
パゴ　そうよ。フナコフスキー一家の最期とか言って。
ミラ　（ミラに）そうだっけ……。そう言えばニチカにサキ先生のそっくりさんの話した？
パゴ　え。あ、まだ。
ミラ　（ニチカに）サキ先生に瓜二つの男がいるんだってさ、こいつの通ってるカウンセリングに。
ニチカ　こいつって言わないでよ。
パゴ　（知らないフリをして）へえ……。
　（ミラに）ほんっとそっくりなんだろ。

ミラ　（消極的ともとれる態度で）うん……。
ニチカ　そうなんだ……。
パゴ　（ミラに、ニヤニヤと）なにおまえ。
ミラ　なによ。おまえって言わないで。
パゴ　ニチカにはやけに消極的じゃない。
ミラ　何が。
パゴ　俺には電話であんなに似てるのよ似てるのよって騒いでたクセに。
ミラ　別に騒いでなんかいないでしょ。
パゴ　そっくりさんですよ。サキ先生じゃないんですよ。
ミラ　わかってるわよ。
パゴ　ニチカはそっくりさんには興味ありません（ニチカに）な。
ニチカ　え？
ミラ　（やや動揺して）何言ってんの。
パゴ　だってなんか、とられまいとしてるからさ。（とミラに触れる）
ミラ　ちょ、触らないでよ。
パゴ　そう言えばよく授業中にこうやって、（とミラの背後に回り）制服の上からおまえのブラジャーはずしたよな。

ミラ　バカ。

パゴ　（しみじみと）今はもう滅多にないもんな。前に座ってる女のブラジャー服の上からはずすことなんか。

ミラ　（ニチカに）帰ろうか。

パゴ　（やはり遠い目をして）犯罪かな、例えばバスに乗ってて、前の人のブラジャーはずしたら……。

ミラ　犯罪に決まってるでしょう！

パゴ　だよな。そう言えばマリィ先生覚えてる？

ミラ　（イライラと）何が。

パゴ　マリィ先生だよ。（とチラとニチカを見る）サキ先生をよく車で送って帰ってた。

ニチカ　ああ、うん。

パゴ　この間街で見かけたんだよ。偶然。マリィさんって呼んだらふり向いたから間違いないよ。

ニチカ　話したの？

パゴ　しないよ。マリィさんて呼んで、サッと隠れた。隠れる時子供にぶつかったら子供転んでギャーギャー泣きやがってさ。

ミラ　あんたいくつよ。

パゴ　同い歳だよ。

ミラ　……。

パゴ　元気そうだったよマリィ先生、だいぶ老け込んではいたんだけど……足もひきずってなかったし、すごくフツーだった……俺ホッとしてさ……。

ミラ　え……。

パゴ　ああ、ちゃんと生きててくれたと思って……

短い間。虫の鳴く声。

ミラ　あれパゴだったの……!?

パゴ　（無言でうなずく）

ミラ　え……。（とニチカを見る）

ニチカ　（うなずく）

ミラ　（ので）ニチカ知ってたの……?

4-5

時代があの頃に遡る。

始業のベル。ゾロゾロと生徒達が現れる。

少し遅れて、サキ、校長、教頭が現れる。ニチカとパゴが最後列に、ミラはパゴの前に座る。

サキ　(生徒達に) 授業の前に、校長先生と教頭先生からお話がある。
校長　(生徒に) 昨日の夜、マリィ先生が御自宅近くの駐車場で落とし穴に落ちました。
生徒達、ザワザワする。
教頭　(通訳するように) 昨日の夜、マリィ先生が御自宅近くの駐車場で落とし穴に落ちました。

校長　（チラと教頭を見るが、続けて）すぐ病院に運ばれましたが、あいにく打ちどころが悪く、意識不明の重体です。
教頭　すぐ病院に運ばれましたが、あいにく打ちどころが悪く、意識不明の重体です。
校長　（なぜ復唱するのかと教頭を見る）……。
教頭　（なぜ見られたのかわかっておらず）……。
校長　落とし穴の深さは十二メートル。マリィ先生がいつも車を止めている場所の、それもドアを開けてまさに足を踏み出すポイントに掘られていました。
教頭　落とし穴の
校長　（遮って）どうしてくりかえすの!?
教頭　（首をひねる）
校長　わからないんだ。私の言葉そんなに伝わりづらいかな。
教頭　（首をひねる）
校長　わからないんだ。
教頭　……。
校長　学校側としては、決して皆さん生徒を疑ってるわけではありません。ありませんが、もし、もし「あいつがやったのを知っているわ」とか「あいつじゃねえか？

あいつ怪しいぞ」みたいなことがあったら、すぐに知らせてください。知らせてくれた人には、いいものをあげます。以上です。

教頭 （拍手）

校長 拍手はいらない。

教頭 （うなずく）

校長 なんで声出さないの？

教頭 （首をひねる）

校長 わからないんだ。以上。

校長と教頭、去る。

サキ 気にするな。先生は君達の中にそんなことする生徒がいるなんて思ってない。授業始めるぞ。

パゴが、金属性のシャベルを床に落とす。カシャン、という音。

パゴ　あ！

ニチカ　（拾って）!?

サキ　なんだ、どうした。

ニチカ　（隠して）パゴが消しゴムを落としました。ただそれだけのことです。

サキ　そうか。よし授業始めるぞ。教科書百三十五ページ、月の満ちかけ。

ピザ　先生。

サキ　なんだピザ。

ピザ　マリィ先生は死んでしまうんですか？

サキ　死なない。

ピザ　マリィ先生が死んでしまったらサキ先生はどうやって帰るんですか？

サキ　自分の車を買う。（皆に）月の満ちかけ。

ピザ　マリィ先生が死んでしまったらサキ先生は誰とチュウをしますか？

サキ　え？

ピザ　だってよくサキ先生、放課後に理科室で……。

ミラ／ニチカ　!?

サキ　（動揺はなく）今日はここまで。

皆、四散して去って行く。

サキ　（去りかけのピザに）ピザ。

ピザ　はい。

サキ　ピザは将来スパイになりたいんだよな。

ピザ　謎のスパイ。

サキ　謎のスパイになりたいんだよな。

ピザ　はい。

サキ　だったらなんでもかんでも喋ったらダメだ。それからマリィ先生は死なない。それから、もっともっと勉強して、せめて人並みになれ。もうすぐ卒業だ。先生おまえが卒業できるとは思ってなかった。びっくりだ。わかったか。

ピザ　はい。

サキ　よし。

ピザ、去り、そこにはサキと、ニチカ、ミラ、パゴが残った。

4－6

サキ、ピザを見送ったあと、小さく、なんだかさびし気に溜息をつく。
ミラはじっとサキのことを見ている。

サキ　（その視線に気づき）どうしたトリオ。
三人　……。
サキ　なんだ、どうしたミラ。
ミラ　（どこかぶっきらぼうに）どうもしません。
サキ　そうだ、いつもビーカーとフラスコ、きれいに洗ってくれてありがとな。
ミラ　……。
サキ　フラスコ、あれていねいに洗うの大変だよな。ありがとう。
ミラ　……。
サキ　（笑って）なんだどうした。

ニチカ　先生。
サキ　ん？
ニチカ　今度、卒業したら、あたしたちと一度食事に行きませんか？
サキ　（藪から棒になんだ、という風に笑って）ああ、いいよ。卒業記念に。何食べに行く？
パゴ　ベトナム料理。
ニチカ　パゴは都合悪いでしょその日。
パゴ　どの日!?　まだ日にち決めてねえじゃん。
ニチカ　（サラリと）パゴさっき落とした消しゴム見せて。
パゴ　俺卒業後しばらく空いてません。
サキ　じゃあ何食べに行くか決めといて。先生おごるよ。（と行く）
ニチカ　やった。

サキ、去った。

ニチカ　（ミラに）やったね。

ミラ （見ずに、小さく）うん……。

ニチカ ……。

音楽室から聞こえるのか、ピアノと、合唱の声、小さく――

パゴ （ニチカに）言うなよな……。

ニチカ パゴの行い次第かな。

パゴ （目に涙を溜めて）言うなよな……！

ニチカ 言わないよ……。

パゴ ……。

ニチカ 言わない。

パゴ （吐き捨てるように）なにこんな大事《おおごと》になってんだよ……。

ミラ （ようやく反応し、しかしどこかうつろに）なにが？

パゴ なんでもねえよ……。

ニチカ （空気を変えようと明るく）卒業だね……あと二カ月か……。

パゴもミラも、何も言わない。

ニチカ　卒業しても会おうね。
パゴ　（少し煩わしそうに）毎日？
ニチカ　毎日じゃないよ。毎日じゃないけど、ちょくちょく。
パゴ　ちょくちょくか。
ニチカ　パゴはたまぁにでいいや。
パゴ　（傷つくが）どっちみち俺忙しくなるからたまぁにしか会えねえよ。
ニチカ　なにで忙しくなるのよ。
パゴ　まだ詳しくはわかんねえけど。革命とか、デビューとか。
ニチカ　（笑いながら）革命？
パゴ　まだわかんねえっつってんだろ。
ニチカ　だってパゴお父さんの工場で働くんでしょ？
パゴ　とりあえずはな。おまえどうするんだよ。
ニチカ　あたし？　あたしは……幸せな結婚をするわよ。
パゴ　いつ。

ニチカ　まだピチピチのうちに。
パゴ　ピチピチだぁ!?
ニチカ　ピチピチよ。
パゴ　誰と。
ニチカ　それは……（チラとミラを気にして）そんなのまだわかるわけないじゃん。
パゴ　金持ち狙い？　玉の輿？
ニチカ　お金なんかいらないよ……むしろ質素な生活の方がいい。
パゴ　どうして。
ニチカ　だってなんか、その方が愛をはぐくむ環境じゃない。小さな家で、お互いの息づかいがわかるぐらいの小さな部屋でさ、二人でこう寄りそって……猫か犬かは家族の仲間入りするかもしれないけど、最初の二、三年は子供は作らないの……「そろそろかな」って思うのよ、ある時二人共……言葉にしなくてもわかるの……あたしも彼もある日テレパシーが通じ合ったみたいに思うのよ、「そろそろかな」って……で、クリスマスの日に生まれるの、かわいい、本当にかわいい、見ただけで二人の子だってわかるような男の子が……で翌年、んん翌々年の春に、今度は女の子。彼女もお父さんのいいところとお母さんのいいところを見事に合わせもった頭のいい子なの……二人の子供を連れて街を歩くと、道往く人みんながあたしたちの赤ちゃんを覗き込んで言うの、「お父さんそっくりですね」「お母さんに瓜二つだわ」……。それでね……それで……あたし達がおじいさんとおばあさんになる頃には息子も娘も、まるで若き日の自分達を見るようで……ある日彼はあたしに言うのよ……「あれからいろいろあったけど、本当に幸せな人生だったね……」あたしは答えるわ……「何言ってんの、まだまだこれからだって幸せよ」……。

短い間。

パゴ　なるほどな……。

ニチカ　ミラは？　ミラはどんな結婚がしたいの？

ミラ　(まだ明るいとは言えないが、それでも笑顔で) あたしだって幸せな結婚をしたいわよ……。

ニチカ　(笑って) そりゃそうか。

ミラ　先生と。

ニチカ／パゴ　……。

ミラ　毎晩一緒に星を眺めてさ……先生の話を聞くの……もう何度も聞いた話だけど、全然かまわない、何度だって聞きたいもの……。
パゴ　……じゃあ……マリィ先生が死んじゃえばいい？
ミラ　え……。
パゴ　このまま、死んじゃえばいい？
ミラ　……そうね。
パゴ　そうすれば、おまえ幸せか？
ミラ　うん。
ニチカ　……。
パゴ　そうか……（ボソリと）十五メートルにすればよかった……。
ミラ　え？
パゴ　でもまあ、うん……。
ミラ　？　（ニチカを見る）
ニチカ　（スーっと目をそらす）
ミラ　（不意に、ある強さをもって）ニチカ。
ニチカ　ん？

ミラ　あたしサキ先生が好き。ニチカがサキ先生好きなのの三倍好き。

ニチカ　……。

ミラ　……。

ニチカ　うん……。

パゴ　（内心ショックで）……。

ミラ　三倍好きなの。

パゴ　（思わず大声で）三倍も……!?

ミラ　（その声に驚いて）!?

パゴ　（弱く）三倍もか……。

ニチカ　（ミラに）わかった……。

ミラ　うん……。でも、選択権は向こうにもあるから。

ニチカ　うん。

ミラ　身を引いてほしいわけじゃないよ、ただ、あたしがあなたの三倍も好きだってことをわかってほしかったの。

短い間。

ニチカ　ありがとう……。
ミラ　うん……。
パゴ　女はわかんねえや。

パゴ、そう言い捨てて去る。

ミラ　（笑って）パゴこそわかんないわよ。
ニチカ　（笑う）
ミラ　頑張ろうね、お互い……。
ニチカ　うん、頑張ろうね……。
ミラ　うん……。

夢をみるような、若き二人の後方に、
おそらく撮影先であろう、カメラを手にモナミと語らうミクリ、
ヤドランカが語る玩具の感想を熱心にメモっているググ、

愕然と写真を眺めているジンタ、
なにか怪しい煙草を吸うアン、
それぞれの風景が四つのエリアに浮かび上がって——
溶暗。

5

5－1

ニチカの仕事場。
机に向かって翻訳の仕事をしているニチカ。
ややあって、玄関のチャイム。

ニチカ　（人が来るのはわかっていた風で）はい。
編集者が来ていた。

編集者　お疲れ様です。

ニチカ　お待ちしてました。どうぞ。
編集者　失礼致します。（と中へ入りながら）いかがですか。
ニチカ　百ページまではあがってます。
編集者　速いな。もう一息じゃないですか。

ニチカ、翻訳した原稿の束を封筒に入れて渡す。

ニチカ　ここ三日ばかり泊まり込んで。
編集者　ああ、大丈夫ですか、体壊さないでくださいよ。
ニチカ　平気です。
編集者　って言うか旦那さんやお子さんに怒られません？
ニチカ　それは、はい、もう全然。コーヒー淹れます。
編集者　あ、僕すぐ社の方戻らなきゃいけないんで。であの、今一緒に来たんですけどね。
ニチカ　あ、はい。
編集者　今車停めに行ってて。

ニチカ　ああ。

編集者　なんか、スタジオ取るまでもないだろうってことになったんですよ。今日ここでチャチャッとあれしちゃおうかと。

ニチカ　今ですか？

編集者　ええ、私戻っちゃいますけど、おまかせして。問題ありですか？

ニチカ　いえ問題は……じゃあ化粧しないと。

編集者　ああ、でも翻訳者の写真はこんなですから。（と親指と人さし指で小ささを示す）

ニチカ　はあ、ですけど

遮るようにチャイム。

編集者　あ来た。はいはい。（と玄関の方へ）

ミクリとユゲが入って来る。ミクリはカメラ、ユゲはレフ板（ケースに入っている）を手にしている。

編集者　どうもどうも。
ミクリ　（編集者に）ここエレベーター全然来ませんね。
編集者　そうなんですよ。
ニチカ　（なんだか自分が咎《とが》められているような気がして）すいません……。
編集者　あ、翻訳のマドさん。
ミクリ　（少々やっつけな感じで）あどうもよろしくお願いします。助手です。
ユゲ　どうも。
ニチカ　よろしくお願いします。
ミクリ　じゃ撮っちゃいましょう。
ニチカ　え。
編集者　あ、なんかお化粧されたいそうで。
ミクリ　え。
編集者　僕も言ったんだけど、「え」って。そこはね、やっぱり女性ですから。
ミクリ　（思いもよらなかったとでも言うように）お化粧ですか……。
ニチカ　すいません今すぐ。

編集者　じゃあ俺、これで。あとはよろしくです。
ミクリ　（その背に）一分で終わりますよ。（とニチカを振り向き）撮り始めれば。
ニチカ　はあ……。
編集者　じゃあ。
ニチカ　お疲れ様です。

編集者、小走りに去った。

ミクリ　えーと……。
ニチカ　あ、どうぞお座りになってください、どうぞ。
ミクリ　失礼します。

ミクリとユゲ、小さなソファーに座る。せまい。

ニチカ　なにかお飲みになりますか？
ミクリ　（ユゲに）どうする。

ユゲ　じゃあコーラを。
ニチカ　コーラは……（無い）
ミクリ　無いよコーラは。もうなんでも。
ニチカ　あ、じゃあコーヒーで。
ミクリ　もうコーヒーで。

ニチカ、去りかけて立ち止まり——

ニチカ　あの……。
ミクリ　はい？
ニチカ　どこかでお会いしたことありませんよね。
ミクリ　いや……ないと思いますけど。
ニチカ　カメラマンさんですよね。
ミクリ　（少し笑ってしまい）ええ。え、見えませんかカメラマンに。（となんとなくカメラを構える）
ニチカ　見えます。ごめんなさいヘンなこと言って、今。

ニチカ、去る。

5―2

ユゲ　（無遠慮に）ヘンな人ですね。
ミクリ　聞こえるよ。（声ひそめて）翻訳家なんてみんなヘンなんだよ。
ユゲ　（立ち上がり、机に）
ミクリ　何してんだよ。
ユゲ　いえ別に……この本訳してんのかな？　（と児童書の原書を手にとる）
ミクリ　やめろよ。
ユゲ　（題名のフランス語を読む）
ミクリ　え？
ユゲ　（もう一度繰り返してから）「ポケットの中のどんぐり」。
ミクリ　え？

ユゲ　「ポケットのどんぐり」って意味ですよ。
ミクリ　（ユゲの意外な学に唖然としながら）……何語？
ユゲ　（事も無げに）え、フランス語です。
ミクリ　テキトー言ってるだろ。
ユゲ　はい？
ミクリ　わからないと思って。
ユゲ　どうしてですか。（机の上の写真立てを手にとり）お、家族四人の笑顔。若いな。
ミクリ　やめろって、座れよ。
ユゲ　これ、この子の誕生日パーティーだな。「トトくん3歳おめでとう。」
ミクリ　（何かひっかかり）なに？
ユゲ　書いてあるんですよケーキに。

短い間。

ミクリ　……何さんて言ったっけ。
ユゲ　はい？

ミクリ　あの人。名前。
ユゲ　あ、俺聞いてませんでした。
ミクリ　俺も。
ユゲ　え、どうしたんですか？
ミクリ　いや……（と考えるが）いいや。
ユゲ　……。
ミクリ　座れ。
ユゲ　はい。（と座るなり）先生。
ミクリ　なに。
ユゲ　僕をクビにするって話ですけど、
ミクリ　ああ、あれはもう忘れろ。
ユゲ　はい。
ミクリ　来週家を出るから手伝え。
ユゲ　はい。
ミクリ　（腕時計を見て）エレベーターも遅きゃコーヒーも遅いよ。
ユゲ　モナミさん待たせちゃいますね。

ミクリ　（見ずに）うん。いいよ。
ユゲ　映画途中から観るのキライでしょあいつ。途中から観るのなら観ないとか言うんじゃないですか？
ミクリ　（見ずに）そうなんだよな……。
ユゲ　いいじゃねえか別に、どうせ最初から観たってわかんないいんだから。
ミクリ　（そこまで言うなとばかりに見る）
ユゲ　（そのマナザシは意に介さず）ミラさん泣いてましたね……。
ミクリ　……。
ユゲ　やっぱりさびしいんですかね、長年連れ添った亭主と別れるのって。
ミクリ　当事者に聞くな。
ユゲ　そうなんですけど。先生の一言でだいぶショック受けてたみたいだから。薄々勘づいてただろうに……。
ミクリ　ユゲな、俺だって傷ついてんだからさ。
ユゲ　……。
ミクリ　人を傷つけると傷つくだろ？　傷つかない？
ユゲ　ああ……。（とは言うが、釈然とせず、首をひねる）

ミクリ　そういうとこヘンだよおまえ、あの人（ニチカ）よりよっぽど。
ユゲ　すみません。
ミクリ　……（呆れ笑いで）すみませんて……。

ニチカ、コーヒーを持って戻ってくる。

ニチカ　すみません、お湯が冷めちゃってて。
ミクリ　いえいえ。じゃお化粧していただいて。
ニチカ　はい。
ミクリ　どのくらいかかります？　一、二分？
ニチカ　いや……三四、五、六分？
ミクリ　あ……はい。

ニチカ、化粧を始める。

5－3

別のエリアにミラが現れ、深い背もたれの椅子に座るから、そこは隣室のカウンセリングルーム。
カウンセラーとユウが続いて現れる。

カウンセラー　では、離婚されるんですか……。

ミクリ、ユゲ、ニチカ、反応する。

ミクリ　ん？
ミラ　まだわかりません。一方的に言い渡されたんです。
ニチカ　（小声で）ここ、壁薄くて。隣カウンセリングルームなんです。
ミクリ　（小声で）ああ……。
カウンセラー　できれば別れたくない？
ミラ　わかりません。自分で自分がよくわからないんです……どうしたいのかなんていうか……そんなことは絶対起こらないと思っていたから……

カウンセラー　心の準備が出来ていなかった？

ミラ　はい……別れるのがつらくないといえば嘘になります……だけど、気持ちが離れたと言い渡されたのに一緒にいるのはきっともっとつらいし……もうよくわからないんです……。

カウンセラー　うん……。

ユゲ　（小声で）いるんですね結構似たような境遇の人が。

ミクリ　（あまり相手にしたくなくて）いるよ。ゴロゴロいる。

ニチカ　（声の主がミラだということがわかっていて）……。

ミラ　こうなってみて後悔することだらけで……だって、到底責められませんよね、主人のこと……あたし何やってたんだろう……

ユゲ　（小声で）浮気でもしてたんですかね？

カウンセラー　自分を責めてはいけません……。

ミラ　今朝こんな夢をみました……あたしはどこかの浜辺にいて……妊娠してるんです……

波の音。腹の膨れた夢の中のニチカが浮かび上がる（彼女は白い仮面をつけている）。以下、ミラの告白に添った風景が繰り広げられる。

ミラ　私は砂浜に座り込んで、グラスで波をすくって飲んでみるんです……

カウンセラー／ユウ　……。

ミラ　しょっぱくないんですよ……甘くて、とってもおいしいの……あんまりおいしいんで何杯も何杯もすくっては飲んで……「ああお腹いっぱい」と思いながら、自分の膨らんだお腹を見てハッとするんです……こんなにたくさんお水を飲んだら、赤ちゃんがお腹の中で溺れてしまう……

カウンセラー／ユウ　……。

ミラ　助けなくちゃと思って、私はワンピースのヒモをほどいて、そのヒモを飲み込むんです……

夢の中のミラ、後ろを向いてヒモを飲み込む。

ミラ　すると、そこへ知らない男の人がやって来て……こう言うんです。

男（やはり仮面をかぶっている）が来る。

波の音。

男（声は録音）　「本当に助けてしまってよいのか？　その子は気まぐれでできた子だ。溺れ死んでしまった方がその子のためではないのか？」

夢の中のミラ　……。

ミラ　私は「たしかにその通りだ」と思います。三人の漁師が走ってきて男に耳打ちします。「たった今見たこともないような、大きな魚の死体が浜に打ち上げられた。気持ちの悪い、奇形の魚だ。手だか足だかわからないものが生えている。きっとよくないことの前兆だ」。

ミラの台詞にあわせ、三人の漁師（やはり仮面）が走ってきて一人の男が耳打ちする。

ミラ　男は漁師二人と共に去って行きます。そして残された漁師が振り向いて言うんです。

以下、残された漁師の声にはエコー。

残された漁師　元気だった？
ミラ　え？
残された漁師　僕だよ。わからない？
ミラ　誰？
残された漁師　君の同級生。
ミラ　え……？
残された漁師　(仮面をとる)

漁師は、大人になったピザである。

ミラ　ピザ……!?
ピザ　気づかなかった？　あれからずっといろいろな人間に変装して君のことをスパイ

してたのさ。

ミラ　スパイ？

ピザ　謎のね。

ミラ　本当にスパイになったんだ……。

ピザ　謎のスパイだ。

ミラ　うん……だけどどうしてあたしのことを？

ピザ　わからない。謎さ。

ミラ　誰から依頼されたの？

ピザ　謎だよ。

ミラ　謎のスパイね。

ピザ　謎のスパイ。（ミラの腹を指して）誰の子供？

ミラ　え……。

ピザ　知ってるけどね。スパイしてたから。

ミラ　バカ。

ピザ　バカはどっちだよ。ま、おしなべて人間は馬鹿だけど。

ミラ　……ピザ、変わったね。「おしなべて」だなんて。

ピザ　人は変わるよ……おしなべて人は変わる。おしなべ人変わり。
ミラ　（意味わからず）え？
ピザ　君が最近再会したあの二人だってどうよ。
ミラ　え……。
ピザ　どうだった話してみて。変わったろ？
ミラ　（考えながら）パゴはそんなに。
ピザ　ニチカは？
ミラ　……。
ピザ　仲よかったろ、昔。いつも一緒にいた。
ミラ　昔はね……。ああお金持ちになったんだなぁって。
ピザ　金持ちになって何不自由無く暮らしてるのを見て羨ましく思った？
ミラ　そうじゃない。なんか……つまらなくなっちゃった、彼女。
ニチカ　……。
ミラ　昔はあんな人じゃなかった。
ピザ　いろいろあったんだろきっと。
ミラ　そりゃいろいろはあるわよ。彼女にも、あたしにも。あるけど……

ピザ　いけない、そろそろいかないと。
ミラ　行っちゃうの？
ピザ　そろそろ時間なんだ。
ミラ　何の？
ピザ　わからない。
ミラ　謎？
ピザ　謎さ。僕は謎のスパイ。さよなら。

ピザ、走り去る。

ミラ　さよなら。

ミラ、不意に腹を押さえてうずくまる。
波の音、大きく――。
夢の風景、消えた。

5-4

ユウ　それスパイでもなんでもないスね。
カウンセラー　夢だから。
ミラ　ピザのことなんか忘れてたのに……最近昔を思い出すことが多くて……。
ユウ　歳ですかね。
カウンセラー　（制して）ユウくん。
ユウ　御自分は？
ミラ　え？
ユウ　変わってらっしゃらないと思うんですか？　昔と。
ミラ　さあ……。お手洗いお借りします。
カウンセラー　あ、どうぞ。

ミラ、トイレへ。

ユウ　（カウンセラーに）月日ってのは残酷ですよね。
カウンセラー　君が残酷なんだよ。
ユウ　月日ですよ。
カウンセラー　君実家帰って左官屋継いだ方が絶対いいよ。
ユウ　（笑って）またまたぁ。
カウンセラー　またまたじゃなくて。

ニチカは化粧の手をとめて、しばし愕然としていた。

ニチカ　……。
ミクリ　あの……
ニチカ　はい？
ミクリ　終わりましたお化粧。
ニチカ　あ……
ユゲ　もう大体いいんじゃないですか？
ニチカ　え、

ミクリ　うん、大丈夫ですよ。うまいこと撮りますから。
ニチカ　でも、
ミクリ　あまり化粧するとかえってあれですよ、写真は。
ニチカ　そうなんですか？
ミクリ　そうですよ。とりあえず撮ってみましょうか。
ニチカ　はい……
ミクリ　（ユゲに）レフ。
ユゲ　はい。（とケースから出し始める）
ニチカ　……。
ミクリ　そこ立ってみましょうか。
ニチカ　はい。
ミクリ　（冗談めかして）じゃ「あたしが翻訳しましたあ」みたいな感じで。
ニチカ　（苦笑）
ミクリ　そうそうゆるんだゆるんだ、力抜けました。レフ。
ユゲ　はい。（と折りたたみ式のレフ板を勢いよく開ける）
ミクリ　（カメラを覗いて）レフいいや。

ユゲ　はい。（と閉じる）
ミクリ　はい、じゃあ撮ります。（すぐさまシャッターを切り）はいＯＫ。
ニチカ　一枚ですか⁉
ミクリ　あ、（とすぐさまシャッターを切り）よし。一応（もう一回シャッターを切り）大丈夫でしょう。
ニチカ　はあ……。
ミクリ　ばっちりです。お疲れ様でした。行くぞ。
ユゲ　はい。
ミクリ　（心なく）翻訳ってのはあれでしょう、大変でしょう。
ニチカ　いえ。（続けようとするが）
ミクリ　（まだレフ板をケースにしまっているユゲに）いいよいいよ、車ん中で入れろ。
ユゲ　はい。
ミクリ　お邪魔しました。
ユゲ　お邪魔しました。
ニチカ　どうも。
ミクリ　失礼します。

ミクリとユゲ、去った。

ニチカ　……。

ニチカ、机の椅子に座る。
しばしの間。
と、ソファーの上で携帯電話の着信音。ミクリが忘れていったのだ。

ニチカ　!?

5－5

ニチカ、ケイタイを手にとり、一瞬逡巡するが、本人からかも知れないと思ったのだろう、出る。ニチカが言葉を発する前に、別のエリアにケイタイを手にしたモナミが現れて電話に向かって声を発する。

モナミ　ねえ何やってるの⁉　もう始まるよ映画。って言うか変な人に捕まっちゃって困ってるんだけど、助けてほしいんだけど。

リクが現れる。

リク　（苦笑して）変な人ってことはないじゃない。
ニチカ　（電話の向こうのモナミに）あの、ごめんなさいあたし違うんです。
モナミ　⁉
リク　ちょっと替われよ。
ニチカ　（相手が黙るので電波でも悪いのかと）あれ、もしもし。
モナミ　誰⁉
ニチカ　あ……
リク　どうしたの？
ニチカ　違うんですこれ、カメラマンさんがケイタイを忘れて行って、

モナミ　……

ニチカ　もしもし。

リク　どうしたんだよ。

モナミ　（リクに）黙っててよ。

ニチカ　（自分に言われたのかと）はい？

モナミ　（電話に）忘れてったって、どこにですか？

ニチカ　あたしの部屋です。あ、そうじゃなくて、写真を撮っていただいて。

モナミ　どんな!?

ニチカ　どんなって、（言葉に窮し）力を脱いて、いい感じの……

モナミ　え!?

ニチカ　（その表現はまずかったかと）プロフィール、プロフィール写真です。あたし翻訳の仕事してて、今度出る本にプロフィール写真を……

モナミ　（いぶかし気に）プロフィール写真……？

ニチカ　嘘だと思ってます？　本当なんですよ。だってそんな、嘘言ったって。ちょっと一旦切りますね。

モナミ　どうして!?

ニチカ　今ならまだそこらへんにいるかもしれないんで。ここエレベーター遅いんです。
モナミ　知りませんそんなこと。
ニチカ　ごめんなさい。切ります。
モナミ　ちょっと待ってよ！

ニチカ、電話を切って、あわてて出て行く。

モナミ　……。（動揺をかくせぬまま、リダイアルボタンを押して相手が出るのを待つ）
リク　なに、女が出た？　切られたの？
モナミ　……。
リク　女が出たんだろ。女んちにいたんだ。
モナミ　うるさい！　（どこかを指して）待ってんでしょ。行きなよ！
リク　……。
モナミ　……。
リク　出ねえよもう。

モナミ　……。
リク　出ないだろ、出るわけねえよ。
モナミ　（切る）
リク　留守電だろ？
モナミ　頼むから帰ってくんない？
リク　映画俺一緒に観ようか？　（と今モナミが指した方を指し）あいつ帰すから。
モナミ　（強く）バカじゃねえの!?
リク　……。
モナミ　ねえ、バカじゃねえの!?　たった今観終わったんしょ映画。
リク　うん、でももう一回観てもいいかなと思って。面白えよ、最後、被害者だと思ってた奴が犯人なんだよ。
モナミ　！
リク　（ハッとして）あ。（と動揺するが）最後はわかってても全然面白い。
モナミ　……。
リク　なにこの偶然。もう一回観ろってことだろ。
モナミ　あのさ、

リク　ん、

モナミ　死んでくれる？

リク　いいよ、七十年後に。（で、笑う）

モナミ　……。

待ちくたびれた様子で女が来る。

女　（リクに甘ったるい声で）ねえ、まだぁ？

リク　（冷たく）全然まだ。

女　えぇ〜、（モナミに）こんにちはぁ。

モナミ　（無視）

女　（むしろ嬉しそうに）無視されたぁ。

リク　おまえさ、帰れよ。

女　（笑顔で）えぇなんでやだぁ！

リク　ちょっと話があんだよ彼女と。

女　話ぃ？

モナミ　ないよ話なんて。

女　ないってよ。

リク　あるの。

女　リクくん。

リク　あ？

女、リクが面倒臭そうな顔で振り向いた、その唇にむしゃぶりつくような濃厚なキス。

リク　！

モナミ　……。

リク、女を乱暴につき離す。

リク　ざけんなよ！

女　ふざけてないよ。

モナミ　ちょっとどっかヨソでやってくんない？
リク　……（女に）んとに……殺すよ。
女　だって我慢出来なかったんだもん。
リク　とりあえず向こうにいろよ。邪魔。
女　すぐ来る？
リク　わかんない。
女　（モナミに指輪を見せ、笑顔で）これ買ってもらったんです。
リク　（女の頭をどつく）
女　いたっ！　（笑顔で）いたーい！
リク　向こうで待ってろって！
女　はーい。

女、去る。

リク　……なんでもないんだよあいつは。遊び遊び。しつけえんだよ。
モナミ　（何を言うかと思えば）指輪とか買ってあげてんだ。

リク　え？
モナミ　いいけど別に。あたしには指輪なんか買ってくれたことないからさ。
リク　姉ちゃんのかっぱらってきたんだよ。おまえ指細いから姉ちゃんのじゃブカブカじゃん。
モナミ　いいよ別に。
リク　（まるで、それでモナミが納得するかのように）遊び遊び。体だけ。
モナミ　……。
リク　モナミはまだ好きなの？　そのカメラ屋。
モナミ　好きよあたりまえでしょ。まだってまだ三カ月だよ。
リク　そうだけど……どこがいいのかなって。
モナミ　子供にはわかんないのよ。
リク　冷静に考えた？　ちょっとああいう、髪の毛も終わっちゃった感じの大人にフラッとしちゃっただけじゃねえの？　おまえ気まぐれだから。
モナミ　（静かに）もうホンット帰って。どっかのラブホで気持ちいいだけのセックスしてて。
リク　……。

モナミ　お願い。
リク　……紹介してやってほしいなんて頼まなきゃよかった……。
モナミ　……。
リク　また電話する。
モナミ　（意外にも）……うん。
リク　……（嬉しく）うん。
リク　いいの？
モナミ　よくなくてもするんでしょ……。
リク　（嬉しく）うんする。

リク、去る。

モナミ　……。

ほどなく、残されたモナミも消える。

5-6

カウンセリングルーム。やや沈黙あった後——

ユウ　（不意に）あまりに遅くないスか。（ミラのことだ）
カウンセラー　うん。
ユウ　ウンコかな。ちょっと見てきます。
カウンセラー　うん。しつこくノックするなよ。
ユウ　そうスよね、激しい便秘かもしれないスからね。
カウンセラー　……。
ユウ　（聞こえてないのかと）激しい便秘かもしれないスからね。
カウンセラー　君私が何か言っても滅多に返事しないクセにどうしてたまに私が返事しないと（行ってしまうので）で行っちゃうんだ。はい。

ニチカ、ミクリの携帯電話で話しながら戻って来る。

ニチカ　（電話の相手に）そうなんです。こういう時に限ってエレベーター早く来たみたいで……。これあたし預かってていいんですかね？

編集者が浮かび上がる。

編集者　（忙しそうに手にした電話に）うん、今ちょっと僕あれなんだけど、連絡してみますから。

ニチカ　お願いします。

編集者　あ、そうだ。送っちゃって。

ニチカ　え。

編集者　郵送で、着払いで。それが一番早いわ。住所あとでメールします。

ニチカ　あ、でも

編集者　お願いします。

編集者、消える。

ニチカ　……。

すぐに、ケイタイが鳴る。

ニチカ　（出て）はい。

運転中のミクリが浮かび上がる。助手席のユゲが、両手がハンドルで塞がっているミクリの耳に、自分のケイタイを当ててやっている。

ミクリ　あもしもし。よかった出た。
ニチカ　ああ、これ、ケイタイ。
ミクリ　そうなんですよ。すみませんうっかりして。
ニチカ　いえ。今鈴木さんに電話したら郵送してはどうかと言われたんですけど。
ミクリ　ああ、それがいいかな。どうだろうそれがいいかな。
ニチカ　どうなんでしょう。

ミクリ　じゃあそうして頂けますか。一番速いやつで。
ニチカ　はい。
ミクリ　すいませんお手数おかけして。
ニチカ　いえ。
ミクリ　ああでも助かった。借りができちゃったな。じゃ、今日の写真、特別いい写真にしますから。焼き方ひとつで全然変わりますから。
ニチカ　そうなんですか。
ミクリ　ええもう。信頼してください。人間根っ子は信頼関係ですから。
ニチカ　……！

ニチカ、ミクリのそのひと言で、今自分が話している相手が誰なのかを思い出した。
「人間根っ子は信頼関係ですから」。
間違いない。電話の向こうにいる男はあの時のケーキ屋だ。

ミクリ　まあ今日お会いしたばっかりですけど。（笑う）

ニチカ　（慄然と）……。
ミクリ　もしもし……？　もしもぉし……！
ニチカ　はい……。
ミクリ　どうかされました？
ニチカ　いえ……。
ミクリ　じゃ、よろしくお願いします。お手数おかけしてすみません。
ニチカ　はい……。
ミクリ　じゃあ、失礼します。
ニチカ　はい。

ミクリ、電話を切る。

ニチカ　……。（切る）
ユゲ　ありました？
ミクリ　あったよ。今の会話聞けばわかるだろう、って言うかあったから会話できたんじゃない、（時計を見て）やばいよ。もう一度モナミにかけてみてよ。

ユゲ　はい。（かけながら）誰かと電話で話すぐらいだから大丈夫でしょう。
ミクリ　うん……ただあいつ、どこに地雷があるんだか時々わからなくなるからさ……
正直、若干のジェネレーションギャップは感じるよ、最近。
ユゲ　ですよね。
ミクリ　呼んでる？
ユゲ　呼んでます。
ミクリ　もちろんうまくやってけないほどじゃないいん（だけど）
ユゲ　（遮って）出ました。
ミクリ　（電話に）もしもし。

瞬時に暗転。
ほぼ同時にトイレから戻って来るユウ。

ユウ　先生。
カウンセラー　なに。
ユウ　やばいス。

カウンセラー　何が。
ユウ　トイレ、ドアの下から血が。
カウンセラー　！

カウンセラー、無言で立ち上がり、トイレの方へ――。ユウ、続く。

5―7

明かりが変わり、ミクリが立っていたそこはコモン家になった。
風呂上がりなのか、バスローブ姿のググが来る。

ググ　届けに行くって、どうしてそんなわざわざ、相手は郵送でいいって言ってんだろ。
ニチカ　間違いないのよ、あの時のケーキ屋さんなの、信頼関係って言った声であたし確信したの。
ググ　だからそれはわかったよ。手紙でも添えればいいじゃないか。

ニチカ　だめよ。手紙じゃ。逃げてるみたい。
ググ　そんなことないよ。
ニチカ　明日行ってくる。行ってちゃんと謝ってくる。
ググ　……好きにしなさい。
ニチカ　あなたは？
ググ　私？
ニチカ　行かない？　会社休みでしょ明日。
ググ　どうして私が。
ニチカ　……
ググ　行かないよ。（苦笑して）勘弁してくれよ。どうして私が――
ニチカ　（小さく）父親だからよ、トトの……。
ググ　……。
ニチカ　（ググを見据える）
ググ　でもそのトトはもういない。
ニチカ　……。
ググ　だから行かない。

ニチカ　わかった……。
ググ　うん……どっちみち明日は会社に行くことになった。
ニチカ　そう……忙しいね。
ググ　会社、潰れるかもしれない。
ニチカ　……!?
ググ　輸出先で新製品の不良品が大量に出た。それだけならまだいい。
ニチカ　何があったの？
ググ　事故だよ。わかってるだけでタイで三人、日本で十五人、中国で百四十九人。
ニチカ　え、え、何があったの!?
ググ　製造ミスだよ。漏電するらしい……ああいうものの使い方は人それぞれだ……一応ことわり書きはしてあるけど、注意事項禁止事項なんか誰も読みゃしない。
ニチカ　え、感電死!?
ググ　死んではいない……たいしたことないんだよ……奴らにはたいしたことなくても、会社にとっては大打撃だ……。
ニチカ　……。
ググ　なんとか悪あがきしてはみるけど……最悪私は失業、この家も抵当にとられる。

ニチカ　え……。
ググ　まだわからない。最悪だよ。
ニチカ　あたしに何か出来ることないの？
ググ　今さらなんだよ。
ニチカ　……。
ググ　君がもっと協力してくれてれば、モニターとして商品をしっかり使い込んでくれてれば……
ニチカ　なに？　こんなことにはならなかったって言うの？
ググ　もしかしたらな……可能性は減ったかもしれない、減らなかったかもしれない……（笑って）なにしろ男には試そうにも限界がある……。
ニチカ　……。
ググ　覚悟だけはしといてほしい……ま、なんとかなるよ、死ぬわけじゃない……。

アンが来る。

アン　ねえ……。

ググ　（ニチカに）アンには結果が見えたら私から話す。
アン　なにが？
ニチカ　どうしたの？
アン　ヤドランカがずっと部屋で泣いてるんだけど。
ニチカ　え？
アン　鍵かけて出てこないのよ。
ググ　ほっときなさい。ヤドランカには明日出て行ってもらう。
アン　（反感で）どうして。
ググ　（ニチカに）金盗んだの、あいつだった。
アン　え……!?
ググ　（アンに）あいつだったんだよ。貯金通帳覗いたらあり得ない金額が記載されてたから問い質したら白状した。
ニチカ　……勝手に見たの？　彼女の貯金通帳。
ググ　（強く）な、ほら、そうくると思ったから言い出せなかったんだ！　おまえどっちの味方だ！
ニチカ　（強く）敵も味方もないわよ！　よくないことはよくないって言ってるの！

ググ　（その語気に一瞬絶句してから、精一杯の語気で）泥棒だぞ！　あいつは泥棒だぞ！

ニチカ　それは結果でしょ！　もし何もしてなかったらどうなるのよ！

ググ　したんだよ！　あいつは盗んだんだ！　自分でそう言ったんだ！

ニチカ　じゃあビビさんは!?　ビビさんは何もしてなかったわ！

ググ　ビビのことはいい！

ニチカ　よくない！

アン　喧嘩は子供のいないところでやんなよみっともないから。

ニチカ／ググ　……。

アン　二人ともバカみたい……。

ニチカ／ググ　……。

アン、去る。

少しの間。

ググ　（アンのことを）ますます父親に似てきた……。（ニチカを見て）そうは思わないか……。

ニチカ　父親はあなたでしょ……。

ググ　……。

ニチカ　父親はあなたよ……

ググ　寝るよ……。

ググ、去った。

5－8

そこには一人、ニチカだけが残る。
ニチカ、ググが読み散らかした新聞をたたむと、ソファーに力無く座る。
ほどなく、ニチカを呼ぶ遠い声がする。

声　ニチカ。

ニチカ　……？

声　ニチカ。

亡くなったハズのサキの声である。ニチカ、誘われるようにして部屋を出ると、家の中をさまようようにして歩く。静かに音楽。

サキの声　ニチカ。

ニチカ　どこ……？　どこから呼んでるの……？

サキの声　ニチカ。

後方の幕が開くと、舞台奥には階段があり、ロウソク（燭台）を持った十名ほどの人々がズラリと立つのが見えるが、ニチカは反応しない、これはニチカの夢なのだろうか――

一番奥に明かりが入ると、そこにはサキが立っている。

ニチカ　サキ先生……!?

サキ　(笑顔で) ニチカ。
ニチカ　サキ先生……！

ニチカ、ロウソクの間を縫うようにして階段を駆け上って行く。

ニチカ　(上りきって) サキ先生……！
サキ　何落ち込んでる。元気出せ……。
ニチカ　はい……。

サキ、ゆっくりと階段を降りて行く。
ニチカ、ロウソクの人々も後に続く。

サキ　(降りながら) あっという間だな……あれからもう三十年か……。
ニチカ　あっという間です……。
サキ　校庭でやった授業、覚えてるか？
ニチカ　え。

サキ　放課後の課外授業。

ニチカ　あはい。パゴが望遠鏡を壊した、

サキ　（笑って）そうそう、なんで壊すかなあいつ。あの時にも言った通り、星の光は地球に届くまで何万年もかかる……。

ニチカ　はい。三十年があっという間のハズですね。

サキ　そうさ。だから、ニチカに届いてない光だって、まだまだあるハズだ。

ニチカ　……そうですね。

サキ　そうだよ。ほら、見てみろ。

ニチカ　（サキが指す方を見る）

サキ　ミラに初めて話しかけた日のパゴだ。

制服姿のミラとパゴが見える。

パゴ　（ひどく緊張して）おまえの名前としかミラだったよな。

ミラ　はい？

二人、消える。

ニチカ （笑って）今「としか」って言った？

サキ ガチガチだよ。

ニチカ パゴ最初からミラのこと好きだったんだ……全然気づかなかった。

サキ （別のエリアを指して）君の御主人と弟さん。

別のエリアに、若き日のググとビビ。

ビビをニチカに見立てているらしい。

ググ ニチカさん、僕と、ぜひ、

ビビ 固いよ兄貴固い。

ググ ニチカさん、

ビビ 駄目駄目もう一回。

ググ （言おうとする）

ビビ 駄目十五点。

ググ　まだやってねえよ！
ビビ　わかるもん。
ググ　（嬉しそうに）じゃあおまえやってみろよ。
ビビ　（やはり嬉しそうに）なんで。
ニチカ　あんなに仲良かったのか……。

ビビ、消えて、ググのみが残る。

ググ　ニチカさん、僕と……結婚してください……。
サキ　（ニチカに）幸せだった？
ニチカ　あたし？　幸せでしたよ……お金はなかったけど幸せだった……ググは不器用だけどやさしかった……目つきは悪いけどとてもやさしかったんです……。

ググ、ニチカの近くへ移動してくる。

ググ　ニチカ……話しておきたいことがあるんだ……

ニチカ なに？
ググ 僕は……子供が出来ないらしい……
ニチカ え……？
ググ こんなにずっと子供が出来ないのには……僕の方に問題があるらしいんだ……。
ニチカ ……。
ググ 百パーセントじゃないけど、普通の人よりその可能性はずっとずっと低いらしい……二パーセントか……、三パーセントか……すまない……。
ニチカ （笑って）どうして謝るの……!? （ググを優しく抱きしめて）謝ることじゃないよそんなこと……。
ググ でも……

ニチカとググ、消える。

サキ その二パーセントか三パーセントの可能性が、ある日突然現実になった……。

赤ん坊を抱いて大喜びするニチカとググが見える。

赤ん坊の笑い声。

ググ　笑ったぞ！　見たか、今笑った！
ニチカ　うん。
ググ　見ろよ、このあたりなんか俺にそっくりだな！
ニチカ　目つきの悪さもあなたそっくり！
ググ　ＤＮＡだよＤＮＡ！　俺たちのＤＮＡ！
ニチカ　（アンに）ほらアン、あなたの弟よ。
アン　（どこか無理して笑い）うん。

赤ん坊笑う。

ググ　（赤ん坊に）お、何がおかしい。トト！
ニチカ　（赤ん坊に）トトちゃん！

赤ん坊が笑い、二人も笑う中、そのエリアの明かりが消えてゆく。

サキ　四年後にトトくんが亡った……そして御主人は……

ニチカ　（サキの方へ移動しながら）仕事にしか興味がなくなっちゃいました。（さびしく笑う）

サキ　それから？

ニチカ　あとはもう何もない。それから何もありません……。

サキ　何もないなんてことはないだろう。

ニチカ　何もないんです。生きてても死んでるみたい。

サキ　……。

ニチカ　あ……ごめんなさい……。

サキ　（笑って）え。

ニチカ　もちろん先生のことは……あの日のこともずっと、気にかかっていて……

サキ　死んじゃったんだから仕方ないさ。

ニチカ　でも……

サキ　それからがないならこれからを考えろ……。

ニチカ　だけど……

サキ　これからを考えろ……。
ニチカ　……。

ロウソクの明かりがフッと一瞬に消え、そこは暗闇になる。
音楽。
舞台上のどこかに字幕映像が投影される。

「これからを考えろ」
サキ先生はあたしにそう言った。
思えば、あの頃は、
これからの事ばかり考えていた。
今の私のこれから。
まずはケーキ屋さんに
謝りに行こう。

6

6－1

映画館の近くの雑踏である。
モナミが現れ、ズンズン奥へ向かって歩いて行く。
後からミクリが追う。

ミクリ モナミ……！　モナミ……！
モナミ (振り向くと、無言でミクリが追いつくのを待つ)
ミクリ (息を切らせて) 何怒ってんだよ……。
モナミ (キツい口調で) 怒ってない。
ミクリ 仕事だよ……急に頼まれて……なんで電話出るかなあの人も。

モナミ　翻訳家。
ミクリ　翻訳家だよ。どんぐりどん平衛とかなんとかいう小説訳してる。化粧したい化
　粧したい騒いでるだけの化粧くさい女。
モナミ　へえ……。（行く）
ミクリ　おい。（と追い、人にぶつかり）あ、すいません。
モナミ　（止まって振り向き）食事中に鼻かむのやめてくれます？
ミクリ　え？　どうして。
モナミ　（その言葉に驚くように）エチケットでしょ!?
ミクリ　だって鼻たらしてめし食うわけにもいかないだろ。
モナミ　……（また行く）
ミクリ　（慌てて追いながら）わかったよ。するよこうやって。
モナミ　（止まって振り向き）それからセックスの最中に
ミクリ　（人目を気にして制し）ちょっちょ！
モナミ　なに？
ミクリ　（小声で）人前でそういうこと言わない！
モナミ　どうして？

ミクリ　エチケットでしょ!?
モナミ　……（あてつけるように）ナニの最中に飲み物飲まないで！
ミクリ　最中って、合間だろ。汗かくと喉渇くじゃない。
モナミ　いいですもう。
ミクリ　よくないよ。映画観ないの？　次の回。
モナミ　観ない、犯人わかっちゃったし。
ミクリ　……じゃあ俺だけ観るぞ。

モナミ、かまわず行ってしまう。

ミクリ　……。

ミクリ、少し待ってみるが、モナミは戻って来ない。

ミクリ　お～い！

ミクリ、追って去る。

6－2

病院の待合室。
長イスいくつかと灰皿が並んでいる。
看護師と患者が行き来する中、奥からビビとアンが来る。ビビは入院着で、頭部に包帯、右腕を吊っており、足をひきずるようにして歩いている。

アン　いいよ、無理して部屋出なくても。
ビビ　違うよ、病室禁煙だから。昨日までは気にしないで吸ってたんだけどさ、火種シーツに落っことしちゃってさ。（と、いきなり看護師の尻を鷲摑み）
看護師　（悲鳴）
ビビ　（笑う）固えケツ！
アン　（逃げるように去る看護師に）すいません。

ビビ　今手痛かったもんケツ固過ぎて。
アン　わかったから。
ビビ　あの看護師金払うと夜中にヌキに来てくれるらしいんだよ、口で。
アン　（とり合わず）デマだよ。
ビビ　いやホントホント。
アン　よかったね。
ビビ　うんよかった。

ビビ、アン、座る。
ビビ、煙草を出して火をつける中。

アン　ごめん、昨日来られなくて。
ビビ　バカおまえ、どっちみちあの時間面会出来ねえよ。
アン　さっきあたしが来た時いた女の人があれ？　その子のおかあさん？
ビビ　そうそう。金持ちそうだから大金ふっかけてやろうかと思ってて。金持ちったっておまえんとこほどじゃないんだろうけど。謝礼金ていうの？　ま、交渉次第で。

いくらとれると思う？　かなりいけんじゃねえ？　俺が助けなきゃ娘死んでたワケだからさ。治療費と菓子折で済ませられたら娘安すぎるわな。（笑う）

アン　娘っていくつぐらい？

ビビ　三、四歳かな。バカおまえ、フッと見たらもうこんなだぜ電車とそのガキの距離。路面電車ってのはあれ、車と違ってレールがあるから運転士ボーッとしてんだよ。

アン　うん。

ビビ　ったくよ……。

アン　市から表彰もされるんだって？

ビビ　そうなの？

アン　さっきお医者さんが言ってたよ、ヒーローですねって……看護師さんビックリだよ、ヒーロー入院したと思ったらケツ触りまくるわヌいてもらいたがるわで。

ビビ　バカおまえ、ヌくとか言うな。

アン　（笑う）

ビビ　ったく。

アン　たくじゃないよ。

ビビ　え、表彰？

アン　されるってよ。
ビビ　金は？
アン　知らない。表彰状はもらえるでしょ、表彰されるんだから。
ビビ　表彰状なんてあんなもんただの紙だろ？　山羊に差し出しゃ食っちゃうよ。おまえ昼飯食った？
アン　食べた。
ビビ　そうか。（煙草を吸い、大きく煙を吐く）
アン　お金盗ったのヤドランカだった。
ビビ　え？
アン　犯人。ヤドランカだった。

短い間。

ビビ　……ああ……あっそう……。
アン　おやじが申し訳なかったって伝えてくれって……。
ビビ　おまえ言ったの俺ここにいること。

アン　ん、うん。疑って悪かったって。すっごい謝ってた。
ビビ　（微笑んで）嘘つけ。
アン　……ホントだよ。
ビビ　バカ。（と目をそらし、煙草をふかす）
アン　ホントだよ。
ビビ　うん……。
アン　またいつでも戻って来てくれって。
ビビ　（見ずに）わかったよ……。

パゴがやはり奥から、自分の荷物と女ものの荷物を持って歩いて来る中――。

アン　会社、潰れるかもしれないんだって。
ビビ　え……。
アン　おやじの会社。
ビビ　あっそう……。なに、ググから聞いた？
アン　んん、夫婦で話してるのをドアの外で――

ビビ　また盗み聞き？
アン　聞こえちゃったんだもん。
ビビ　何、それでパパがかわいそうになっちゃった？
アン　なってないよ。（パゴに気づく）
パゴ　（会釈）
アン　（会釈）

パゴ、座る。

ビビ　（パゴにかまわず、二人の会釈の間に）バカおまえ……。で？　潰れたらどうすんの？
アン　わからない……家が抵当に入るかもって。
ビビ　破産……!?
アン　かな。
ビビ　（思いの他動揺したらしく、そわそわしながら）破産か……。（不意に）平気平気。平気だよ。

アン　うん。
ビビ　（パゴに）な。
パゴ　（面喰らって）え……!?
ビビ　な！
パゴ　（気圧されて）ええ……。
ビビ　ほら。
アン　（謝るのには慣れっこのように）すみません。
ビビ　バカおまえ……平気だよ。大丈夫大丈夫、平気平気。（パゴに）え、退院？
パゴ　は？
ビビ　入院してたの？　退院？　見舞い？　医者？
パゴ　見舞い。
ビビ　なんだ見舞いか。（パゴに）何か飲みもの買ってきてくれる？
パゴ　え。
アン　あたし行ってくるよ。（と立ち上がる）
ビビ　そう？　じゃあコーヒー豆を挽いてこう、あれした、汁。
アン　コーヒーね。

ビビ　コーヒー。
アン　ごめんな、俺あれだから。向こうに自販機あるから紙コップの。
ビビ　うん。
アン　この方（パゴ）の分もな。
パゴ　うん。
ビビ　あ、いやいや。
パゴ　いいだろ……！
アン　（困惑しつつも）……じゃ、ごちそうになります。
パゴ　コーヒーでいいですか？
ビビ　ええもう……。
パゴ　（パゴに）あんまりうまくねえよ。
ビビ　はあ。
アン　うん。（アンに）金ある？
ビビ　ある。
パゴ　俺ない。（笑う）
（笑う）

アン、去る。

ビビ　ああちくしょういて……（見ているパゴの視線に気づくと、アンが行った方を指し）娘。

パゴ　？

ビビ　娘。俺の。

パゴ　ああ。

ビビ　似てる？

パゴ　ああ、ええ、似てます。

ビビ　だろ。娘。

パゴ　ええ……大変ですね。

ビビ　娘？

パゴ　いや、いえ、おケガ。

ビビ　大丈夫だよ。大丈夫なの？

パゴ　え。

ビビ　あんたが見舞った患者さん。
パゴ　いえ、今退院で。で荷物を。（と持って来ていた荷物を指す）
ビビ　（がっがりしたように）なんだ。じゃあ行ってやんないと。
パゴ　（口ごもるように）今、いろいろ。
ビビ　何いろいろって。
パゴ　いやいや、つきそいと二人きりにしてあげようかと。
ビビ　ああ、（やけに納得して）あなぁる。（あ、なるほどの意）アナール。
パゴ　（愛想笑いしてあげながら）あまり動かれない方が。
ビビ　（突然）ああちくしょう！　不幸の巣窟だな病院てとこは！
パゴ　……。
ビビ　不幸臭がするよ、不幸臭。ゆうべも俺ここでタバコ吸ってたらさ、手首切って死ぬんだか死なねえだかわかんねえ女が運ばれてきて。
パゴ　ああ……。
ビビ　死んだなあの女。
パゴ　死んでないですよ。
ビビ　？

パゴ　きっと。
ビビ　ならいいけど……。
パゴ　ええ……。

　　沈黙。

ビビ　あんた兄弟いる？
パゴ　はい？
ビビ　兄貴とか。
パゴ　あ、私一人っ子で。
ビビ　なんだ。
パゴ　すいません……いらっしゃるんですかお兄さん。
ビビ　うん……子供の頃、兄貴が熱出したことあってさ。
パゴ　ああそれは大変だ。
ビビ　俺、学校で忘れたものしたことに気がついたんだよ。
パゴ　（それはまた大変だとばかりに）わ忘れ物。

ビビ　教科書とノート。
パゴ　わほぼ全部ですね必要なもの。
ビビ　そしたらさ、兄貴が届けてくれて。
パゴ　えー。
ビビ　すっごい熱あんのに。
パゴ　ほぉ。
ビビ　うん……
パゴ　それで？
ビビ　それだけなんだけど。
パゴ　ああ。
ビビ　駄目？　それだけじゃ。
パゴ　いえいえ、
ビビ　俺は嬉しかったんだよ！　兄貴が俺の忘れ物届けてくれて。すっげえ熱あんのに！　俺は嬉しかったの！　駄目!?　嬉しくちゃ。
パゴ　駄目じゃないです。
ビビ　（息荒く）……。

パゴ　素晴しい……。（拍手するような）

アンが持ちにくそうにコーヒーの紙コップ三つを持って戻って来る。

アン　（パゴの拍手のことを）何、路面電車？

パゴ　はい？

アン　（パゴに）すごいでしょ。

パゴ　あ、すいません。（と受けとり）路面電車？

ビビ　金あとで払うから。

アン　いいよ。

ビビ　いいって。

アン　いいよ。

パゴ　いいですか、ごちそうになって。

ビビ　いいよ。まじぃぞ。

パゴ　いえ、いただきます。（とコップを口に）

ビビ　（パゴが飲むか飲まないかのうちに）ほらまじぃ。まじぃだろ。

パゴ　いや、まだ。

奥からユウとミラが来る。ミラの左腕には包帯。

ユウ　あ、あそこだ。
パゴ　あ。
ユウ　おーい。
ビビ　おお！（と手を）
アン　（制して）知らない人でしょ！
パゴ　（椅子から立ちあがって）行くか。
ミラ　あたしも何か飲みたいな。
ユウ　あじゃ俺も。
パゴ　一階に喫茶室あるから。
ミラ　んんそれ（コーヒー）でいい。
ユウ　俺も。
ビビ　アン。

アン　うん。（行こうと）

パゴ　いやいやいや、私が。（ミラとユウに、ビビを紹介して）入院されてる方。（アンを示し）娘さん。

アン　え。

ユウ　こんちは。

　　パゴ、行く。ミラとアンも軽く会釈し合う。

ビビ　（飲んで）まっじ……あれ、あんた手首の？

ミラ　え？

ビビ　昨日運ばれて来た？（パゴの去った方に）なんだよあの人。ずるいなぁ。

ユウ　え？

ビビ　いや、俺がもう死んでんじゃねえかって言ったら……そりゃわかるよ。なんだ。

アン　何言ってんの？　そろそろ戻ろ。

ビビ　んんまだまだ。え、三人はどういう御関係？

ユウ　え。あ、僕が彼女の

ミラ　（遮って）夫婦です。

ユウ　……夫婦です。

ビビ　（少しヘンだとは思うが）ああ……姉さん女房だ。……で？　（パゴの行った方を）

ミラ　主人の部下。

ビビ　ああ。じゃあ買いに行って当然……

不意にビビの動きが止まり、おし黙る。
ググが来たのだ。

アン　（ビビより後に気づいて）なんで……!?

ビビ　……。

沈黙の中、ググ、ビビとアンを見つけると、向かって来る。その間、誰も何も言わない。

ググ　大丈夫なのか寝てなくて……。
ビビ　……。
アン　なんでわかったの。
ググ　新聞の市民欄に載ってた……これ。（とビビに見舞い品を差し出す）
ビビ　いらねえよ……。
ミラ／ユウ　（その様子に）……。
ググ　アン、あとで渡しなさい。
アン　（受けとって）……。
ググ　（ビビに）ヤドランカのこと、アンに聞いたか……。
ビビ　聞いたよ。（茶化すように）なに頭下げに来たの？
ググ　そうだ……。
ビビ　……。

ググ、深々と頭を下げる。

ググ　……疑ってすまなかった……。

パゴがコーヒーを二つ持って戻って来る。

パゴ　（小声で）なに？
ユウ　わかんないス。
ググ　個人的に……いろいろあってな……人間なんて現金なもので、いろいろあるといろいろ考える……おまえは下品で、粗野で、ずさんで、お世辞にも自慢できる弟じゃない……しかし、それにしても、人間として、兄貴として、ひどいことをしたと思ってる……自分が恥ずかしい……許してくれ……。
ビビ　（少し泣いているようだが、涙をごまかすように）……何言ってんの。（アンに）行こ行こ。病室戻ろ。
ググ　行っていいか。
ビビ　ダメダメ。じゃあ私たちはこれで、（ミラに）もう切らないように。（と手首を切る仕草）
パゴ　え？
ビビ　えじゃないよ。二人の邪魔しないように。

パゴ　お兄様ですか。

ググ　（ややけげんそうに）はい……。

パゴ　（ビビを指して）さっきお兄さんの話を

ビビ　（大声でパゴを制して）バカ！　バカじゃねえの！　バカ！　（ググに）早く来い！

ググ　いいのか……？

ビビ　いいよバカ！　バカばっか！　早く来い！

ググ　うん……。

　奥へ去って行く三人を唖然と見送るミラ、パゴ、ユウ。

ユウ　（コーヒーを一口飲んで大声で）まじっ！

ビビ　（遠くから）だからまじぃって言ったじゃん！　（と通りすがりの看護師の胸を鷲づかみ）

看護師B　（悲鳴）

ググ　すいません！　おまえ

ビビ　（看護師に）殺すぞ！
ググ　殺すぞっておまえがやったんだろう！
　　そんなやりとりをしながら三人、去った。

6―3

ユウ　（パゴとニチカに）キチガイスね……。
パゴ　病院はね……。
ミラ　あたしといる時は「キチガイスね」とか言っちゃダメ。
ユウ　ああ、（サキっぽく）キチガイだね……。
ミラ　（嬉しそうに）そうね……。
パゴ　……。
ミラ　「見てごらん星がキレイだ」（言って、と促す）
ユウ　（チラとパゴを気にしながら）見てごらん、星がキレイだ。

ミラ　ほんと……（また促そうとして）「あの星は
ユウ　（遮って）もういいじゃないスか。
ミラ　よくないわよ。また手首切るよ。
ユウ　わ！　そりゃないでしょう！
パゴ　（真顔で）そういうこと言うな。
ユウ　え俺？
パゴ　あんたじゃない。（ミラに）そういうこと言うな……。
ミラ　（笑って）なによ、冗談でしょ。
パゴ　（まったく笑わず）冗談でも言うな。
ミラ　……ふーい。
ユウ　ハハハ……。（パゴに）え、俺そんなに似てるんスかその死んじゃった先生に。
パゴ　（不機嫌に）似てるよ……。
ユウ　どうして死んじゃったんスか。
ミラ　……。
ユウ　あれ……まずいこと聞いちゃいました？
ミラ　あたしのせいなの。

パゴ　違うって！
ミラ　どうして!?　あたしのせいでしょ！
パゴ　違う！

短い間。

ユウ　……あ、じゃいいス。
パゴ　君は……！（とユウをいまいまし気に睨む）
ユウ　え？　会ったばっかりで嫌われちゃいました？　わざわざ仕事あれして付き添ってんのに……。
ミラ　（ユウに）何か言って。
ユウ　え。
ミラ　おまえのせいだって言って。
ユウ　いやいや……。
パゴ　バカ……
ミラ　おまえのせいだって言いなさいよ！

パゴ　やめろ！
ユウ　（おどけた声で）おまえのせいだぁ。
ミラ　違う、サキ先生の言い方で！
ユウ　（パゴに助けを求めるようなマナザシ）
パゴ　（ミラの肩を抱いて）いい加減にしろ……何度も言っただろう、この人はサキ先生じゃない。
ミラ　わかってるわよ。触らないでよ！
パゴ　……ごめん。
ミラ　（もう離れているのだが）触らないで……。
パゴ　……。

二人の大声に、何事かと看護師が来ていた。

看護師C　（笑顔で）大丈夫ですか？
ミラ　（強く）大丈夫よ！
ユウ　大丈夫ス。なんでもありません。

看護師Ｃ　……。

　　看護師、去って行く。

パゴ　さ……そろそろ行こう。彼（ユウ）だって仕事に戻らないと。
ミラ　（かまわずユウに）先生、あたしのところへ来る途中に車で事故を起こしたの。
パゴ　ミラ。
ミラ　卒業式の一週間後……助手席には友達が、ニチカっていう友達が乗ってた……あたしニチカが先生と二人でいるのを知って、泣きながら二人が食事してるレストランに電話したの……今すぐ来てくれないと死んでやるって……。
パゴ　ミラ、もうホントにやめよう。もう忘れよう。
ミラ　パゴには関係ないでしょ……！
パゴ　関係あるよ……レストランの名前教えたの俺だ……。
ミラ　……。
パゴ　人間生きてりゃいろいろあるよ……どうにもならないことがたくさんある……あの時ああすればよかった、あの時ああしなければよかった……俺なんかその連続でここまできちゃったよ……好きになった女の保証人になったらまんまと逃げられて、その日になんか、でかい犬に噛まれて、その犬歯に変な菌を持ってて莫大な借金抱えたまま二年間入院して、自己破産して、次に好きな女と結婚したらその女頭おかしくて、二人で住んでた安アパートに火をつけて姿くらましてなぜかまったくわかんないんだけど俺が放火するのを見たって住民みんなが騒ぎ出して、刑務所で五年間過ごして出て来た日にでかい犬に噛まれて二年間入院して、今はバレエ教室の非常勤講師だ。

ミラ　バレエ……（絶句）

パゴ　あそこ俺ん家じゃないんだ……バレエ教室の書斎っていうか、屋根裏部屋に寝泊りさせてもらってる。だからあそこ、俺んちじゃないから、入れるわけにはいかなかった。住んでる人びっくりしちゃうから。だから、バルサン焚いてるって嘘ついて……。

ユウ　俺ちょっと、ションベン……。

ユウ、トイレへと去る。

ミラ　え……あそこ知らない人の家……⁉

パゴ　知らなくはないけど。ナメクジ捕りのバイトで雇ってもらってるから……。

ミラ　なにそれ……

パゴ　なにそれだよ！　自分でもなにそれだ。あのでかい犬はどうして俺を噛むのか⁉　どうして俺が放火魔扱いされるのか⁉　納得いかないことだらけだよ！　でも俺は生きてる！　ほら、生きてるよ！

パゴ、ユウが行ったことを確認して、鞄から写真を出す。ジンタが見つけて捨てた、ユゲが撮ったミラのヌード写真だ。

パゴ　（ミラに差し出して）これ……。

ミラ　写真……⁉　燃やしてなかったの？

パゴ　燃やせるかバカ！　（ハタとして）なにもしてないぞ！　なにもしてない！

ミラ　え⁉

パゴ　え⁉

ジンタが来る。

ミラ　ジンタ……。

ジンタとミラ、お互い駆け寄るようなー

ジンタ　おかあさん……

ミラ　ジンタ……

ジンタ　大丈夫なの？　ケガしたの？

ミラ　大丈夫。どうしてここがわかったの？

ジンタ　なんか病院から電話が。おかあさんは旅行に行ってるハズだって言ったんだけど、それは違うって……。

ミラ　そう……

ジンタ　大丈夫なの？　手？

ミラ　うん大丈夫、ごめん、ごめんジンタ。（泣いている）

ジンタ　いいけど……。

ミラ、ジンタを抱きしめ泣く中、溶暗——

6-4

コモン家。

であることはまだ観客にはわからないだろう。リビングでは今、モナミが一人で酒を飲んでるからだ。

玄関から入ってくるミラ、パゴ、ユウ、ジンタ。

ミラ　(ユウに) 入って入って。

ユウ　(あまり気が進まぬ風で) いや、俺ここで。

ミラ　なんで？　いいじゃない。

パゴ　この人仕事あるんだからさ。

ミラ　わかってるわようるさいなあ、退院祝いでしょ。飲もうよ。

パゴ　何言ってんだよ昼間から。
ミラ　じゃパゴは帰んなさいよ屋根裏部屋に。（ジンタに）何、どうしたの？

この会話の間に、ジンタは先にリビングへ行き、モナミに気づき、酔ったモナミにニヤリと笑われ投げキスなんぞをされて、無言で三人のところへ戻って来ていたのだ。

ジンタ　あの人がいる……。
ミラ　え？
ジンタ　ユゲの友達。お酒飲んでる……。
ミラ　!?

ミラ、ジンタ、パゴ、ユウ、リビングへ——
扉からゾロゾロと入って、立ちつくす四人。

ミラ　……。

モナミ （酔っていて）あ、おかえりなさい……。

ミラ 主人も来てるの……？

モナミ ミクリさん？　ミクリさんまだあたしんちで寝てます、グーグーのんきにいびきかいて。

ユウ やっぱり俺行きますわ。

モナミ （ユウを指さして大声で）あー！

ユウ こんちは……。

モナミ なんでなんで!?　おまえなんでいるの!?

ユウ 教えません。

ミラ （ユウに）知り合いなの……!?

ユウ いや、たいした知り合いじゃないス。お邪魔しました。

モナミ ちょっと待てよ、なんでいるんだよ。

ミラ ジンタ、二人、二階の、おとうさんの部屋に案内して。

ジンタ うん。

ユウ いやいや、ホント俺もう。

ミラ すぐに出てってもらうから。パゴも待ってて。

パゴ　いや、でも
ミラ　お願い。
パゴ　うん……（ユウに）行こう。
ユウ　ええ……!?
ジンタ　こっち。
モナミ　おい！

三人、モナミにはかまわず二階へ去った。

モナミ　なんだよ……！　むかつきません？　あいつ。
ミラ　……何しに来たの？　ここはあたしたちの家《うち》よ。
モナミ　ごめんなさいこっそり合鍵作っといたんです、何かあった時の為に……。飲みません？
ミラ　何しに来たのよ……。
モナミ　（ミラの腕の包帯を見て）腕どうしたんですか？
ミラ　聞こえない？　何しに来たのか聞いてるの。

モナミ　あたし、ミクリさんもういりません。
ミラ　……。
モナミ　もういりません。お返しします。
ミラ　……いらない？
モナミ　はい。(投げ出すように) うるさいの。うるさいし、なんだろう、こう、かさばる感じ？
ミラ　物みたいね……。
モナミ　トルティーヤおいしかったです……ミラさんが作ったんですか？
ミラ　……。
モナミ　(笑って) ミラさんしかいないか……。
ミラ　帰って。
モナミ　(写真の束を掲げて) 不思議ですね人の気持ちって……今もほら、あの時見てたミクリさんの写真、見てたんだけど、何がいいか全然わからない。別の写真みたい。
ミラ　……。
モナミ　別れたいの。

ミラ　……。
モナミ　別れたいんです。
　　　モナミ、そう言いながらヨロヨロと立ち上がり、よろめくようにしてミラに近づく。
モナミ　ねえミラさん……あたし、ミクリさんの歯、みがくのよ。知ってました？
ミラ　え……。
モナミ　あたし去年歯医者さんでバイトしてて。ほら、歯みがきの指導あるでしょ？　あれ手伝わされてたの……。
ミラ　……
モナミ　一回ミクリさんに歯みがきをしてあげたら、あのひと、またしてほしいって。それでいつもあたし……そういうのあたし、全部面倒で。
ミラ　帰らないとひっぱたくわよ……。
モナミ　（笑って）ミラさん怒ると可愛い……。
ミラ　（強く）早く帰ってよ！

モナミ　じゃ、引き取りに来てください……。さようなら。

モナミ、部屋を出て行く。

ミラ　（そこらに置かれたバッグを）バッグ。

モナミ　おっバッグ。ね、このぐらい気がつく人の方がいいっス、あの人には。さよなら。

部屋を出て去って行こうとするモナミに、キッチンに来ていたジンタが声をかける。

ジンタ　おい……

モナミ　（からかうような笑顔で）なに？

ジンタ　君、誰にでもやらせんの？

モナミ　（笑顔くずさす）え？

ジンタ　ユゲともやった？

モナミ　（とジンタに近づいて）やったよ……だってあたし誰とでもやるんだもん……
　とジンタの股間に手をすべらせる。

ジンタ　……！
　モナミ、ジンタの急所を思いきり握る。

ジンタ　（低い悲鳴をあげ、うずくまる）
　モナミ、何も言わずに去った。

6―5

ミラ、ボォっと座って何かを考えていたが、ふと、モナミが見ていた写真を手にして、見つめる。
やがて、さめざめと泣く。
キッチンにミクリが戻って来る。

ミクリ　（ジンタを発見して）……。
ジンタ　（気づいて）……。
ミクリ　なんだ、どうした……。
ジンタ　どうもしない……。
ミクリ　……おかあさんは。
ジンタ　（リビングを指す）

ミクリ、リビングへ。ジンタはヨロヨロと二階へ。

ミクリ　（ミラを見て、その涙には気づかずに）……酒飲んでたのか。
ミラ　……。
ミクリ　なに、写真見てたの……？　（初めて涙に気づき、意外で）なに泣いてる？

ミラ　泣いてない。
ミクリ　そう？　目赤いぞ……。
ミラ　何しに来たの？
ミクリ　え……ああ、荷物を取りに来た……まさにその写真とか、諸々。いい？（と手を出す）
ミラ　モナミさん来てたのよ……
ミクリ　え……!?　だって、え!?　なに、なにしに！
ミラ　あなたのこともういらないって。返すから引きとりに来てくれって。
ミクリ　……。
ミラ　行かないの？　追っかけないの？　お客さんが来てるのよ。
ミクリ　客？　どこに。
ミラ　二階に待たせてる。
ミクリ　誰。
ミラ　学生時代の友達と先生。
ミクリ　先生？
ミラ　今死ぬ気で追っかけないとあの子もう戻って来ないわよ。

ミクリ　（迷っているような）……。

と、その時、チャイムの音。

ミクリ　（反射的に）はい！　俺出る。

ミクリ、玄関へと去る。

ミラ　……。

ミラ、酒びんとグラスを持ってキッチンへ。
ミクリに続いてニチカ、ググが入って来る。

ニチカ（声）お邪魔します。
ミクリ　わざわざ来ていただいといてあれなんですけど今ちょっとたてこんでて……
ググ　すぐ済みます。

ミラ　何？

ミクリ　いや、携帯電話を忘れて、届けてくださったんだけど、なんかお話があるとかで。編集の人間が間違えてこっちの住所を教えやがって……（ニチカとググに）あ、家内です。

ミクリの台詞の間に、ミラとニチカはお互いを気づいていて――。

ニチカ　え……!?

ミラ　えなんで!?

ミクリ　なに知り合い？

ニチカ　（ミクリを指してミラに）ミラの旦那さん？

ミクリ　あ、どうも。いつもお世話になってます。

ニチカ　（ググに）ほら、ミラ、学生時代の同級生。

ググ　ああ、（一礼）

ミクリ　そうなんだ……（やや、面倒くさいことになったというニュアンスで）どうだろう、今度またゆっくり機会をもうけるということで、今ちょっとあれなんで。な、本当申し訳ありません。
ミラ　パゴもいるのよ。
ニチカ　え!?
ミラ　二階に。それから、もう一人。
ニチカ　誰？
ミラ　呼んでくる。
ググ　あ、ちょっと。
ミラ　はい？
ググ　（ニチカに）人が増える前に、きちんと謝っておいた方がいい。
ニチカ　うん……。
ミラ　何？
ググ　（ミクリに）以前、ケーキ屋さんやられてましたよね……。
ミクリ　……ええ。
ニチカ　あたしたち、トトっていう子のバースディケーキを注文したんです。
ミクリ　……。
ミラ　トトって

ニチカ　（遮って）うんそう。（ミクリに）マドっていいます。覚えてらっしゃいませんか？

ごく短い間。

ミクリ　……やっぱりそうか……
ニチカ　覚えてます？
ミクリ　（笑って）忘れるわけないでしょう……
ミラ　（ミクリに）え、どうしたの？
ミクリ　おまえはちょっと引っ込んでてくれ。
ミラ　……。
ミクリ　（いきなりググの胸ぐらをつかみ）今さら何しに来た……！
ミラ　（何か言いかけるが）
ミクリ　引っ込んでろと言ってるだろう！
ミラ　……。
ミクリ　おまえらのせいで俺の人生は変わっちまったんだよ……！　おまえらが俺を徹

底的な人間不信にしたんだ！

ニチカ　謝りに来たんです。あたしたち謝りに。

ミクリ　バカにするな。頭がおかしいと思ってるか、おまえら俺の頭がおかしいと！

ググ　思ってません。

ミクリ　ミラ！　あの時俺がどんなにつらそうにしてたか覚えてるよな！　最初はなぐさめてくれていたおまえも終いには俺の気が違ったと言って泣きわめいた。俺だって自分の頭がどうかしちゃったのかと思ったよ！　ケーキ一個だ、そう考えよう、大人になろう、そう思おうとしても駄目だった！　ケーキが俺の人生そのものだったからだよ！　（突然ググに）ヘンか！　俺の言ってることヘンか！

ググ　いえ……。

ニチカ　亡くなったんです。

ミクリ　誰が。

ニチカ　トト。あたし達の子供。

ミクリ　……いつ。

ニチカ　誕生日の日です、四歳の。ケーキを受け取りに行くハズだった日……。

ミクリ　……。

ミラ　公園のグルグル回るやつから落っこちたんですって……。
ミクリ　（ミラの言葉に「そんなことまで知っていたのか」と）おまえどうして言ってくれない！
ミラ　え。
ニチカ　知らなかったんですミラは。
ミラ　知ったの三カ月前だもの。
ミクリ　それは……（混乱して）どうすればいい！　俺が謝るべきか！
ググ　いえ……その必要はありません。今日は我々が謝るために伺ったんです……。
ミクリ　それは……（と改めてニチカとググを見、出てきた言葉は）御愁傷様です……。（と頭を下げる）

ニチカ、ググ、頭を下げる。

ググ　家内はずっと謝りたいと思ってて、でも行ったらお店が潰れ（言い直して）なくなってて。
ミクリ　とりあえず向こうで座りますか。

ニチカ　でも立て込んでらっしゃるんですよね。

ミクリ　いえ、もう、こうなったら徹底的に立て込んでやれという気持ちに。どうぞどうぞ。

ミラ　パゴたち呼んでくる。（二階へ）

ニチカ　うん。

ググ　（行きながら）じゃあ、ほんのちょっとだけ。

ニチカ　すみません。

ミクリに続いてミラとググ、リビングへ。

6－6

ミラ　あ今呼びに行こうとしてたとこ。

パゴとユウが降りて来ていたのだ。

ユウ　俺やっぱりそろそろ

ミラ　ちょっとちょっと、

ユウ　え？

ミラ　いいから、（とリビングへ行き）ニチカ。

ニチカ　（見て）

ユウ　（それまでより少し明るくなって）あれ、こんちは。

ミラ　!?

ニチカ　……こんにちは……。

ミラ　知ってるの……!?

ユウ　ええ。うちのクリニックの隣の方。いつもおすそわけしてもらったりして。作家さんなんスよね。

ミラ　……。

ニチカ　違うの、ミラ、違うのよ、偶然なの。

パゴ　何どうしたの。

ニチカ　パゴ！　（なんとかしろの意）

パゴ　俺？

ミラ、ものすごい勢いでリビングを出てキッチンの方へ。
全員が後を追う。

ニチカ　ミラ！
ミラ　（後ろを向いたまま）どうして言ってくれなかったのよ！
ニチカ　ごめん、ミラ、ごめん。
ミクリ　（ググに）事情おわかりになりますか？
ググ　まったく。
ミラ　いつもいつも先回りばっかりして！
パゴ　おまえという奴は……
ユウ　え？
パゴ　（ユウの胸ぐらをつかんで）おまえという奴は！
ユウ　（言われのない罪を着せられて）なんスかぁ！
ググ　（とりあえずパゴとユウの間に入って）やめなさい！

ミクリ　ちょっちょっ他人《ひと》んちなんだからな。壊さないでくれよ、他人《ひと》んちなんだから。
パゴ　ミラ……！
ミラ　何よ。
パゴ　好きだ！
ミクリ　（ものすごく驚いて）ええ!?
ミラ　（一同、面喰らう中）あたしは嫌い！
ググ　ニチカ帰ろう。
ニチカ　帰らない！　ミラ！　ごめんあたし、ミラのカウンセリング毎週盗み聞きしてた……！
ミラ　（ものすごく驚いて）ええっ!?
ニチカ　あたしのこと変わっちゃったとか言ってるの聞いてすごくショック受けた……
ミラ　……。
ニチカ　そうなのかもしれないなぁとかそんなことないとか、いろいろ悩んで……
ミラ　あれは（と言葉につまって）出まかせよ……！
ユウ　（ものすごく驚いて）出まかせなんスか!?
ミラ　出まかせ。

ユウ　出まかせ言っちゃダメでしょう！

ググ　君はなんだ！

ニチカ　いいよ……ミラもいろいろ大変なんだなぁってわかったしさ……

ユウ　え、じゃあ旦那さんの浮気も助手の人との浮気も出まかせですか！

ミクリ　君！　（と制してからハタと）助手の人？

ググ　（ユウに）君は黙ってた方がいい！

ミクリ　助手ってユゲ？

ミラ　そうよ、あたしユゲくんと寝たの！

ミクリ　え……（大ショック）

一同　（あまりのことに）……。

ユウ　（ググに）出まかせだって言うから。

ミクリ　寝たって何回！

ミラ　（もはやヤケクソで）十回、五回！

パゴ　（ガクリとひざを折る）

ググ　（ので）君がショックを受けるな。

ミラ　（ヤケで）悪いと思ってるわよ！　もう、ごめんなさい！

ニチカ　（こちらもヤケのような言い方で）ミラやけにならないでよ！
ミラ　なってない！
ニチカ　ウチも会社潰れるのよ。
ググ　（ものすごく驚いて）おい！
ニチカ　だって潰れるでしょ。
ググ　潰れない！
ミクリ　悪いけどみんな……出て行ってくれないか……。
ニチカ　会社潰れたら家も抵当にとられて、きっと野宿とかになると思うの。
ググ　野宿にはならない！
ミラ　……。
ニチカ　あたしだけ聞いたら不公平だから私も話した。ごめん……。
ミラ　うん……あたしもごめん。
ニチカ　うん……。
一同　……。
ニチカ　あの日ね……
ミラ　え？

ニチカ　あの日……サキ先生すごいミラのこと気にしてて……あたしが一人で行ったら怒ったの、すごく怒ったのよ……

ミラ　うん……

ニチカ　何度も言ったけど、あたしミラが待ち合わせに来られなくなったんだと思ってたの。電話もしたんだよ……

ミラ　うん。きっとあたしが聞き間違えたのよ。待ち合わせ時間。

ニチカ　んん、あたしが伝え間違えたんだってば。

ミラ　あたしが聞き間違えたのよ。

ユウ　どっちでもいいじゃないスか。

ミラ／ニチカ　（強く、口々に）よくない！　（とか）よくないわよ！　（とか）

ユウ　だって昔のことでしょ。サキ先生だってそんなことどっちだっていいと思ってますよ。そんなことより、「二人共負けないで生きてけ」って言ってますよ。天国で。

パゴ　（いまいまし気に）……会ったこともないクセに。

ニチカ　そうかもね……。

ミラ　うん……。

パゴ　……。

ググ　うん……だがまだ会社は潰れると決まったわけじゃない。
ミクリ　頼むから関係者以外、今すぐ出てってくれ。
ユウ　関係者っスよ。

皆、ふと見ると、ジンタが股間を押さえて立っている。

ミラ　ジンタどうしたの……？　どっか痛いの？
ジンタ　キンタマ。
ミラ　え……!?

急激に暗転。

6-7　エピローグ

音楽と共に、舞台の奥にサキ先生が浮かぶ。

初めての授業の日。

サキ　今日から、君達に理科を教えることになりました。サキです。サキ・シオン。よろしく。

僕たちの暮らしている星、地球は、その誕生の時には灼熱のマグマの固まりでした。それが冷えて、固まって、その後十億年もの間、鉱物と水だけが支配する世界が続きました。そしてようやく海の中に、無機物の分子と大差ない、はじめての生命が出現したんです。当時地球の表面はほとんどが海で、そこで生物は適応し、進化して、やがて陸に上がった。そして今から百五十万年前、大事件が起こった。人類の祖先にあたる哺乳類の背骨のわん曲がとれたんだ。人類は立って歩き始めた。こうして、直立歩行をし始めた人間は、必然的に、空を見上げるようになった。そこの二人何ニヤニヤしてる。（手元の座席表と照らしあわせて）ニチカくんとミラくん。（笑って、強く）何笑ってる！

サキ、消える。音楽は続く中、すぐに、舞台下手にはニチカとググ、上手にミラとミクリが見える。それぞれ、お茶を飲む二人と、簡単なランチをとっている二人。

まず、ニチカとググのエリアに明かりが入る。

ググ　（ニチカの訳した本を読み終わって）へえ……。

ニチカ　どう？

ググ　すごく壮大っていうかなんていうか……。え、これ、どんぐりは結局どこ行っちゃったわけ？

ニチカ　だからポケットの中よ。

ググ　え、

ニチカ　ちゃんと読んだ？

ググ　読んだよ。だってどんぐり宇宙に飛んでっちゃったぞ。

ニチカ　そうよ。宇宙に飛んでって、何百万年後かにポケットの中で見つかるんじゃない。

ググ　え？　（と本を改めて開く）

ニチカ　もう……ちゃんと読んでよ。

ググ　読んだつもりだったんだけど……（ふと）これ、子供が読んで理解できるかな。

ニチカ　できるわよ。
ググ　（また見ながら）できるかあ……？　私もなんか書こうかな。
ニチカ　なんかって？
ググ　いや。これぐらいなら書けそうかなと思ってさ。
ニチカ　いい加減仕事探せば？　失業保険切れたらどうすんの？
ググ　（本を掲げて）だって売れてんだろそこそこ。
ニチカ　売れてるったって、どんぐりが宇宙にいく話よ。
ググ　自分で言うなよ。デザイナーどうかな。装丁家っていうの？　本のデザイン。
ニチカ　え？
ググ　おまえが書いた本のデザインを私がするんだ。
ニチカ　（ひどく顔を歪めて）やだぁ。
ググ　（心外で）どうして。

アンが来る。

アン　行って来ます。

ググ　どこ行く。
アン　バイトだよ。
ニチカ　おとといからハンバーガー屋さんで働き始めたって言ったじゃない。
ググ　おお働け働け。
ニチカ　（ググのことを）どうしてこんな他力本願な人になっちゃったんだろう……。
ググ　楽観的って言えよ。人間なんとかなるってことがわかっただけだよ。（アンに）なあ。
アン　（苦笑しながら）おやじの話聞いてるとお腹痛くなってくんだよ。
ググ　おまえさ、どうしてママのことはママでパパのことはおやじなの？
アン　お腹痛い。
ググ　あ、おまえ明日あいてる？　ビビと釣りに行くんだけど、行く？
アン　バイトだよ。
ググ　あ、そう。
アン　行ってきます。
ニチカ　行ってらっしゃい。

アン、去る。

ミラとミクリのエリアが明るくなる。

ミラ　おいしい？

ミクリ　（気持ち入らず）ん、うまいうまい。

ミラ　うまいならもっとうまそうに言いなさいよ。

ミクリ　うん……（鼻をすすり、傍のティッシュで鼻をかもうとして）あ……（とミラを見る）

ミラ　何？

ミクリ　いや……（手を止める）

ミラ　なに？　かみなよ。

ミクリ　かんでいい？

ミラ　え？

ミクリ　いや、

ミラ　鼻水たらしたらしょっぱくなっちゃうじゃない、せっかくのうまい料理が。

ミクリ　だよな。（なんだか嬉しい）

ミラ　え……？
ミクリ　（思いきり鼻をかみ、笑って）出た出た、全部出たホラ。（と見せる）
ミラ　うん。
ミクリ　おまえの興味のもたなさっていうか、執着のなさも……気のもちようだな……。
ミラ　え？
ミクリ　……（笑って）なんでもない。
ミラ　理解よ。
ミクリ　理解なのこれ。
ミラ　理解よ。
ミクリ　理解なのか……。

どこかハツラッとしたジンタが来る。

ジンタ　行ってきます。
ミクリ　おう、バイトか。
ジンタ　うん。（ミラに）今夜ちょっと遅くなるかも。

ミラ　オッケーオッケー。頑張って。
ジンタ　うん、たぶん大丈夫。
ミラ　頑張れ。
ジンタ　はい。行ってきます。

ジンタ、去った。

ミクリ　なに？　なんでハンバーグ焼くだけなのにそんなに激励するの？
ミラ　おとといから入った女のコが可愛いんだって。
ミクリ　え、なにデート？
ミラ　今夜食事に誘ってみるんだって。
ミクリ　へえ……何食うんだろ。ハンバーガーだったら笑うな。
ミラ　バカ。

以下、二組の景色が交互する。

ミクリ　ああ……いい天気だな今日は。
ニチカ　そうね……。
ググ　散歩でも行くか。
ミラ　え？
ミクリ　散歩だよ。
ググ　なんだえって。
ニチカ　だって――
ミクリ　撮ってやるよ。写真。
ミラ　いいよぉ。
ググ　どうして。
ニチカ　仕事探しなよ。
ミクリ　いいじゃないかたまには。
ミラ　どうしちゃったの？
ググ　なにが。
ミクリ　行こうホラ。
ググ　（妻の手をとり）行こう。

ニチカ／ミラ　……
ググ／ミクリ　行こう。

ニチカ、ミラ、同時に立ち上がり、二組の夫婦は、舞台奥へと歩き出す。
途中、ニチカとミラはお互いの顔を見合わせたようにも見えたが、やがて、
二つに分かれた道の向こうへと消えて行った。

了

解説
「情報配信の達人」ケラリーノ・サンドロヴィッチ

演劇ジャーナリスト
徳永京子

「たとえコメディでも歴史劇が最終的に悲しいのは、登場人物が知らない結末を私たちが知っているから」

以前、ある俳優にインタビューした際に言われてハッとした言葉だ。実際に起きた戦争や災禍を扱った作品は、着地点とその後を観客が把握している。だから、それを知らず懸命に、あるいは粛々と生きる物語の中の人々の姿を見て──「その人はあなたを裏切る」「その列車に乗ってはいけない」といった具合に──胸が苦しくなる。『ロミオとジュリエット』のように有名な作品や再演ものも同様だ。史実を題材にしたものほどでないにしろ、自分たちの行く末、つまり運命を知ることのない登場人物を、客席から「今の幸せ、明日になったら急転直下なのに」と切なく見つめることになる。

逆に新作戯曲は、登場人物のほうが観客より多くのことを知っている状況から始まり、やがてそれが逆転していく演劇だと言えるだろう。

ここから、こう定義することはできないか。優れた戯曲とは、題材は何であれ、古典であれ新作であれ、知らないことと知っていることを挟んで、登場人物と観客が親密なつながりを持てるものだと。と同時に優れた演出とは、そのつながりを誰にも気付かれないように持たせる技術のことだと。

インディーズバンドでありながら異例の人気を誇った有頂天の活動と並行し、劇団健康を旗揚げしたのが一九八五年。以来、ケラリーノ・サンドロヴィッチ（以下、KERA）は、日本の現代演劇屈指の多作型の劇作家として数多の作品を発表してきた。本数だけでなく内容も幅広く、その折々で「ナンセンスコメディの旗手」「コラージュの天才」「真性ストーリーテラー」などの形容詞をその名に冠してきた。広く浅く手を出したのではない。昔から好きだったものにこだわり、その時々に興味を持ったものに正直で、この先に必要なものをサーチする優れたアンテナを持ち、マニアックとマジョリティを撚り合わせずにいられないわがままな体質が、ほとんど先例のない個性を形成した。それは、重厚長大と軽薄短小を行き来し、変化し続けながら、堅牢なポジションを築くというものだ。

そして『百年の秘密』の戯曲が出版され、二度目の上演が果たされた二〇一八年の春、私は新たに「情報配信の達人」という形容詞を献上したい。

『百年の秘密』は、二〇一二年四月にナイロン100℃ 38th SESSIONとして上演された。ナイロン100℃（以下、ナイロン）は前述の健康を解散した一九九二年の翌年に始動させた劇団で、すでに長い年月、KERAの活動拠点になっている。KERA・MAPやオリガト・プラスティコなどの別ユニットを持ち、それらの自由度も確保しているのになお、劇作家、演出家の両面で、尖った実験精神や反骨精神、あまり周囲に悟られたくないまじめさを忍び込ませるのは、やはりナイロンである。先のユニットのみならず、プロデュース公演の作・演出でも指名が続き、商業演劇の舞台でも大胆な遊び心を発揮するKERAだが、その地下茎は間違いなくナイロンにある。そして『百年の秘密』は、彼の小さくない野心といつにないまじめさが一致し、現時点では最も美しくひとつの形になった戯曲だ。

ストーリーは、ティルダとコナというふたりの女性の人生を丁寧にたどる。一代記の体裁を取った演劇作品は珍しくないし、そもそもKERAはクロニクル好きで、だが、この戯曲はかなり特殊な部類に入る。通常の一代記に倣って「○歳から○歳まで」と表現するなら、ともに十二歳の時から、ほとんど同時に死ぬ七十八歳まで、となるのだが、ふたりの死後もストーリーは続き、タイトルの百年は決して語呂の良さや洒落でなく、短くない時間が舞台上に刻まれる。けれど何よりも大きな特徴は、時間が何度も移動し、しかもそれが「少しずつ昔に遡っていく」や「Aという時代とBという時代を行き来する」というものでなく、十二歳、三十八歳、死後、七十八歳、四十八歳、二十三歳、七十八歳、死後、十二歳と、アトランダムに行きつ戻りつする点にある。すぐには規則性がつかめないようにシャッフルされた時間の配列こそが、KERAが仕込んだ大いなる秘密なのだ。

その秘密を行使するために、実に緻密な設計図が用意されている。
さて、演劇は時間の操作が得意だ。映像のように巻き戻しや早送りができないなんてことは、大した問題ではない。複数の時間をいくらでもひとつの場面に同時に存在させられるし、時間の移動もしたい放題だ。舞台の上で俳優が「きれいな夕焼けだ」とつぶやけば、そこは晴れた日の夕暮れ時になる。「あそこに見えるのは……江戸城？」と言えば江戸時代にタイムスリップできる。だがもちろん、KERAが企てる時間のシャッフルは、そんな子供っぽいものではない。俳優にも観客にもある程度の負担を強いる複雑で精緻なものだ。

まず戯曲の冒頭に、美術セットについての重要な指定がある。

ベイカー家の庭、及びリビングルームがこの芝居の舞台である。ただし、舞台上には庭とリビング二つの装置が同空間に共存している。おのずと、舞台上には「家の中に庭がある」かのような、一見異様な風景が広がることになる。

つまりこの物語には最初から、複数の時間が交差し、蓄積されるための場所が用意されている。閉ざされた空間であるはずの屋敷と、オープンなはずの庭が、本来は存在する境界をなくし、まるで家の中に庭が広がっているような、庭にリビング用のソファやテーブルが置かれているような、現実にはあり得ない風景として存在する。この奇妙な地続き感が目の前にあり続けることで、観客の無意識は刺激され、今ここで進行している事件の外側にも世界は広がり、外の世界それぞれの場所で無数のドラマが起きているという想像力が、おのずと起動するのだ。

居間でこんな会話が交わされている時に、門の近くではこの人とこの人が出会っていた――、そんな同時進行する複数の時間の示唆が、この戯曲全体にちりばめられている。ここに流れる時間と、向こうに流れている時間。ここで過ぎた時間と、あそこで過ぎていった時間。「向こう」や「あそこ」はいちいち描かれないが、確かにそれらはあって、「ここ」と影響し合う。そのことが、本来はあり得ない風景によって、多くの観客が共有するものになっていく。

他のジャンルにはない演劇の良さを「生身の人間が目の前で動いている迫力とライブ感」と答えるのは定番だが、目の前にある立体の美術セット、それが俳優と物理的に関わり、また、照明によって微妙に表情を変えることで、常に生きた情報を発信し続けていることは、俳優の存在とまったく同等にライブであり、重要だ。こうした目からの情報と、せりふによる耳からの情報を、絶妙な量、絶妙なタイミングでコントロールしながらKERAはアウトプットする。

ベイカー家の長男エースの友人で、のちにコナと結婚するカレルは、高校時代に女教師アンナと恋愛関係になって引き離されるも、駆け落ちの計画を書いた手紙をティルダとコナに託す。屋敷の外で生まれた運命の恋について観客が知らされるのは、コナとカレルが結婚し、お似合いの夫婦として暮らしているのを見たあとのことで、その禁断の恋がコナとカレルに何をもたらし、何を奪うことになるのか、コナとティルダの友情とどう関係しているのかを知るのは、さらにそのあとなのである。

はたまた、ティルダとフォンスの息子フリッツと、コナとカレルの娘ポニーは幼馴染から恋人同士になり、結婚を考えるようになるが、フォンスとティルダ、特にフォンスに強硬に反対される。その苦い理由を観客が知らされるのは、ポニーとフリッツの甘酸っぱい恋の始まりと、成長したふたりの強い決意、そのどちらの時代にも垣間見えるフリッツの、必死ゆえのおかしみを充分に堪能したあとだ。ここにKERAの手技がある。けれども巧みな情報の開示は、水紋を広げる石のように、観客の意識をさらに書かれていない時間まで拡大する。フォンスとコナの間に起きたその出来事は、果たしてその晩にたまたまいくつかの条件が合致して起きたことなのか。もっと前に遠因はなかったのか。もしかしたらフォンスとは関係のない、ひょっとしたらコナとさえも関係のない、屋敷の外側の出来事や人間関係が、遠い玉突きが巡り巡ってフォンスとコナに影響し、ポニーとフリッツに降りかかっているのではないかと、つい考えてしまう。その因果に関しては、登場人物たちも観客も等しく証明の仕様がないのだけれど。

そして当然、コナとフォンスの関係など疑ったこともないティルダに対して、真実を知らない者の幸福と不幸を感じ、複雑な気持ちにもなる。けれど果たしてそうだろうか。

コナと長く濃密な時間を共に過ごし、感受性豊かなクレバーなティルダは本当は気付いていて、彼女なりの方法で悲しみを封じているのではないか。それを知らないのは、私たち観客のほうなのではないか。

こうした「知っていること」と「知らないこと」のシーソーゲーム、時間差で情報が少しずつ与えられるものの、知るほどに「本当は自分は知らないのではないか」という余韻が深まっていく演劇の愉楽。それをもたらすのが、先に書いたKERAの仕掛けた秘密、複雑な時間のシャッフルだ。十二歳、三十八歳、死後、七十八歳、四十八歳、二十三歳、七十八歳、死後、十二歳という細かい行き来が、通常の演劇の「観客のほうが登場人物より情報が多い」「登場人物と観客が同じ情報量で物語を進んでいく」といったセオリーを壊し、短くない時間を描いた物語に、独自の緊張感と、射程の広い静かな悲しみをもたらしている。

ところで、この物語の真の主人公とも言える楡の木は、何を意味するのだろう。何が起きても見つめるだけで関与しない、誰もが本音をもらしたり秘密を打ち明けたくなるなどから神のメタファーだと読み解くこともできるし、劇作家の分身だと感じる人もいるかもしれない。私自身は、約八十年で命のサイクルを終える人間とは違う速度で時を刻む時計だと受け止めた。ひとつの時計の、長針が人間の人生で、短針が木の人生であるような。とは言えそれも最終的な答えではない。何度も読み返し、もし機会に恵まれれば何度も上演を観て、その時々で違う答えを思うだろう。この戯曲にはそれだけの余白がある。

同時収録の『あれから』は、二〇〇八年十二月にKERA・MAPの第五回公演として上演された。これも、かつて同級生だったふたりの女性が主人公だが、設定は現代の日本風、ふたりは長らく会っていなかったという点で『百年の秘密』とはかなり雰囲気が異なる。ただし、若くして亡くなった主人公たちの教師が幽霊として堂々と登場、現在と過去の親しい共存は物語の重要な根幹を担っている。もちろん、次第にふたりの秘密が明らかになり、それと関わりなく、また、それと関係して周囲の人々の秘密も詳らかになっていく様子は「情報配信の達人」の存在感を充分に発揮している。KERAにしては珍しいハッピーエンドなのも、興味深い一作である。

初演記録

ナイロン100℃　38th SESSION

百年の秘密

〔東京〕2012年4月22日〜5月20日　下北沢 本多劇場

〔大阪〕2012年5月26日 イオン化粧品 シアター BRAVA!

〔横浜〕2012年5月29日 KAAT神奈川芸術劇場 ホール

〔北九州〕2012年6月2日・6月3日 北九州芸術劇場 中劇場

〔新潟〕2012年6月9日・6月10日 りゅーとぴあ 新潟市民芸術文化会館 劇場

作・演出：ケラリーノ・サンドロヴィッチ

音楽：朝比奈尚行　鈴木光介

美術：BOKETA

照明：関口裕二（balance,inc.DESIGN）

音響：水越佳一（モックサウンド）
映像：上田大樹（&FICTION!）
衣裳：宮本宣子
ヘアメイク：武井優子
ステージング：長田奈麻
演出助手：相田剛志
舞台監督：菅野將機　福澤諭志（StageDoctor Co. Ltd.）
プロデューサー：高橋典子
制作：佐々木悠　青野華生子　北里美織子　川上雄一郎　仲谷正資　永田聖子
製作：北牧裕幸
企画・製作：シリーウォーク　キューブ

出演：
ティルダ・ベイカー：犬山イヌコ
コナ・アーネット：峯村リエ
カレル・シュナイダー：萩原聖人
フォンス・ブラックウッド：山西惇

エース・ベイカー：大倉孝二
フリッツ・ブラックウッド：近藤フク
ポニー・シュナイダー：田島ゆみか
ウィリアム・ベイカー：廣川三憲
パオラ・ベイカー：松永玲子
メアリー：長田奈麻

チャド・アビントン：みのすけ
リーザロッテ・オルオフ：村岡希美

カウフマン：藤田秀世
ヴェロニカ：水野小論
ブラックウッド家のメイド：小園茉奈
老年のフリッツ：廣川三憲
老年のポニー：松永玲子
不動産屋：猪俣三四郎
家を買いに来た客・夫：藤田秀世

家を買いに来た客・妻：安澤千草
家を買いに来た客・息子（ロビン）：伊与勢我無
家を買いに来た客・息子の恋人（ケイト）：木乃江祐希

ニッキー：犬山イヌコ
ドリス：峯村リエ

KERA・MAP #００５
あれから
２００８年12月13日〜12月28日　世田谷パブリックシアター
作・演出：ケラリーノ・サンドロヴィッチ

美術：ＢＯＫＥＴＡ
音響：水越佳一（モックサウンド）
照明：関口裕二（balance,inc.DESIGN）

音楽：三浦俊一
映像：上田大樹（＆FICTION!）
衣裳：堀口健一（フロムアップ）
ヘアメイク：武井優子
演出助手：坂本聖子　相田剛志
舞台監督：福澤諭志
プロデューサー：北牧裕幸　高橋典子
制作：北里美織子　佐々木悠　高比良理恵
制作：キューブ
企画・製作：シリーウォーク

出演：
ニチカ：余　貴美子
ミラ：高橋ひとみ
ミクリ：高橋克実
ググ：渡辺いっけい
パゴ：山西　惇
サキ／ユウ：萩原聖人

ビビ：赤堀雅秋（THE SHAMPOO HAT）
ジンタ／ピザ：金井勇太
モナミ：岩佐真悠子
アン：植木夏十（ナイロン100℃）
ユゲ：柄本佑
リク：三上真史（D-BOYS）
カウンセラー：村上大樹（拙者ムニエル）

編集者：猪岐英人
客・学生：伊与顕二
マリィ先生：菊地明香
若い女医：斉木茉奈
ヤドランカ：白石遥
夢の中のミラ：田仲祐希
客・学生：田村健太郎
若い医者：野部友視
リクのデート相手：水野顕子
（以上、ナイロン100℃研究生）

ケラリーノ・サンドロヴィッチⅡ
百年《ひゃくねん》の秘密《ひみつ》／あれから

〈演劇44〉

二〇一八年四月 十 日 印刷
二〇一八年四月十五日 発行

（定価はカバーに表示してあります）

著　者　ケラリーノ・サンドロヴィッチ
発行者　早川　浩
印刷者　竹内定美
発行所　株式会社 早川書房
郵便番号 一〇一 - 〇〇四六
東京都千代田区神田多町二ノ二
電話 〇三 - 三二五二 - 三一一一（大代表）
振替 〇〇一六〇 - 三 - 四七七九九
http://www.hayakawa-online.co.jp

乱丁・落丁本は小社制作部宛お送り下さい。
送料小社負担にてお取りかえいたします。

印刷・信毎書籍印刷株式会社　製本・株式会社川島製本所

ISBN978-4-15-140044-5 C0193

本書は活字が大きく読みやすい〈トールサイズ〉です。